Doris Kemena · Von New Orleans und anderen Lieben

Manchmal genügt ein einziger Augenblick – und das ganze Leben gerät aus den Fugen: Ab dem Moment, in dem sie ihren neuen Kollegen kennen lernt, ändert sich alles für die seit langem verheiratete Doris. Sie verliebt sich heftig in den zwanzig Jahre jüngeren Mann und nimmt diese – unerwiderte – Liebe zum Anlass, ihr bisheriges Leben unter die Lupe zu nehmen. Offen gesteht sie sich ein, dass ihre Ehe schon lange ein Trauerspiel ist, dass die scheinbare Familienidylle oft nur perfekt inszeniert war und dass sie im Grunde gar nicht das tut, was sie sich einst für ihre Zukunft vorgestellt hat. Aber inmitten der schonungslosen Abrechnung erkennt sie auch die schönen Seiten in ihrem Leben: die vier gesunden, selbstbewussten Kinder und die vielen Reisen in alle Welt, die ihr immer wieder Kraft geben.

»Von New Orleans und anderen Lieben« ist trotz seiner schonungslosen Offenheit ein positives Buch, ein Plädoyer für das Leben und den unerschütterlichen Glauben an die Liebe.

Doris Kemena wurde 1944 in Breslau/Schlesien geboren, wuchs in Nordrhein-Westfalen auf und arbeitete viele Jahre erfolgreich als Textilingenieurin. Die Mutter von vier Kindern reist und liest leidenschaftlich gerne und studiert als Gasthörerin Literaturwissenschaften an der Universität Bielefeld. Doris Kemena lebt in Lippe/Ostwestfalen.

Doris Kemena

Von New Orleans und anderen Lieben

Briefroman

© 2004 Doris Kemena
Satz und Layout: Buch&media GmbH, München
Umschlaggestaltung: Kay Fretwurst, Spreeau
Herstellung und Verlag: Books on Demand GmbH, Norderstedt
Printed in Germany
ISBN 3-8334-0596-1

Für Holger

Januar/Februar?

Tagsüber wird es unter Hochdruckeinfluss wieder sonnig sein, die Temperaturen werden deutlich ansteigen. Es ist in diesem Frühjahr ein geradezu grotesker, Sommerzeiten heraufbeschwörender Klimawechsel vonstatten gegangen.

Die Apfelbäume hinten im Fabrikgarten, wo die Musternäherinnen ihre Mittagspause verrauchen und verquatschen, fangen an ihre hellrosa Blüten zu entfalten. Das Summen der Bienen mischt sich mit dem Lärm der auf der Vorderseite der Fabrik vorbeirollenden Lkws, die an der hundert Meter entfernten Ampel oft quietschend und mit Zwischengasgeräuschen anhalten. Dieses war nun also mein Dreivierteljahr bei der Nobelmarke »S. F. Collections«. Dieses war ein Intermezzo, das mir mein ohnehin schon wild durcheinander wirbelndes Gefühlsgerangel zusätzlich beschert hat.

3. Mai 1995

Wo fange ich an? Ich habe mich in einen zwanzig Jahre jüngeren Mitarbeiter verknallt, der so etwas von nett ist – ist er das? –, der wasserblaue Augen hat, der everybody's darling ist, der die gesamte weibliche Bevölkerung von Groß-Bielefeld und Umgebung kennt, den auch alle ganzen Frauen dort kennen, der 1001 Freunde hat, aber keinen einzigen richtigen Freund.

Wie ist es dazu gekommen?

Er schaut um die Ecke im Büro, er fängt am 15. Oktober an. Im Lager. Wir werden zusammen die Einrichtungen für die deutschen Lohnfertiger zusammenstellen.

Jeder küsst ihn, jeder nimmt ihn in den Arm, schon bei der Begrüßung, das stört mich. Ich will ihn auch in den Arm nehmen, aber das ist nicht üblich, ich könnte seine Mutter sein.

Was kann ich gegen meine ungewöhnlichen Gedanken tun? Ich lenke mich ab. Ich gieße die Blumen, ich lese Liebesromane und schaue mir den Vollmond an, wenn ich an meinem Schlafzimmerfenster in Donop stehe. Ich arbeite mit ihm zusammen, ich kann mich sehr gut verstellen, wir trinken ein Bier zusammen. Eine Woche lang, vor Sylvester arbeiten nur wir zwei in der Firma, ab und zu schaut einer der Geschäftsführer herein, wir frühstücken zusammen. Feierabend und tschüss. Die Zeit vergeht wie im Flug. Solche Dummen wie dich braucht die Firma, du hast dich schon immer ausnützen lassen, sagt mein Mann.

Wir zeigen uns Fotos von Amerika, wir hören die gleiche Musik, ich fange an zu träumen, ich renne morgens die Stufen zu seinem Kellerbüro hinunter und freue mich auf jeden neuen Arbeitstag. Da soll nur jemand sagen, verliebt sein bereichere nicht den Arbeitsalltag, das Gegenteil ist der Fall, jeder Boss sollte Beziehungen in seiner Firma fördern.

Ich gehe am Tage viele Male den Weg von meinem Büro ins Lager, nur um ihn zu sehen. Das alles ist für niemanden sehr auffällig, ich träume die Liebesgeschichte vom Märchenprinzen, der sein Gesicht hat.

Ist mein Hormonspiegel noch in Ordnung oder sollte ich mich mal untersuchen lassen?

Es scheint so, als gehe es der Firma nicht sonderlich gut. Ich bewerbe mich auf Stellenangebote, hoffe aber heimlich, nichts Neues zu finden, damit ich noch lange dort arbeiten kann.

Irgendwann (August)

Mein Sohn Dietmar ruft am Sonntag an: Ich bleibe heute in Bielefeld, kannst du bitte meine Wäsche aufhängen?

Klar, die Wäsche wird stockig bis Montag.

Die Leute oben werden schon da sein, die lassen dich dann rein, also danke dann, tschüss!

Ich setze mich in meinen blauen Citroën und fahre die zehn Kilometer nach Barntrup. Das Tape mit den Songs von Clearance Clearwater Revival versetzt mich in gute Laune, ich denke über Dietmar nach. Er muss ganz verrückt nach Gordana sein, er ist nach seiner Trennung von Andrea – fünf Jahre waren sie mal mit viel, mal mit wenig Enthusiasmus vereint – fast nur noch bei ihr. Warum eigentlich noch die leere Wohnung in Barntrup?

Die Sonne ist noch sehr heiß, wir haben Ende August. Ich halte am Bordstein des kleinen Zweifamilienhauses im Siedlungsgebiet und werfe einen Blick nach oben, ja, die Familie ist zu Hause, die Fenster sind geöffnet, der Hund oben bellt, als ich klingele.

Natürlich, gehen Sie ruhig hinunter, die linke Maschine gehört Ihrem Sohn.

Das Kontrolllicht ist rot, die Taste »Tür auf« auch, ich suche den Wäschekorb mit den Klammern, räume sie aus und gehe in den Nebenraum, wo zwischen zwei Heizungsrohren unter der Zementdecke dicht an dicht die Plastikleinen gespannt sind.

Dietmars T-Shirt, dunkelblau, Größe XL, vorne der Aufdruck einer Heavymetalband – das Logo, so heißt das, liebe Mama –, von deren Musik er schwärmt, ich schlage es auf und klammere es an.

Ein graues schlichtes Shirt, eine dunkle Jeans, ziemlich feucht und sehr eng. Vorsichtig streiche ich über die weiche Oberfläche des samtigen Stoffes, der sich kühl anfasst.

Mehrere Unterhosen, bunt, zweifarbig, mit breitem Gummi, schwarz glänzend, elastisch, gestreift, gelb-schwarz. Das sind seine Sachen, wann hatte ich als Letztes die Gelegenheit, seine Wäsche zu sehen? Meine Knie geben ein wenig nach, ich liebe meinen Sohn in dem Moment, da ich seine Kleider aufhänge. Er sieht gut aus, ist schlank, durchtrainiert, gut proportioniert, eigentlich so wie mein Mann, als ich ihn kennen lernte. Ich stelle mir Dietmar in diesen türkisfarbenen Boxershorts vor und lächle im Keller vor mich hin. Was für einen wunderbaren Sohn habe ich da! Wann habe ich aufgehört, mich um seine Dinge zu kümmern? Wahrscheinlich als er zu seiner ersten Freundin zog. Um keinen Schmerz nach außen zu lassen, um niemandem zu zeigen, wie die Seele weinte, um die souveräne Mutter zu spielen, habe ich die Erinnerung an seine privaten Dinge ganz tief in mir verschwinden lassen, und auf einmal am Sonntag, beim Wäscheaufhängen, erinnere ich mich an die vielen kleinen Slips und Hemdchen, an die ausgeleierten Gummizüge in den Turnshorts, an die Badehosen mit den aufgenähten Abzeichen für die erzielten Schwimmleistungen, an die abgetragenen Cordhosen seines älteren Bruders, an die immer dreckigen Turnschuhe unter dem Bett und an Schlafanzüge, mitgebracht von Tante Ellinor, die immer aussahen, als kämen sie aus der Altkleidersammlung – Ärmel zu kurz, Hosenbeine leider auch.

Mir rollen ein paar Tränen die Backen herunter, Dietmar würde jetzt sagen: Also, nun werde nicht kindisch! Er würde seine langen braunen Locken mit der Hand gekonnt nach hinten streichen, er würde mich aus dunkelbraunen Augen einen Moment lang anschauen, nicht zu lange, denn allzu herzlich gingen wir nie miteinander um, das Leben ist so, würde er sagen, werde nicht sentimental.

Aus meinem zierlichen blonden Jungen, der als Baby immer für ein Mädchen gehalten wurde, der in der Schule starke Freunde als Beschützer hatte, ist ein wunderbarer Mann geworden, weich genug, um so zu lieben, wie es den Frauen heute gut tut, hart genug, um im schwierigen Leben, in der Realität, zu bestehen und ohne Eltern klarzukommen.

Lieber Sohn, ich würde bis nach Alaska fahren, um deine Wäsche aus der Maschine zu nehmen, dieser kleine Gefallen nach all den Jahren hat mir am Sonntagnachmittag Erinnerungen an deine Kindheit zurückgegeben, die ich im Alltagsstress nie von alleine zurückbekommen hätte. Spiele weiter Gitarre, bleib bei Gordana, wenn sie dir im Moment das Wichtigste im Leben ist, schreibe weiter deine Balladen, verwirkliche deine Träume, und bitte ruf mich an, wenn die Wäsche aus der Maschine muss.

Ich stelle den Plastikkorb auf den Tisch, lehne die Bullaugentür der Waschmaschine an, lasse den Hebel der Holztür vom Keller zuschnappen, gehe die ungleichmäßig hohen Kellerbetonstufen hinauf, die Haustür klappt zu, ich steige in das Auto und lege Marillion auf, dann fahre ich – eigentlich wie immer zu schnell – nach Hause.

Unwichtig, was ich an diesem Sonntagnachmittag noch getan oder gedacht oder gesagt habe, die 26 Jahre meines Dietmars sind mir in den zehn Minuten Waschküchenaufenthalt wie ein Film vor meinem Inneren abgelaufen, er ist toll.

August

Ich denke den ganzen Tag lang nur an den Menschen, der mir so fremd ist wie irgendein x-beliebiger Mensch, der mir aber durch intensives Nachdenken und Träumen so vertraut ist wie sonst niemand. Ich habe mir wiederholt alle Graphologiebücher aus den Bibliotheken in Blomberg und Lemgo ausgeliehen und seine Schrift analysiert, die auf strenge Selbstdisziplin und ein fast bis zur Askese neigendes Leben hinweist.

Durch unendlich langes Überlegen, durch nichts als eine anfängliche Verliebtheit, durch die Leichtigkeit des sich Vorstellens – was wäre, wenn? – habe ich das Gefühl, diesen lieben, netten Mann schon jahrelang zu kennen. Aber kenne ich ihn überhaupt?

Ich mache meinen absoluten Traumurlaub, drei Wochen Louisiana, ich fliege nach New Orleans, besuche meine alte Bekannte, die Tochter eines früheren Arbeitskollegen, und fühle mich so absolut locker und jung, so frei wie seit dreißig Jahren nicht mehr. Ich habe es wirklich wahr gemacht, bin eines schönen Morgens ins Lemgoer Reisebüro gegangen und habe den Flug gebucht, den Wunschflug, seit ich fast jeden Tag mit Ihnen, meinem Traummann, über die Südstaaten gesprochen habe. Sie haben dort schon mehrere Male gelebt, Urlaub gemacht, Liebe gefunden, alles andere weit hinter sich gelassen. Da ist der Gedanke wieder: Warum sind Sie nicht dort geblieben, warum haben Sie Ihr Glück nicht festgehalten, was hat Sie wieder hierher ins kalte, unfreundliche, herzlose Deutschland gebracht? Ich finde keine Antwort auf diese Fragen, Sie sagen, es habe da keine Zukunft gegeben, ich glaube das nicht. Wem so viel Glück widerfährt, dass man um die halbe Erdkugel fliegt, wem traurig ums Herz wird, wenn die Abflughalle des Flughafens auftaucht, wer Liebesromane liest, bei denen man nächtelang weinen kann, der hat sein ganzes Ich irgendwo anders wohnen. Das ist es, was in der wunderbaren Schrift steht: Selbstkasteiung, bis zur Schmerzgrenze. Ich liebe diese Schrift.

Mein lieber, früherer Arbeitskollege, Sie ahnen nicht, welche absurden Geistesblitze mich seit dem Konkurs der Firma oft heimsuchen.

Ich wollte das Land kennen lernen, in dem ein Mann wie Sie sich verliebt hat. Brenda auf Ihren Fotos zu sehen hat mir nicht genügt, ich wusste, dass ich sie sehen wollte.

Ich fange an Sie zu lieben und weiß mit absoluter Gewissheit, dass das lange Denken, Reden, Überlegen, die gemeinsame Arbeit, das gemeinsame Musikhören mich total aus der Fassung gebracht hat.

Ich trinke Bier, ich trinke Sekt, ich heule auf der Fahrt nach Hause, ich will eigentlich gar nicht nach Hause – und das passiert mir, einer dermaßen zuverlässigen Mutter von vier Kindern. Nie im Leben hat dieses Gefühl die Berechtigung auf Resonanz – oder doch? Was wäre, wenn doch?

Sie könnten mein Sohn sein, ich fliege erst einmal in Urlaub, um Abstand zu bekommen, um zu fliehen, vor irren Gefühlen, die mir Angst machen, über die ich dennoch überglücklich bin. Ich will nicht die leidgeprüfte Frau sein, die dem jungen Mann hinterherläuft, aber komischerweise fühle ich mich von Tag zu Tag jünger – wodurch?

Alles Illusion, alles dummes Zeug, rede ich mir in nüchternen Momenten ein, doch es klappt nicht. Meine Ruhe ist dahin. Karriere, Beruf, alles ist unwichtig, wenn ich nur die von Ihnen aufgenommene Musik im Auto hören kann, wenn ich nur die Fotos von Ihnen ansehen kann, wenn ich nur ab und zu Ihre Stimme hören kann, was soll ich nur für Vorwände erfinden, um anzurufen?

7. August

Gestern gegen acht rief Birgit aus Bonn an, meine Freundin, soll ich sie Freundin nennen? Ich glaube doch, denn es gibt nur eine knappe Hand voll Menschen, die ich als Freunde bezeichnen würde, und Birgit steht auf dieser kleinen Liste so etwa im oberen Drittel. Gell, da bist du baff, meine Liebe? Wir gingen einige Jahre zusammen in Detmold zur Schule, das Mädchengymnasium am Wall, unter der Fuchtel von Frau Dr. Sauerbier, war unser tägliches Schlachtfeld. Vierteljährlich versuchten wir festzustellen, wer die Größere von uns beiden war! Ich bin nicht sehr groß, sie auch nicht, und heute ist es unwichtig, doch damals entfesselte dieses Problem heiße Diskussionen über Vererbung, gesunde Ernährung, Sport und darüber, wie man das Wachstum des Körpers ansonsten noch positiv beeinflussen könnte.

Wir hatten sonst nicht viele Probleme, die schulischen Leistungen waren gut bis mäßig, ich war immer etwas schlechter in allen Fächern, ich war einfach zu still, und mündliche Leistungen waren sehr ausschlaggebend.

Das Schönste in diesen Jahren waren die endlos langen Gespräche über unsere Zukunft, über die gänzlich unterschiedlichen Familien, aus denen wir kamen, über unsere Geschwister, unsere Träume bezüglich unserer Ausbildung und nicht zuletzt über die Kleider, die wir zum Mittel- und Abschlussball anziehen würden. Meine Mutter hatte mir damals diese alle selbst (von Hand) genäht, Birgits Mutter war mehr der Profi mit Maschine und häuslichem Nähzimmer.

Gerd Althoff vom Leopoldinum in Detmold, eine Klasse höher als wir, wurde mein Tanzpartner – nachdem er uns zu Hause mit Blumenstrauß ganz förmlich besucht hatte, ging das in Ordnung. Birgits Tanzpartner ist mir nicht mehr im Gedächtnis.

Harriet und Karin König aus Bad-Meinberg hatten als die Stars der Gruppe die tollsten Kerle, dachten wir damals.

Heute ist Herr Dubbert, ein ehemaliger Schüler, der Leiter des Gymnasiums in Blomberg, das meine beiden Töchter im Moment besuchen und meine Söhne vor einigen Jahren nach dem Abitur verließen. Herr Dubbert war schon damals ein prima Kerl, sah gut aus und war, glaube ich, eben der Partner der hübschesten Mädchen. Nicht dass ich mich nicht hübsch fand, aber ich blieb dank meiner anerzogenen Bescheidenheit immer im Hintergrund.

Die Jahre nach dem Schulabschluss, der Berufslaufbahn, der Orientierung im Erwachsenendasein verliefen mal mit, mal gänzlich ohne Birgit, als hätte ich ab und zu die Verbindung absichtlich verloren. Erst nach meiner Hochzeit, nach der Geburt meiner beiden Söhne, lebte die einstige Freundschaft wieder auf. Birgit heiratete einige Jahre später, doch darüber haben wir uns nie richtig unterhalten.

Briefe und Karten aus dem Urlaub, zu den Geburts- und Festtagen in den Jahren – ich habe sie alle und lese sie manchmal noch durch. Birgit hat die typische Schrift intelligenter Menschen: klein, zierlich, fließend und äußerst intensiv. (Meine Graphologiekenntnisse lassen mich immer alles gleich analysieren.)

Während ich in die Industrie ging, Hektik, Stress, Unsicherheit bezüglich der Beschäftigungssituation als vorprogrammiert einkalkulierte, schlug Birgit die Laufbahn einer Medizinerin ein. Sie ist Psychologin und macht – nach langer Familien- und Babypause – nun wieder Sitzungen im eigenen Haus.

Wenn ich mir überlege, wie lange wir uns nun schon anrufen und schreiben – mit mehr oder weniger langen Abständen –, dann sehe ich diese langjährige Vertrautheit als sehr positiv an, denn nichts ist für mich im Grunde schlimmer als Bekanntschaften mit Menschen, die einem nur kurze Zeit viel bedeuten und dann als Schemen in der geistigen Versenkung verschwinden.

Birgit erzählt mir ihre Urlaubserlebnisse, sie ist sehr besorgt über meine sich dem Ende zuneigende Karriere, Arbeitslosigkeit ist für sie ein Fremdwort. Nur bin ich ziemlich realistisch und sage ihr auch glatt heraus meine

Meinung, mit fünfzig gehörst du zu den sehr schwer vermittelbaren Leuten der Gesellschaft, und so lebe ich einfach weiter.

Wenn wir uns alles gesagt haben, was in dem Moment wichtig erscheint – meistens dauern die Gespräche ungefähr eine halbe Stunde –, kommt dann immer die obligatorische Einladung von ihr, nach Bonn zu kommen, aber ihre Ehe mit Henning empfinde ich als Einengung für sie, und so sage ich zwar manchmal zu, aber ich möchte doch lieber mein Ding machen und sie dann besuchen, wenn es mir in den Kram passt. Diese Besuche sind oft sehr anregend für mich, aber ich muss selbst darüber entscheiden können, so egoistisch bin ich nun mal.

Ich mag Birgit, weil sie mir die Gewissheit gibt, für sie eine Person zu sein, die es sich nach all den Jahren noch lohnt anzurufen und zu der es sich lohnt, einen – wenn auch nicht allzu intensiven – Kontakt zu halten. Mein riesengroßes Problem – schon seit ich denken kann – ist, dass ich mich nicht genug öffnen kann, dass ich alles mit mir selber abmache und selbst sehr freundschaftliche Hilfe in allen Lebenslagen regelrecht ablehne, ich kann alles selbst schaffen, so ist meine Einstellung. Es gäbe andernfalls für uns weitaus intimere Punkte zu besprechen als vielleicht gerade nur die an der Oberfläche bleibenden Dinge. Ich denke, ich habe eine leichte Angst, sie könnte mir aufgrund ihres Berufs und der Fähigkeit, zwischen den Zeilen zu lesen, zu sehr hinter die Stirn schauen.

Die alten Schwarzweißfotos in meinem kleinen roten Album von dem Aufenthalt im Landschulheim in Kükenbruch sehe ich mir hin und wieder an, wo sind die 35 Jahre, die seither vergangen sind, was waren wir für tolle Kinder damals!

Wenn es in meinem Leben mal keinen Ausweg mehr gäbe, dann würde ich zu Birgit gehen, so viel steht fest, dieses Urvertrauen in ihre weise Art, in ihre beruhigenden Worte, das habe ich auf jeden Fall, wenn ich es ihr auch nie gesagt habe.

Die Wut einmal so richtig herauszulassen habe ich mir schon immer mal vorgestellt, aber ich bringe es nicht fertig, mein schönes Geschirr an die Wand zu pfeffern oder den Kindern den Hintern zu versohlen. Ich kralle mir mein Kopfkissen und beiße hinein, damit ich nicht laut schreie.

Es ist doch so: Mein Mann setzt sich über alle Absprachen, Konventionen, Gepflogenheiten und Regeln hinweg und macht, was er für sich für richtig hält. Er rüstet seinen VW-Bus mit Matratze, Schlafsack und Decken aus und meint, er komme schon klar, ich solle ruhig weiter zu Hause alles erledigen, kochen, Rechnungen bezahlen, mich um Kinderwäsche und Haushalt kümmern, denn jetzt sei ich ja zu Hause und ihn gehe das ja jetzt etwas weniger an, seit ich arbeitslos und notgedrungen immer da sei.

Was für eine Einstellung! Enorm, ich bewundere den Mut, den er hat, rechnet er nicht damit, dass ich rebelliere und ausflippe? Nein, er kennt mich, er weiß, dass ich mir lieber die Fußsohlen aufkratze, dass ich mir lieber eine Flasche Whisky in den Kopf knalle, dass ich mit dem Auto durch die Gegend rase, dass ich danach aber wieder – wie immer – angepasst und in der Lage sein werde, auch seine neuerlichen Marotten aus dem Blickwinkel der alles verstehenden Frau zu sehen. Nur in einer Sache hat er sich verschätzt: Langsam sind die beiden Mädchen so weit, dass sie mir sagen, ich solle doch nicht länger nur zusehen, sondern endlich etwas unternehmen. Welch ein Ding, die Kinder warnen mich davor, mich selbst zu vergessen, sie sind schon so weit, Gerechtigkeit unter den Erwachsenen einschätzen zu können. *Ich überlege, ob ich dem Vorbild, das ich für meine Kinder immer sein wollte, durch mein Verhalten entspreche. Mein gesunder Egoismus ist verschwunden, ich lasse meinen Mann ziehen, er nabelt sich ab – ein Zeichen der Zeit, ein Vater, der sich zurückzieht und dies mit der emanzipierten Art seiner Frau rechtfertigen will.*

Frau kann sich wirklich nur auf sich selbst verlassen. Ich werde es packen, ich werde den Kindern, mir und meinem rücksichtslosen Mann beweisen, wie ich die Lage – brenzlig ist sie schon, weil ich durch Gefühle, Arbeitslosigkeit, Sehnsucht nach Neuem, Liebe zu einem wesentlich jüngeren Mann, der nichts davon weiß, etwas aus meiner Kurve geschmissen wurde – packe und alles richte, das zeige ich ab morgen meiner Umwelt, meinen Leuten. Klopf dir auf die Schulter, Doris, du meisterst wirklich auch dieses Ding!

Es fiel mir beim Hundespaziergang eben ein, dass ich die folgende Anzeige aufgeben könnte: Suche zahlungskräftigen Fünfziger, der meine momentanen Verbindlichkeiten für eine Weile übernimmt, werde mich in dieser Zeit verbindlich erweisen! Situation soll aber zeitlich begrenzt sein. Ich werde die Anzeige aufgeben und werde erstaunt sein, wie viel wohlhabende Männer in diesem Alter meinen, für Geld viel bekommen zu können. Meine Verbindlichkeiten wären von einer ganz besonderen Art, ich hätte keinerlei Skrupel, diesen das Fell über die Ohren zu ziehen, dass es nur so rauscht, wahre Liebe gibt es nur im Märchen, alles andere ist ein Geschäft.

Das werde ich meinen Kindern mitgeben: Bitte bleibt euch selbst treu, lasst keinen Mann und keine Frau euch aus der Fassung bringen, dass unter dem Deckmantel der Liebe euch Dinge angetan werden, die unwürdig und schlecht sind. Liebe in der Ehe – eine Illusion! Liebe für ein Leben – ja, aber nur, wenn sie als Wunschtraum eure Sehnsucht beflügelt. Sobald der Ehealltag einzieht, fängt die Liebe an einzugehen. Träume von Glück – nur möglich, wenn es Träume bleiben dürfen.

Wenn ich mir überlege, dass ich mit zwei oder drei Nebenjobs mehr verdienen kann als nach meiner Ausbildung hauptberuflich, denke ich schon, dass ich jahrelang wirklich ganz schön blöde gewesen bin. Es kommt unter dem Strich effektiv mehr heraus und es macht mehr Spaß. Ich verkaufe bei einer früheren Schulkameradin in der »Detmolder Bücherstube« an Samstagen oder auf Abruf Bücher, CDs, Filme und alles, was es so in einem »Buchclub« gibt. Manchmal bekomme ich meinen Verdienst bar ausgezahlt, wenn ich will, kann ich aber auch Bücher haben, ich bin sehr froh darüber, denn ich lese unheimlich viel, dem Buchclub ist ein normaler Buchladen zusätzlich angeschlossen, wo ich schon oft Neuerscheinungen fand, die ich manchmal sogar während der Arbeitszeit lesen kann. Also, ein besseres Arbeiten kann man sich nicht vorstellen.

Der zweite Nebenberuf ist ein Servicejob im »Metro Kino Center« in Lemgo. Ich verkaufe Bier, Altbier, Cola, Fanta, Eis in der Pause und serviere bei Bedarf während der Vorstellung, was die Kinobesucher so bestellen, oft Kaffee oder Tee. Harte Sachen stehen auch auf der Karte, wir haben Weinbrand, Fernet, Whisky, Sekt, und wer will, kann Tee mit Rum bekommen. Das Geschäft geht ganz gut, die Prozente und der Stundenlohn stimmen auch, sodass ich mir auch hier ein Hobby, Filme, zum Beruf gemacht habe. Die ganze Familie kann kostenlos ins Kino, jeden Film sehen, der läuft, schon das ist ein riesiger Vorteil.

Jetzt müsste ich noch einen Taxijob bekommen, dann hätte ich alles, was ich will, denn Auto fahren ist auch sehr gut dafür geeignet, um Geld zu verdienen. Es kommt mir so vor, als hätten wir hier schon fast amerikanische Verhältnisse, man macht, was man möchte; man sagt, ich bin Servierin, und man ist es, wenn man es bringt, man sagt, man ist Buchverkäuferin, und man ist es auch, vor allem, wenn man selbst Spaß an Literatur hat, überhaupt kein Thema. Flexibilität ist eigentlich alles, ich denke mal, in den Staaten käme ich auch klar.

Zu einem weiteren Studium hat mir mein Berufsberater geraten, als ob ich das nach dreißig Berufsjahren noch nötig hätte! Falls ich es ablehne – es wird als weitere Qualifikation angesehen –, würde mir das Geld gekürzt werden, und das brauchen nun mal meine Kinder. Nun, wenn nötig werde ich vor der Rente eben noch etwas studieren, was soll's! Warten wir erstmal ab, was für einen Studienplan diese superschlauen Beamten für mich ausarbeiten, zugrundegelegt wird mein früheres Studium. Es gibt Stellenvorschläge vom Amt, denen du nachgehen musst, sonst läuft deine Unterstützung nicht weiter. Es sind aber wirklich nur Angebote der allerletzten Firmen, die selbst auf dem freien Markt keine Arbeitnehmer finden würden. Ich habe vom Arbeitsamt noch nie eine Stelle bekommen, es war immer Eigeninitiative, der ich meine Stellen verdanke.

Unsere Nachbarn hier aus dem Dorf schauen ganz irritiert, wenn sie mich bei ihren – wie ich jetzt ja sehe – seltenen Kinobesuchen hinter dem Tresen stehen oder mich in der Pause mit meiner Box Eis verkaufen sehen. Sie vermuten mich nicht da, sie schauen zweimal, dann nicken sie nur kurz, sagen hallo, guten

Tag, alles angegraute verkappte Kleingeister. Da sind die Jungen aus dem Dorf viel lockerer: Hi, Sie hier? Toll, na dann machen Sie mir mal ein Altschuss! Ein Italiener, der immer vor meiner Einfahrt parkt und den ich schon ein paar Mal und eigentlich immer, wenn er gegenüber seinen Freund besucht, herausschellen muss, macht es sich öfter zum Sport zu beobachten, wie ich mit meinem Wagen herumrangiere, um nicht an die Mauer zu kommen. Nun steht er vor mir, grinst und nimmt ein paar Biere mit für seine Kumpels, mit denen er »Alarmstufe Rot 2« anschaut. Während der Film läuft, können die Besucher schellen, und ich bringe ihnen dann tablettweise ihre Getränke. Manche denken, die Schelle sei der Knopf, um die gedämpfte Raumbeleuchtung auszuschalten, sie schellen und – oh Entschuldigung, aber wenn Sie schon mal da sind, bringen Sie mir doch noch ein Bier! Manchmal mache ich es mir zu einem Sport, die Leute an der Kasse anzuschauen und zu raten, welchen Film sie sehen werden. Oft habe ich Recht, ich werde immer besser im Leute einschätzen. Oder sie stehen am Tresen und wissen nicht, was sie trinken wollen. Dann überrede ich sie zu etwas, manchmal klappt's, die Unentschlossensten sind die Männer, Singles, meistens so im Alter um die dreißig. Sie zögern, hinter ihnen steht schon eine Schlange weiterer Kunden, ich muss sie bedienen, es geht ja auch um meine Umsatzprovision, also, sage ich, nehmen Sie eine Tafel Schokolade, einen Kaffee und dazu einen Weinbrand. Oder: Wir haben Whisky, aber für die Vorsichtigen auch alkoholfreies Bier! Was nehmen die? Ich schwöre, sie nehmen Whisky! Wer will schon als vorsichtig gelten in der Männerwelt!

So kann man die Leute manipulieren, ich tue das ganz gerne, muss nur im Gedränge aufpassen, dass ich richtig Geld rausgebe, aber es haut ganz gut hin. Ich wusste noch gar nicht, dass in mir eine halbe Wirtin steckt, so viel Eis wie gestern Abend in der Eispause habe ich lange nicht verkauft, vielleicht mögen die Leute meine unkomplizierte Art, meine Neigung, auch mal ein Wort laut und deutlich vor versammelter Menge zu sagen.

Na ja, mit dem Bücherverkaufen ist es ganz ähnlich – ich habe schon viele dieser Neuerscheinungen gelesen und kann die Leute ganz gut beraten, das lieben sie, wenn man mit ihnen über die Bücher spricht, bevor man sie zum Kauf überredet. Ich habe noch nie erlebt, dass jemand ein Buch nicht genommen hat, wenn ich sagte, es sei gut und empfehlenswert. Ich glaube, die Leute wollen sprechen vor dem Kauf, dieses anonyme Selbstbedienen ohne Kontakt ist höchstwahrscheinlich kein richtiges Kauferlebnis mehr. Da liegen unheimliche Potentiale für den Handel, denke ich mal.

Konsumieren verschafft Befriedigung, einmal für den Kopf und die Seele bei Büchern, einmal für Hunger und Durst, während man sich einen Film anschaut.

Ich stelle mir gerade wieder zum 100. Mal vor, dass ich Eis, Cola, Popcorn und Chips in New Orleans, im »Superdom«, verkaufe, das wäre traumhaft. Vielleicht bringe ich das auch noch. Man sollte nie nie sagen.

Ich heirate später mal eine Gärtnerin! Sie stehen da, Sie wissen nicht, was Sie noch sagen sollen, ich muss gehen, um nicht weinen zu müssen. Ich sehe an Ihrem Verhalten, daran, wie Sie gehen und an dem, was Sie sagen, dass Sie sich freuen, mich zu sehen. Ich spüre, dass ich es genau richtig gemacht habe, als ich Ihnen heute die Filmplakate gebracht habe. Sie wollten das Plakat von »Braveheart«, einem dreistündigen, riesigen Schauspiel über die schottischen Freiheitskämpfe gegen England, das so voller Action ist, dass die Liebesgeschichte fast verloren geht. Braveheart hängt an seiner Jugendliebe, bis er zu Tode gefoltert wird. Seine kurze Beziehung zur Schwiegertochter des englischen Königs, die ihm hilft, wird von einem Nachkommen gekrönt, von dessen Existenz er aber nichts mehr erfahren wird vor seinem Tode. So endet die Geschichte tragisch, für den Zuschauer aber auch versöhnend, da die Tränen der Geliebten ihn selbst zum Weinen rühren und gleichzeitig das Wissen da ist, dass ein Nachkomme von Braveheart existiert.

Ich habe Ihnen auch noch das Plakat von »French Kiss« besorgt, das wollten Sie zwar nicht, aber ich weiß, Sie mögen diese Meg Ryan sehr, sie ähnelt Brenda. Sie werden Brenda nie vergessen.

Auf einmal sind da wieder Ihre ganzen Sprüche, das Gefühl der Unsicherheit, das Sie überkommt, wenn gewisse Gefühle nicht an die Oberfläche kommen dürfen. Sie sagen »Gute Besserung«, wenn es gar nichts zu verbessern gibt, Sie freuen sich über die Bücherliste, die ich Ihnen mitgegeben habe. Ihre Augen glänzen, Sie wissen nicht, wie sehr ich mich darüber freue, wenn Sie sich freuen.

Ich habe Ihnen noch zwei Rosen mitgebracht, die müssen Sie einpflanzen. Ich weiß, Sie brauchen etwas Lebendiges, wofür Sie sorgen müssen. Sie brauchen noch einen zweiten Bonsai, die Bonsais dürfen nicht so allein sein. Sie meinen, Sie haben keine Ahnung davon und auch keine Lust dazu. Mein Bester, Sie wissen nicht, in welch schneller Zeit Sie vielleicht dafür verantwortlich sein können, für Ihr Elternhaus und Ihren Garten! Ich hoffe, Sie werden dann nicht machtlos den Dingen gegenüberstehen, ich hoffe, die Rosen werden in Ihrem Garten blühen, Sie werden sicher die Stelle sehen, an der Ihre Mutter oder Ihr Vater die Stöcke hingepflanzt haben. Ich liebe Sie, als ich ihre Neugierde sehe, mit der Sie in die Tüte schauen. Sie brauchen nicht danke zu sagen, Ihr Blick ist so viel für mich, dass ich jetzt schon überlege, was ich Ihnen noch schenken kann. Sie sagen, Sie heiraten eine Gärtnerin, als ich Ihnen sage, Sie müssten sich mit Rosenpflege befassen. Ich liebe diese lockeren Sprüche so sehr an Ihnen, ich weiß zwar, dass sie irgendwie ein Hilfeschrei sind, aber ich versuche Ihnen zu helfen. Ich möchte, dass Sie auch äußerlich so werden können, wie Sie in Ihrem Inneren längst sind. Vielleicht haben Sie die Rosenstöcke auf der Heimfahrt in den nächsten Straßengraben geworfen – egal, nur die Filmplakate waren ja der Anlass meines Besuchs.

Heute muss ich die Pergola streichen, sonst wird das vor dem Winter nicht mehr fertig. Meine Rosen, die rankenden, müssen noch gepflanzt werden, ich muss noch mein Gartenbuch dazu studieren. Ich kenne Sie so genau, Sie werden nichts dergleichen tun, Sie werden nichts wegwerfen von mir, Sie freuen sich über jede Liebesandeutung, Sie ahnen nicht, wie sehr ich Sie mag. Ich könnte Ihnen einen ganzen Rosengarten schenken.

Welchen Song soll ich mir jetzt auflegen? Es gibt einen Text auf dem Album »Brave«, den ich so irre finde, dass ich ihn hier aufschreiben muss. (Ich finde die Gruppe Marillion so gut, weil alles, worüber sie schreiben, aus meinem Leben stammen könnte, vielen Dank, Steve Hogart, für diesen Text!)

Made again

I have been here many times before in a life I used to live
But I never saw these streets so fresh washed with morning rain
Like the whole world has been made again

I have seen this face a thousand times every morning of my life
But I never saw this eyes so clear free of doubt and pain
Like the whole world has been made again

I have been here many times before in a life I used to live
And it's all because you made me see what is false and what is true
Like the inside and the outside of me is being made again by you

Like a bright new morning, like a bright new day
I woke up from a deep sleep, I woke up from a bad dream
To a bright new morning, to a bright new world

The whole world has been made again

Ich finde noch viele andere Titel wunderbar, ich kenne vom Anspruch, den diese Musik an den Zuhörer stellt, wenig Vergleichbares.

Mein lieber Freund dort hinten in Bielefeld, morgen sehe ich Sie endlich wieder. Sie sind das Sprungbrett für meinen Mutsprung in mein eigenes Leben, bisher war ich überwiegend für andere da, Sie gaben mir den kleinen Kick, mich endlich wieder zu finden. Wie sehr wünsche ich mir, dass Sie glücklich sind, was kann ich tun, um Sie froher zu machen? Ich merke genau, wenn Sie traurig sind, ich merke es an nur einem Satz, an Ihrem Tonfall, es beängstigt mich, wie schnell ich nach nur einer Ihrer Äußerungen Ihre Seelenlage sehe, ich hoffe nur, Sie haben die Möglichkeit, nach New Orleans zu kommen, Sie müssen jetzt endlich Brenda wiedertreffen. Was ist Schicksal, was ist schon Glück? Für mich bedeutet es ein unwahrscheinliches Glück, Sie getroffen zu haben. Die Vorstellung, Sie kommen endlich am Ziel Ihrer Träume und Ihrer Sehnsucht an, ist für mich so toll, dass ich oft nicht daran zu denken wage, dass Sie vielleicht dort bleiben könnten und ich Sie nie wiederträfe. Wie sehr träume ich manchmal, irgendwo in Ihrem Leben einen kleinen Platz zu haben.

Sie sagen, Sie brauchen mal wieder Wärme, Romantik, Meer, Sonne, Urlaub und alles, was dazu gehört. Ich weiß, was Sie meinen, ich habe es erlebt, man kann süchtig danach werden. Sie brauchen dringend einen Menschen, mit dem Sie das gemeinsam erleben.

Wir (es liegt eine unheimliche Vertrautheit in dem kleinen Wort »wir«) haben gestern zusammen gegessen, Sie wissen nicht, welche Anstrengung es von mir verlangt, so ruhig, unverbindlich und locker zu tun. Ich finde es unheimlich toll, mit Ihnen zu essen, es macht Spaß, Ihnen zuzuhören. Wenn wir uns über Filme und Musik unterhalten, scheint die Welt in Ordnung zu sein. Sie sagen, diese rothaarige Frau da vorhin sei Ihre Freundin gewesen. Was soll ich dazu sagen? Sie fragen nach meinem Mann, ich sage Ihnen, ich denke, dass es ihm gut geht, ich habe ihn schon länger nicht gesehen. In Wirklichkeit will ich sagen, kommen Sie zu mir, besuchen Sie mich, Sie können bei mir schlafen, wenn Sie wollen, mein Mann schläft ohnehin woanders. Sie möchten, dass ich Ihnen ein Filmplakat besorge, Sie wissen nicht, welches, ich werde Ihnen Meg Ryan besorgen, die finden Sie gut, wissen Sie wieso? Sie sieht Brenda ähnlich, sie ist in etwa der Typ. Ich kann nichts Vernünftiges antworten, als Sie von ihren Träumen und Sehnsüchten erzählen. Ich darf mir nichts anmerken lassen.

In der Kurve hinter der Auffahrt auf der I-10 East geht in dem breiten Grasstreifen vor dem anschließenden Feld eine Frau auf und ab. Sie winkt den Autofahrern zu, sie ist keine Anhalterin. Sie trägt einen langen grauen Rock, eine bunt gemusterte Bluse, die halb im Rock steckt und über der Hüfte an einer Seite heraushängt. Lange, mittelblonde, leicht gewellte Haare hängen bis in halbe Rückenhöhe und bedecken ihr Gesicht bis zur Hälfte. Den Hut, den sie trägt, umkränzt ein Blumengebinde aus frischen, bunten Blumen, aus dem eine lila Knospe herausragt; alles ist etwas unordentlich gebunden und wirkt wie zufällig um den Hut herum verteilt.

Ab und zu bückt sie sich nach Gräsern oder Blumen, die hoch und wuchernd im grünlichbraunen Grasstreifen wachsen. Ein geflochtener Korb steht wie vergessen am Straßenrand, hin und wieder legt die Frau einen Stängel in den Korb hinein.

Als ich das erste Mal diese Auffahrt nahm, kam die Frau mir vor wie eine Reliquie aus der Flower-Power-Hippiezeit – genau dieser Stil war damals angesagt, sie wäre überhaupt nicht aufgefallen. Der Kontrast zwischen den Lkws, Trucks, Pkws an dieser Auffahrt in Slidell direkt am Causeway Boulevard und dieser zierlichen Person war jedoch so stark, dass man unwilkürlich den Fuß vom Gas nahm, wenn man die Frau sah. Einige Trucker donnerten auf die Hupe, einmal, zweimal, oder beugten sich aus dem Fenster, um ihr irgendwas zuzurufen, vor mir der Truck hielt an, die ganze lange Autoschlange dahinter dann auch, aber die Frau stieg nicht ein, sie lächelte und setzte ihren Spaziergang durch das Gras fort.

Ben, Claudias Sohn, sagt: Die spinnt, she's crazy. Think she's a little bit scatterbrained, you know?

Wenn wir zur großen Mall fahren, müssen wir immer diese Auffahrt nehmen, und dann ist die Frau meistens da. Claudia sagt, solange sie hier wohnen, sehen sie schon diese Frau da. Jeden Tag, auch sonntags, sie geht immer an dieser Stelle auf und ab.

Wir sprechen nicht weiter über die Frau, aber wenn ich allein bin, mache ich mir eine lange Zeit Gedanken über die Frau. Ich glaube nicht, dass sie verrückt ist, sie wartet nur.

Jetzt frage ich mich, warum ich nicht ausgestiegen bin und mit ihr gesprochen habe, ja ich ärgere mich über mich selbst, dass ich immer nur darüber nachgedacht habe, was sie da macht, aber nie nachgefragt habe. Hätte sie mir geantwortet? Ich glaube, sie wartet auf ihren Freund, der sie vor langer Zeit an dieser Stelle aus dem Wagen gelassen hat. Er wolle nur kurz noch etwas besorgen, sagte er, und sie dann wieder abholen. Sie hat ihm geglaubt, sie wartet auf ihn, weil sie ihm glaubte.

Wenn ich das nächste Mal nach New Orleans fliege und die Frau noch da sein sollte, werde ich sie fragen. Wenn sie nicht mehr da sein wird, hat ihr Freund sie sicherlich abgeholt.

Wie lange kann sie wohl warten?

Damals in Miami schliefen die kubanischen Schwarzen am Strand auf den Holzliegen, die die großen Hotels dort verteilt hatten. Ich hatte sie, als ich in der Morgendämmerung schwimmen ging, angesprochen und gefragt, warum sie hier und nicht irgendwo zu Hause schliefen, sie hätten kein Zuhause, war da die Antwort. In New York schliefen Hunderte von obdachlosen Menschen in der U-Bahn, sie saßen oder lagen in den Gängen, unterhielten sich und musizierten teilweise zusammen, sie schienen irgendwie mit sich selbst in Einklang, sie lächelten ähnlich wie die Frau an der Auffahrt in Slidell.

Ich krame planlos in den Papieren, Notizbüchern, Lesezeichen, Postkarten auf dem mit Gänsen bemalten Blechtablett auf meinem Wohnzimmertisch. In einem mit künstlichem Wildleder bezogenen, abgelaufenen Kalender aus meiner Berufszeit habe ich die Postkarten gelegt, die das Anwesen von Anne Rice – der Autorin von »Memnoch the Devil« – im Garden District, Nähe La Fayette Cemetery, zeigen. Meine Fotos von diesem malerischen, romantischen, Reichtum ausstrahlenden Stadtteil sind so charakteristisch, dass ich eigentlich einen Bildband herausbringen möchte. Die Postkarten dagegen sollen in wenigen Strichzeichnungen ja nur lediglich dieses Haus umreißen. Wer selbst schon davor stand, kennt es genau wieder, wer den Film »Interview mit einem Vampir« gesehen hat, weiß, dass dort einige Filmszenen gedreht wurden.

Ich blättere die Postkarten gelangweilt durch und stutze, die Rückseite der einen ist mit grüner Tinte beschrieben. Ich lese die Kinderschrift meiner Tochter: Liebe Eltern, ich hab Euch unendlich lieb, eure Sonja! Im Adressenfeld ist ein großes Herz aufgemalt und der Punkt des Ausrufezeichens am Schluss ist auch ein kleines Herz. Ich sehe wie immer als Erstes die Uneinheitlichkeit bei »euch«, einmal das große, dann das kleine e, erst dann wird mir klar, was ich da überhaupt lese.

Meine Tochter heißt Sonja-Melanie – Melanie, das ist der einzige Name, den ich für eins meiner Kinder aussuchen durfte. Meine Söhne benannte mein Mann, meine erste Tochter benannte mein Mann. Meine zweite Tochter, die ich meinem Mann nach endlosen Diskussionen über Familienplanung dann doch trickreich und mit weiblicher Geschicklichkeit abgerungen habe, benannte zunächst meine erste Tochter – sie hatte augenscheinlich mal eine Sonja im Kindergarten kennen gelernt. Dann gab ich dem Mädchen noch den Namen Melanie, den ich sehr apart finde. Sie hat als einziges meiner Kinder zwei Namen. Sie teilt uns so beiläufig auf einer weggelegten Postkarte ihre Liebe mit. Wir – also überwiegend ich, mein Mann interessiert sich nicht für Karten – sollten sie höchstwahrscheinlich finden, und ich fand sie ja auch. Kinder haben oft einen unheimlich sicheren Instinkt für Ungereimtheiten im Leben, für Dinge, die ihnen selbst Unsicherheit bereiten, für Situationen, die ihre kleine Sicherheit zu Hause, ihr Reich, beeinträchtigen oder verändern könnten. Sonja will mit ihrer Mitteilung vorbeugen, sie will mich zum Überlegen bringen, sie will mir sagen, dass sie mich und meinen Mann, ihren Vater, liebt. Sie ist mein ertrotztes Kind und ich darf meinem Mann heute und ich durfte auch schon gleich nach der Geburt nicht mehr damit kommen, dass er sie gar nicht mehr wollte, dass er seine Familienplanung nach Bianca eigentlich längst abgeschlossen hatte. Ja, so sind Männer, er liebt sie jetzt abgöttisch, sie ist das Einzige, das ihn nach Hause zieht, wenn sein Musikerleben ihn durch die Lande treibt. Er hat sie groß gefüttert wie alle unsere Kinder, während ich vor lauter beruflichem Stress und wegen der Doppelbelastung am Wochenende und in den Ferien bald auf der Strecke geblieben wäre. Sonja lebte als Baby gefährlich, ich habe oft bissige Bemerkungen gemacht, auch über die Art und Weise ihrer Entstehung, ich habe lachenden Auges jedem, der es hören wollte, gesagt: Wenn eine Frau unbedingt ein Kind von einem Mann will, kann sie es auch haben, wenn sie es nur richtig anfängt. Heute ist mir klar, dass ich meinen Mann mit dieser vermeintlichen Überlegenheit unendlich gereizt und seine Überreaktionen geradezu herausgefordert habe. Er hob oder besser riss dann manchmal die Kleine an den Beinchen hoch, hielt sie über den gedeckten Tisch – mir wurde Angst und Bange – und sagte: Hier hast du dein Balg oder so ähnlich, er musste schon viel Stress, Hausfrauenstress, mit mir erdulden. Aber die Bereiche waren nicht so klar abgegrenzt wie in einer Ehe, in der der Mann die Brötchen verdient, es blieb in der Regel doch alles an mir hängen – meinem Mann oblag nur die Versorgung der Kinder unter der Woche. Wie auch immer: Ich habe meine Sonja bekommen, mein Mann hat es akzeptiert und sein erstes Nein ist ein Ja zu ihr geworden. Dennoch: Die Wärme zwischen Vater und Mutter müsste da sein, um ein ganz intaktes Familienbild abzugeben.

Unsere Sonja schenkt uns so viel mehr, als wir ihr geben können. Sie schreibt es auf, wenn sie merkt, dass es zwischen ihren Eltern nicht mehr stimmt, sie kann damit nichts bewirken, unbewusst registriert sie das, daher legt sie die beschriebene Postkarte einfach in ein Notizbuch auf dem Tisch. Ich möchte nicht wissen, welche Botschaften ich von unseren Kindern noch so beiläufig finden werde.

Es stirbt in Etappen, das Abkühlen der Gefühle geht langsam und stetig weiter, ich bin hart und bissig, mir selbst gestehe ich gerade so viel Gefühl zu, dass ich ab und zu ein Lächeln herausgebe. Der Panzer um mein Herz wird hart und immer dicker.

Mein Traummann,

Ich wüsste zu gerne, ob Ihr Bonsai noch lebt!

Ich habe in der Zwischenzeit eine lange Kur mit meiner kleinen Neuanpflanzung durchgeführt, erst waren kleine Tierchen ganz scharf auf die Unterseite der Blätter, dann hat ein sehr trockener Tag die Blätter zum Vergilben gebracht, und ein Anruf in Enger, der Bonsaischule hier in der Nähe, brachte mir und dem Bäumchen Hilfe. Wenn unter der Rinde am Hauptstamm alles hellgrün erscheint, dann stülpt man eine durchsichtige Plastiktüte vorsichtig um die Pflanze und erzeugt so ein kleines Gewächshaus, in dem die Luft durch die Bodenfeuchtigkeit schön nass bleibt, der Beutel beschlägt von innen und es perlt sogar Schwitzwasser herunter. In diesem Klima und mit etwas Sonne treibt der Baum neu durch und erholt sich rasch. Meine clevere Sonja-Melanie hat diese Prozedur für mich zu Ende durchgeführt, während ich in USA weilte.

Stolz wie eine Diplomgärtnerin zeigte sie mir nach meiner Rückkehr den Erfolg. Der Baum braucht Liebe, sagt sie, sie hat Recht, sie spricht mit allen Pflanzen, sie hat mich mal dabei erwischt und fand es beeindruckend, die Pflanzen leben im Dialog mit dem Menschen auf, der sie liebt.

Warum hatten Ihnen Ihre früheren Kollegen von »Etienne« denn keinen Bonsai zum 30. Geburtstag geschenkt?

Eines Tages im März, als es morgens sogar noch Neuschnee gab, fuhren wir gemeinsam los, um Ihnen einen Bonsai zu kaufen. Die Sonne schien, der Schnee glitzerte, die Straße war frei, und ich war total happy, mit Ihnen diese kurze Strecke fahren zu können, ich wäre am liebsten bis Wladiwostok gefahren. Irgendeine Musikkassette lief, Van Halen oder so etwas. Ich verdränge immer alles Mögliche aus meinem Kurzzeitgedächtnis, aber niemals diese Fahrt, nicht den Kauf Ihres Baumes, des kleinen Chinesen, den Sie aus diesem Vitrinenschrank aussuchten. Ich sehe Sie noch jetzt in Ihrer karierten Jacke da stehen, ich wüsste zu gern, ob Sie den Baum noch haben!

Manche Dinge vergesse ich nicht, kleine Tagesereignisse, Glücksmomente, die in der letzten Zeit sehr rar für mich waren.

Ich möchte ein Kinderbild von Ihnen haben, ich weiß nicht, wie ich es Ihnen sagen soll. Ich brauche es zum Überlegen. Sie sehen, wenn ich Sie von der Seite aus betrachte, sehr jung, weich, nachdenklich, unwahrscheinlich lieb aus, ich möchte wissen, wie Sie als Junge, so mit vier oder auch sieben Jahren ausgesehen haben. Würde Ihre Mutter das verstehen, wenn ich sie darum bitten würde? Ich glaube, ich weiß, wie Sie aussahen!

Ich versuche, diese Gedanken sein zu lassen, aber ich kann nicht.

An Ihrem kommenden Geburtstag werde ich Sie entweder im Geschäft oder zu Hause besuchen, ich glaube, Ihr Bonsai braucht Gesellschaft! Oder vielleicht werden Sie gerade mit Brenda in der Karibik sein. Bitte, erfüllen Sie sich diesen Wunsch!

Als ich die letzten Tage des Urlaubs mit den Kindern am Ammersee war, habe ich im Kloster Andechs zwei Kerzen für Sie und Brenda angezündet, ich dachte ganz intensiv an Sie und Ihre Liebe und betete leise deren Unendlichkeit herbei. Zeit und Raum waren fort, ich glaube, ich schrieb sogar nach einem schönen kühlen Andechsbier noch eine Karte an Brenda. Sie hätten mir nichts erzählen dürfen, ich werde total krank, mein Kopf ist ganz konfus, es ist für mich nicht auszuhalten, dass Sie traurig sind und womöglich mit Mädchen rummachen, die Ihre Zuneigung und die Zeit, die Sie mit ihnen verbringen, gar nicht verdienen.

Liebe macht eben nicht blind, im Gegenteil, sie lässt mich alles viel, viel klarer und schärfer sehen.

Ich will die Patentante Ihres ersten Kindes werden, wenn Sie erlauben. Würden Sie es wollen? Oder bin ich zu schlimm? Vielleicht bin ich aber bis dahin schon verkalkt ...

Ich habe mir Peter Gabriel aufgelegt, die Musik ist so perfekt, die Texte sind anspruchsvoll, zu jedem Song gibt es eine Parallele in meinem Leben, den Trost und die Zuversicht z. B. aus »Don't give up« kann ich heute gut gebrauchen.

Der Briefträger klappert mit dem Metallbriefkasten vor der Tür und wirft wie jeden Tag Werbung, Ansichtskarten für meine Töchter von den vielen Freundinnen weltweit, Rechnungen und Mahnungen und als Krönung des Papierwustes Umschläge mit Absagen von Firmen, bei denen ich mich beworben hatte, ein.

Bitte betrachten Sie es nicht als persönliche Abwertung, bla bla bla, wir wünschen Ihnen alles erdenklich Gute, bla bla bla – so geht das fast täglich. Ich möchte meinen Frust hierüber nicht im Alkohol ertränken, jedoch kann ich den sozialen und moralischen Abstieg vieler Arbeitsloser so langsam gut nachvollziehen. Mein Mann sagt, du musst es eben so hinnehmen, du bist eben zu alt, bitte akzeptiere mit allen Konsequenzen dieses Wort: alt.

Ich bin sehr gerne alt, ich möchte zwar hin und wieder noch jung sein, aber meine Berufserfahrung konnte ich nur durch Älterwerden erlangen. Nur was ist passiert, dass hier bei uns diese Erfahrung nicht mehr wichtig ist? Es zählt ganz einfach nicht mehr. Selbstsicherheit, Fachkompetenz, gute Ausbildung und Beständigkeit werden ersetzt durch ein paar Computereingaben, die dann von jedem x-beliebigen, ungelernten Anfänger durchgeführt werden können. Was ist das hier für eine Gesellschaft, in der schon 45-jährige Männer und Frauen zum alten Eisen gehören, wo sie doch erst dann richtig abgeklärt sind und die nötige Reife haben, um im Beruf erst so richtig bestehen zu können. Ab dreißig wird erst angefangen zu arbeiten und mit fünfzig werden die Leute wieder ersetzt. Wer soll uns alte Generation dann unterhalten?

Habe ich vier Kinder in diese verdammte Welt gesetzt, die ihre eigene Zukunft nicht sehr rosig sehen können und die später vielleicht über die Hälfte ihrer Einkünfte abgeben müssen – für rüstige Frührentner wie ihre Mutter?

Es ist eine Ungeheuerlichkeit, dass die Regierung, die ich ja selbst gewählt habe, nicht gegensteuert. Wenn schon niemand mehr den Mut hat, Kinder zu bekommen, dann sollten die wenigen, die von ihren Eltern noch in diese Welt gesetzt wurden, nicht damit bestraft werden, eine Riesenmenge von Mitbürgern ernähren zu müssen, die die Wirtschaft einfach nicht mehr gebrauchen kann.

Soll es wirklich so sein, dass ich in meinem Alter noch Altenpflege lerne, um dann den abgeschobenen Omas und Opas die Suppe zu geben, ihre Betten zu machen und sie trocken zu legen?

Wo sind wir gelandet, wenn die Wichtigkeit eines Menschen nur in Jugend, beruflichem Ansehen und Beschäftigung besteht, der soziale Abstieg aber mit 48 beginnt oder schon anfängt, wenn die Arbeitswelt dich betrügt?

Meine tolle Schwiegermutter, nach dem Verkauf des Hauses finanziell abgesichert, tröstet mich, indem sie mir auf die Schulter klopft und sagt, du hast schon so manche Krise im Leben bewältigt, das wirst du auch noch hinkriegen! Vielen Dank, Schwiegermama, hättest du deinen Sohn zu einem etwas verantwortungsvolleren Menschen erzogen, sähe die Situation für uns nicht so schlimm aus.

Mein Inneres sagt mir, es wird alles gut. Ich lebe, meine Kinder leben, ich kann denken und lieben, ich kann Gutes tun und lesen, ich höre Musik, die sehr tröstlich klingt, Peter Gabriel ist toll. Welche Krisen auch auf mich zukommen, Prüfungen aller Art, ich vermag die Situationen im Leben zu meistern. Hoffentlich.

Ich höre im Unterbewusstsein Ihre Stimme: Geduld, bitte etwas Geduld. Wer hat Ihnen das beigebracht, Geduld zu haben, mein lieber Traum, wie kann man so jung und schon so klug sein, Geduld ist doch eher eine Tugend des Alters, oder etwa nicht?

Wenn sich in der nächsten Zeit die Ruhe dazu findet, werde ich an mein Testament denken. Ein Testament hört sich immer nach Tod an, aber ich darf es aus vielen Gründen nicht mehr länger aufschieben.

Es ist ganz erstaunlich, welche Kraft einen immer wieder aufrichtet und morgens mit Freude in den hellen Himmel schauen lässt.

Es ist halb zehn und ich sehe Sie in Gedanken in den Laden in Bielefeld gehen, mit einem morgendlichen Gruß auf den Lippen, mit lustigen Sprüchen und mit dem spitzbübischen Grinsen, das ich jetzt schon so lange vermisse.

Ich muss es einfach überleben.

Samstag, Nacht zum Sonntag – die beiden Mädchen schlafen bei mir im Bett, mein Mann übernachtet im Musikübungsraum oder im VW-Bus, nach Spielen und Trinken ist das sicher und bequem, und was das Wichtigste ist: Er kann Gespräche, Diskussionen über uns, die Zukunft, das Geld und das nötige Schneiden der Wacholdersträucher zu unserem linken Nachbarn hin vermeiden.

Er hat seine Ruhe, Männer brauchen ihre Ruhe, Frauen regeln das Nötige.

Ich wurde durch das Rauschen eines Regenschauers in der Morgendämmerung geweckt, durch die schmalen oberen Rillen der Jalousie fiel graues Licht, ich nahm Sonjas Arm von meiner linken Schulter, rollte mich nach links, vorsichtig, um den Schlaf der Kinder nicht zu stören. In Birkenstocks ging ich wackelig, schlaftrunken, über die Terrasse zur Wäschespinne und nahm fix die angetrocknete Wäsche ab, brachte sie auf die Leinen im Keller und ließ die beiden Hunde in den Garten. Sie wedeln und juchzen vor Freude, wenn ich morgens in den Keller komme, wo sie eine kleine Holzbude mit Decken und ausrangierten Pullovern als Schlafstelle haben.

Die feuchte Regenluft, das nasse Gras, die Kühle des Morgens und das gelblich graue Morgenlicht erinnerten mich an viele Fahrten, die ich in meiner Berufszeit zur Messe nach Frankfurt machte. Früh musste es losgehen, damit man nur nichts verpasste, der Geruch der tiefhängenden Wolken war dann stets genauso.

Mein bester Lehrling aus dieser Zeit, Herr Fedeler, fuhr oft mit, er musste mit, ohne ihn konnte ich meine Abteilung schon nicht mehr führen. Er lernte gut, verstand schnell, arbeitete – glaube ich – gern mit mir und hatte, es darf nicht übertrieben kitschig klingen, genau die Art, mich mein Stressberufsleben als angenehm und erholsam empfinden zu lassen. Auf bestimmte zärtliche Weise habe ich ihn geliebt. Wie meinen Sohn? Nein, eher wie ein fremdes, schutzbedürftiges Kind, dem ich für das Leben etwas beibringen wollte. Er hat mir sehr viel wiedergegeben, er entwickelte sich zu einem selbstbewussten Erwachsenen, er hat sich von seiner langjährigen Freundin und großen Liebe getrennt – während seiner Bundeswehrzeit, die für alle Männer (große Jungens sind sie dann noch) große Veränderungen mit sich bringt. Er und ich hielten auch später noch Kontakt, wir telefonierten, wir schrieben uns, die Firma holte ihn danach auf mein Verlangen wieder zurück in meine Abteilung, die für den aufreibenden Einkauf von Zutaten für die Bekleidungsindustrie verantwortlich war. Wenn man jahrelang mit jemandem zusammenarbeitet, entwickelt sich das Vertrauensverhältnis so weit, dass der eine einen Satz anfängt zu sagen und der andere ihn vollendet. So war das und es hätte bis in alle Ewigkeit so weitergehen können, aber wie mein Mann immer sagt: Du bist einfach zu gutgläubig!

Ja, das bin ich und so war ich, und die Firma hat mich im Zuge von Übernahmen italienischer Manager, von Neuorientierungen auf Computernetze, vom Abbauen von alten Strukturen wegorganisiert, mit einer Menge Leute, die sich damals auch einfach schon zu sehr mit der Firma identifizierten. Das sollte man nicht, das ist gefährlich, aber ich habe es gemacht, gern gemacht, und danke sagt die harte Welt nicht dafür.

Mein lieber junger Herr Fedeler geisterte seitdem dauernd durch meine Gedanken, ich glaube, ich habe den Ausstieg mehr wegen der räumlichen und zeitlichen Trennung von ihm bedauert, als dass ich um die finanzielle Grundlage für meine Familie fürchtete. Zumal war es schon eine Erstaunlichkeit, welche sechsstellige Summe Geld doch ein Unternehmen bereit ist zu zahlen, wenn es darum geht, alte Strukturen aufzumischen.

Wie dem auch sei, ich glaube an den Bestand der Bekanntschaft über Jahre hinaus, wenn sie nicht überstürzt ins Sexuelle abgleitet, an wahre Freundschaft erwachsener Menschen unterschiedlichen Alters und Herkunft, ich telefoniere noch heute mit Herrn Fedeler, er ist mir sehr ans Herz gewachsen. Verstehen ihn seine Eltern eigentlich?

Ich besuchte ihn im Krankenhaus, als er seinen Bänderriss hatte, es war schon ein tolles Erlebnis, ihn so hilflos im Bett, mit Gips und Verband liegen zu sehen, es ist mir egal, was er dachte, ich brachte ihm Bücher, ein paar Musikkassetten und ein paar Minuten Unterhaltung.

Nun ist er wieder fit, er geistert mit seinen Freunden im Moment durch Amerika, rief vorher noch an, hatte meine Anschrift verbummelt, wollte mir schreiben, er macht es richtig, er genießt seine Jugend und wird – immer vor dem sicheren Hintergrund seines elterlichen Geschäftes – einmal eine unwahrscheinlich gute Partie sein. Hoffentlich wird er eine Frau finden, die ihn versteht, das wünsche ich ihm. Verbindungen gehen in die Brüche, wahre Beziehungen, die unter die so viel zitierte Oberfläche gehen, halten.

Wenn man einem Menschen etwas gegeben hat, was mehr war als nur oberflächliche Worte, was eine spürbare Resonanz hervorgerufen hat, dann bleibt das für immer, und in wichtigen oder unwichtigen Augenblicken im Leben, durch eine Stimme, durch Musik, durch einen Geruch oder durch eine ganz ähnliche Situation kommt die geballte Erinnerung wie eine Sturmwolke vor dem Gewitter auf einen herunter und man ist mit dem Menschen zusammen, der diese Assoziation hervorgerufen hat.

Oktoberfest in München: Wir fahren Achterbahn, wir fahren mit dieser Loopingbahn, wir lachen, trinken und denken an nichts als Spaß. Die Nacht verbringt er mit einer jungen Türkin, den Tag mit uns.

Ich denke manchmal, dass ich meine Jugend verpasst habe. Nur an Pflicht und Schule, an Lernen und Zukunft habe ich gedacht, bei Gelegenheiten wie dieser Geschäftsfahrt mit »Vergnügungsteil« lasse ich mal alle fünfe gerade sein und bin nicht mehr ich, sondern mein zweites Ich.

Ich denke an das Buch, an den Sinn und die Botschaft, die es mir brachte, Herr Fedeler lieh es mir aus: »Sorge dich nicht, lebe« von Dale Carnegie. Es gibt dir manche Tipps, es ist aber gleichzeitig gefährlich so zu leben, wenn die große Last der Familienverantwortung auf deiner Schulter liegt.

Die Kinokarte für »Philadelphia« im Astoria in Bielefeld habe ich als Erinnerung aufgehoben, als Erinnerung an damals, als Herr Fedeler mich im schlimmsten Tief, das ich nach dem Jobstress hatte, eingeladen hat. Bruce Springsteens Songs finde ich sowieso sehr tröstlich und beruhigend. Sollte später jemand mal meine Unterlagen durchwühlen und diese alte Kinokarte finden – das war der Abend im Kino, an dem ich versuchte, durch die Anwesenheit von Herrn Fedeler wieder Halt zu bekommen, sei es durch das Gefühl »Hallo, du bist nicht allein« oder durch die absolut tolle Filmgeschichte.

Die Gesellschaft gibt den Müttern von Söhnen die Schuld an deren Vergehen und klopft den Müttern auf die Schulter, wenn die Söhne Großes leisten, das große Vorbild des Mannes bei der Suche nach der geeigneten Lebensgefährtin ist die Mutter, sie gibt ihm entweder ein gutes Beispiel, weil sie die Sicherheit im Leben jedes Jungen darstellt, oder ist in seltenen Fällen das abschreckende Beispiel, wenn die Mutter-Sohn-Beziehung dramatisch anders als normal verlaufen ist.

Es ist für eine Mutter nicht immer einfach, dem Sohn den Weg zu zeigen, Liebe verhindert oft den richtigen Rat. Mutter eines Sohnes zu sein heißt in erster Linie, den späteren Mann in seiner Welt nicht zu behindern, ihn nicht daran zu hindern loszulassen, heißt, ihn an dem endlos langen Band der Liebe seine eigenen Schritte lernen zu lassen, ihn laufen zu lassen, wohin er will, und ihn trotzdem den Schutz der Mutterhand spüren zu lassen. Mütter beeinflussen unbewusst den gesamten Lebensweg der Jungen, Söhne geben Müttern eine viel größere Beschützerfunktion als Töchter.

Die Frau sitzt, den Kopf in die Hand gestützt, am Küchentisch und betrachtet durch tränenblinde Augen das verblasste Kinderbild ihres Sohnes. Das war seine Frisur, als er noch in den Kindergarten ging, vor zwanzig Jahren. Dieser Pullover, war er nicht von Tante Ellinor? Oder nein, den hatte damals Ursel gestrickt, der grüne später war von Ellinor! Die Frau streicht mit der anderen Hand den Pony mit den paar grauen Strähnen aus der Stirn und sieht eine Träne auf den Holztisch tropfen. Was hat sie falsch gemacht im Leben, in der Erziehung, in ihrem Tun, dass ihr Sohn diese Tat begehen konnte? Gewaltanwendung oder versuchte Vergewaltigung eines Mädchens. Was ging in ihm vor, als alle das Bild in der Zeitung sahen und seine Freundin damit zu ihr kam und der Frau das Bild unter die Nase hielt und es auch nicht fassen konnte. Die Frau weint lautlos und unterschreibt dem großen Mann, ihrem kleinen Sohn, die Übergabe eines Bausparvertrages, damit er die Strafe zahlen kann, die auf Bewährung ausgesetzte Haft wird er mit sich abmachen müssen. Die Frau geht aus dem Haus. Sie weiß, dass alle Nachbarn mit dem Reden aufhören und schauen, sie weiß, dass alle, wenn sie um die Ecke ist, tratschen und verurteilen, das hat sie nun davon, immer nur gearbeitet, statt bei den Kindern geblieben, nie Zeit für die Kinder, immer unterwegs. Karrieregeil? Ja, auch das. Sie hat es nicht besser gewollt, na ja, sie wird damit fertig werden.

Die Frau gibt sich selbst auch die Schuld, leider ist sie immer nur das Vorbild gewesen, die Wärme zu Hause hat eventuell gefehlt, der Alltagsstress hat die

Familie auseinander driften lassen. Die Frau hilft dem Sohn mit Geld, sie steckt sich das kleine Bild in die Tasche und gibt der Bank den Auftrag, den Sparvertrag zugunsten des Sohnes auszuzahlen. Der Mann will es nicht wahrhaben, er meint, soll er doch für sein Tun büßen, was hilfst du ihm, nein, er sieht es nicht ein, immer nur hilfst du, sie sollen es selber ausbaden. Die Frau denkt an ihre anderen Kinder, sie liebt sie alle, sie würde es für jedes tun, sie verurteilt die Ansicht ihres Mannes, sie fühlt sich vielleicht doch schuldig an diesem enormen Ausrutscher ihres Sohnes. Sie sieht ihn als kleinen Säugling ganz hilflos und auf sie angewiesen an ihrer Brust liegen und sie schwört sich, für ihre Kinder alles im Leben zu tun, was sie kann. Ihre Augen sind rot, sie denkt die nächsten Wochen, Monate und Jahre in ruhigen Momenten immer wieder darüber nach, wie es dazu kommen konnte, denn Gespräche über »es« werden in der Familie nicht geführt, die Freundin ist jetzt seine Frau und hat auch zu ihm gehalten, er kann mit Zuversicht in die Zukunft schauen, die Vorstrafe wird nach zehn Jahren gelöscht. Bis dahin werden der Frau die Schuldgefühle noch manche schlaflose Nacht bereiten, die Nachbarn werden ihr kühles Verhalten ihr gegenüber vielleicht ablegen, es läuft viel Wasser in dieser Zeit den Rhein entlang, die Zeit lässt Gras darüber wachsen, und die Seelennarben verheilen, aber für alle Zeit bleibt der Gedanke, dass sie als Mutter an irgendeiner Stelle versagt hat, wenn der Sohn ein solches Fehlverhalten zeigt. Die Tränen werden wegen anderer Dinge laufen, die Frau wird es sich nicht erklären können und die Gesellschaft wird sie als Mutter von dem Sohn sehen, der damals doch, ach so, aber das ist doch schon so lange her, aber weißt du nicht? Und glaubst du nicht, also, ich denke, dass sie es gewusst haben muss und diese Erziehung, na ja, ich kann es nicht mehr hören, ich liebe meinen Sohn!!

Liebesbrief, den ich nie abschicken werde:

Ich möchte Sie anrufen, ich traue mich nicht, denn ich kenne Ihre Reaktionen nach der langen Zeit nicht mehr. Ich wasche das T-Shirt, das ich von Ihnen habe, zum 100. Mal, und die Drucke der Pandabären verblassen langsam, genauso wie die Erinnerung an Ihre mir so sympathische Stimme. Oder nein, still – ich kann Ihre Stimme hören, ich höre die witzigen Sprüche, ich kann den genauen Wortlaut nicht mehr nachsagen, aber irgendwie waren sie immer unwahrscheinlich erheiternd, teilweise total cool! Was soll ich tun, um meine Sehnsucht nach Ihnen in den Griff zu bekommen? Soll ich irgendeinen Termin in Bielefeld vortäuschen, Sie aufzusuchen in dem Geschäft, wo Sie arbeiten?
  Soll ich Sie einfach auf ein Bier einladen? Das tut man nicht und Sie wissen nicht, warum ich es nicht tue, Sie werden es vielleicht nie erfahren und was sollte es Ihnen auch schon nützen? Es ist für mich so aussichtslos wie ein Lot-

togewinn, ich stelle mir vor, meine Worte kommen bei Ihnen an, sie landen bei Ihnen wie auf einem Faxgerät, das Sie in Ihrem Inneren auf Empfang gestellt haben. Es ist eine aussichtslose, chancenlose, einseitige Liebe, ich hatte noch nie einen körperlichen Kontakt mit Ihnen und werde wohl auch kaum jemals Ihre Haut unter meinen Fingern spüren, aber ich stelle es mir warm und bezaubernd, weich und liebevoll vor. Ich zittere innerlich vor Verlangen und muss mich zusammenreißen, um nicht auf das in meinem Keller stehende, von der Schwiegermutter ausrangierte Massagegerät mit dem vibrierenden Band zu steigen und mir durch durchblutungsanregendes und Wärme erzeugendes Massieren der leicht zu erregenden Körperstellen eine körperliche Befriedigung zu verschaffen, deren Erzeugungsweise ich zutiefst ablehne, der ich aber mangels wirklicher Nähe manchmal nicht widerstehen kann. Es gibt diese Momente von Leere in meinem Leben, die selbst Gedanken an vergangene Liebesnächte nicht auszufüllen vermögen, und in eben diesen Momenten füllt mein Kopf sich mit den Bildern von Ihnen wie eine Badewanne, die mit warmem, mildem Wasser voll läuft und zum Entspannen und Wohlfühlen einlädt. Ich sehe Sie dann durch die Kellerräume der verlassenen Firma laufen, die blöden Stoffrollen hin- und hertragend und den Wagen mit der Einrichtung durch den Gang schiebend, in der für Sie so typischen Haltung – Arme weit vorgestreckt, Kopf zur Seite, um auch nichts zu verpassen, was um Sie herum vor sich geht, die muskulösen Beine in Sommershorts, Tennissocken, Turnschuhe, dabei immer irgendein T-Shirt, das an die USA erinnert, einen Namen der Staaten dort trägt, die Farben der Flagge hat oder einen Amerikaspruch aufsagt. Es ist klar, Sie sind in Gedanken drüben, ich verstehe das seit meinem Sommerurlaub sehr viel besser!

 Ich habe unwahrscheinlich gerne mit Ihnen zusammengearbeitet und werde es nie wieder können, geblieben ist ein ganzer Stapel von Fotos, geblieben ist das Bedürfnis, etwas für Sie zu tun, aber was? Und Sie können es ja auch nicht verstehen, weil Sie nicht ahnen, welche aberwitzigen Hirngespinste und Albträume ich oft habe. Wer bringt sich schon wegen einer unglücklichen Liebe um? Nein, ich werde Sie wiedersehen, ich lasse mir etwas einfallen und in der Zwischenzeit kommt meine alles überwältigende Gabe der Selbstbeherrschung bis hin zur Selbstaufgabe wieder zum Tragen und Sie, leben Sie ruhig und in Frieden weiter, wer küsst Sie im Moment? Der Überraschungseffekt ist irgendwann auf meiner Seite, wenn der Tag der Offenbarung kommt. Was soll ich Ihnen wünschen? Zufriedenheit, Liebe, Glück mit Brenda, die Erfüllung Ihrer Träume und ab und zu ein paar Gedanken an mich, wenn Sie die Bücher sehen – oder sogar lesen? –, die ich Ihnen mitgebracht habe. Ich wünschte, Sie spielten Schlagzeug und ich könnte zuhören. Ich höre noch den Klang von neulich, als Sie in der Kirche für einen Freund zur Trauung das Stück »November Rain« von Guns 'n' Roses zusammen mit ein paar Musikern spielten, es war überwältigend für mich, weil ich jeden Ihrer Schläge auf die Trommeln genossen habe. Spielen Sie manchmal mit den Stöcken, die ich Ihnen aus New Orleans mitgebracht habe? Sie müssen Ihrem Sohn, wenn Sie je einen haben sollten, das unbedingt beibringen. Ich liebe Sie!

Ich glaube nicht daran, dass die Nacht so tröstlich ist, wie sie in lyrischen Erzählungen beschrieben wird, ich denke vielmehr, dass die Nacht unendlich grausam sein kann, viel grausamer, als man es sich in seinen kühnsten Überlegungen vorstellen kann.

Das Kind liegt im Bett und träumt im Tiefschlaf mit erhitztem Köpfchen, Händchen und Finger sind ganz entspannt, die langen dunklen Wimpern zucken manchmal vorsichtig auf und ab. Wärme und babyhaft duftende Geborgenheit liegen wie ein Zauber um die kleine Gestalt mit den verschwitzten, dunklen Haaren auf dem mit Teddybären bedruckten Kopfkissenbezug. Der kleine Junge hat seit drei Wochen einen Bruder.

So ein zartes Baby, hellblond, weiße Haut, durch die die zarten Äderchen hellblau bis violett durchschimmern, fast weißblonde Wimpern, eine Nase, die erst noch eine Nase werden will, die Lippen leicht geöffnet, schnaufend, als müsste der zarte Junge sich immer noch von der nicht leichten Trennung von seiner Mutter bei der komplizierten Geburt erholen. Kleine Jungen sind empfindlich, als Baby und dann auch als Kleinkind, sie scheinen zerbrechlicher als Mädchen und wecken in den Müttern weitaus mehr Muttergefühle.

Die Mutter dämmert mit etwas hochgeschobenem Kopfkissen dem nächsten Stillen entgegen, sie wartet zwischen zwei Traumphasen auf das erste Wimmern ihres hungrigen Babys. Ihre Brust ist heiß, sie fühlt das Prickeln in der Brustspitze, als die Milch einschießt, ja sogar ein feuchtes Ausfließen ist möglich, je näher der nächste Stillzeitpunkt rückt. Der größere Bruder hat als Baby immer schnell und zügig durchgetrunken, kurz aufgestoßen und ist nach dem Wickeln immer sofort wieder fest eingeschlafen, er hat das Wickeln nachts sogar manchmal verschlafen, er schlief später dann schon ziemlich früh die ganze Nacht durch. Der zarte kleine Junge hingegen saugt sehr bedächtig und langsam, als strenge es ihn unendlich an, er schläft beim Trinken sogar manchmal wieder ein, wenn das erste wohlige Sättigungsgefühl eintritt. Aber die Mutter stupst ihn vorsichtig wieder wach, wenn sie es merkt, denn sie hat viel Milch, manchmal aber schlafen beide im Dämmerlicht der Nachttischlampe zusammen ein, weil die wohlige Wärme und friedvolle Einheit beiden Seelen gut tut.

Der Ehemann fühlt sich außerhalb dieser totalen Einheit von Mutter und Kind, er hat einige Glas Bier mit seinen Musikerfreunden getrunken, er kommt sehr spät, er weiß, dass er stört, wenn er polternd und Türen knallend in den Korridor rennt. Er ist eventuell auch eifersüchtig auf die Gefühle, die die Frau dem Säugling entgegenbringt und nicht ihm im Moment. Er hatte die letzte Zeit kaum Gelegenheit, mit anderen Frauen in Kontakt zu kommen, er ist durch den Anblick der halb entblößten Brust sexuell erregt und nähert sich mit einer rauchigen Bierfahne dem Gesicht der Frau. Er entkleidet sich rasch, nimmt das Baby – für das Empfinden der Frau zu abrupt –, legt es etwa schnell in sein Körbchen und lässt sich schwer auf die Bettseite der Frau fallen. Die Frau zeigt dem Mann mit Fingern und Mundbewegungen, er solle leise sein, um den Schlaf der Kinder nicht zu stören, er lacht herbe und rau, während er der Frau das helle Nachthemd hochschiebt, bis über die Taille, er zerrt ihren Schlüpfer herunter, sie ist wie gelähmt und schüttelt den Kopf, denn die weichen weißen Vorlagen, die den Mutterfluss nach der Geburt auffangen, rutschen heraus und landen neben dem Bett. Mit hartem Griff drängt der Mann die Schenkel der Frau auseinander, wirft sich mit erigiertem Glied auf den warmen, weichen Unterleib der Frau, seine Hände fassen den heißen Busen, der sehr viel härter ist als sonst. Die Brustwarzen sind größer, das erregt ihn noch mehr, und obwohl die Frau versucht ihm zu sagen, dass sie unheimliche Angst vor dem ersten Verkehr nach der Entbindung hat, dringt er hart und schwitzend, mit einem einzigen Stoß in sie ein. Sie beißt sich in den linken Unterarm, um den stechenden Schmerz in ihrem Unterleib woanders zu spüren, Tränen drängen aus ihren Augen und sie fühlt, wie ein heißer Schwall von Blut aus ihr herausströmt und das Brennen in ihrem Körper etwas mildert. Ihre Beine verkrampfen sich, als sie merkt, wie ihr Mann ohne Rücksicht seinen Trieb verfolgt, dabei stöhnt und grunzt, so, wie sie es früher in ihre ersten stürmischen Verliebtheit immer gern hatte. Ihre Tränen hören nicht auf zu fließen, ihr Innerstes sträubt sich gegen den ungewollten Eindringling, die gerade erst im Verheilen begriffene Naht nach der Geburt brennt und sie hat Angst, dass sie verletzt wird. Mit einem enormen Stoß, der ihr wie ein Messerstich vorkommt, bekommt der Mann seinen Orgasmus, der Samen mischt sich mit dem Mutterfluss zu einer warmen Welle, die Linderung im Innern der Frau hervorruft. Stell dich nicht so an, dazu sind Frauen nun mal da, mit diesen Worten rollt sich der Mann in seine Betthälfte, zieht die Decke bis über den Kopf und fällt augenblicklich in seinen wohlverdienten Schlaf.

Vergewaltigung in der Ehe – welch untertriebene Umschreibung für diese schmerzliche Erfahrung! Die Frau erhebt sich und lindert den äußeren Schmerz mit warmen Waschlappen, den inneren Schmerz erträgt sie und wischt ihre Tränen fort, schnäuzt sich resolut die Nase und schmiert eine Menge Niveacreme über die Augenlider, die geröteten Wangen und den Hals. Sie tupft die Brust mit destilliertem Wasser ab und schaut vorsichtig in die Kinderbetten. Welchen Preis ist eine Mutter fähig zu zahlen für die warmen Bewegungen eines Babys an ihrer Brust?

Was soll sie später ihren Söhnen sagen, wenn sie selbst fragen, wie ihre Frauen nach der Geburt behandelt werden sollen? Der Sexualtrieb der Frau nach der

Entbindung beschränkt sich auf das tolle Gefühl, wenn das Kind säugt, der Mann steht immer außerhalb, das Bestehen auf den Vollzug der so genannten ehelichen Pflichten ist eine absolute Missachtung des Muttergefühls. Weinen hilft der Frau nicht, sie denkt sich weit fort, sie ist in Gedanken bei dem Mann ihrer Träume, von dem sie fest glaubt, er sei zart und einfühlsam und würde sie nie überrumpeln, sie stellt sich eine langsam wiederkehrende Libido vor, stellt sich vor, wie der Mann gefühlvoll, mit Liebe, nicht mit Brutalität, ihre intimsten, durch die Geburt verletzten, weiblichen, begehrenswerten Geschlechtsteile liebkost, streichelt und küsst. Sie weiß, dieser Mann kann sie sexuell erregen, ohne ihr dabei weh zu tun, kann sie so weit bringen, dass sie von selbst wieder Spaß am Geschlechtsverkehr bekommt, auch wenn die verletzten Geburtswege noch wund und zu empfindsam sind. Sie hätte gern diesen Mann, sie legt sich in ihr Bett und riecht an der kleinen Parfumflasche, ohne nur einen Blick auf das Nebenbett zu lenken. Genauso gut könnte sie auch allein auf der Welt sein. Wenn morgen früh das Baby weinen wird, der größere Junge sein Brot isst und sie anlächelt, wird sie vielleicht wieder versöhnt sein mit ihrem Schicksal und alles als nicht geschehen betrachten, sie hat einen Mann in ihrem Traum, der unendlich lieb ist und den sie mehr als alles auf der Welt liebt, darüber vergisst sie alles. Die Narben auf der Seele machen sie hart und sie kann viel aushalten, denn ihr anderes Leben im Traum ist voller Harmonie, die über den Traum hinaus wirkt und die Gegenwart ertragen hilft.

Danke, dass Sie mir alles von meiner geliebten Band Marillion überspielt haben. Woran dachten Sie beim Aufnehmen? Ich hoffe doch an Brenda, ich hoffe doch wirklich an Brenda, obwohl ich denke, Sie dachten an mich.

Wir gingen ein paar Mal, wenn nichts in der Firma zu tun war, nachmittags ins Kino, einige Filme waren belanglos, wichtig war, dass ich mit Ihnen im Kino war, albern nicht? Sie glauben es nicht: Wenn Sie mal mit anderen im Kino waren, habe ich mir vor Eifersucht die Fingernägel abgeknabbert, ich dumme Person, die ich bin. Es geistern mir meine Hormone allerlei neckische Dinge vor, ich verstecke meine Gefühle in einer gespielten Kühle, die mich selber überrascht.

Die Firma liegt in den letzten Zügen. Sie haben – Gott sei Dank – schon einen neuen Job, ich suche noch. Ich backe Waffeln für alle Mitarbeiter, am liebsten hätte ich sie nur Ihnen gegeben, alle anderen bedeuten mir eben nicht mehr als eben solche Mitarbeiter für einen wert sind, ich gebe mich cool, ich habe große Lust, Sie in den Arm zu nehmen, aber ich darf es nicht.

An meinem Geburtstag bestellt uns unser früherer Chef noch einmal zum Gedenkgespräch, er gratuliert mir, fast hätte er es vergessen, ich gebe in der Kantine ein Frühstück aus, alle essen meine Brötchen, keiner bedankt sich, alle bekakeln ihr Schicksal, ihre Arbeitslosigkeit, ihre Zukunftspläne. Ich kann kaum sprechen, mir sitzt ein Kloß im Hals, Sie schenken mir das Buch über meinen Lieblingsfilm – »Herr der Gezeiten« –, wunderbar. Warum gerade dieses Buch, ein Buch über eine Liebe, die herrlich ist, die gibt und nimmt, aber die nicht von einer lebenslangen Erfüllung gekrönt wird. Eine Psychiaterin unternimmt mit Erfolg den Versuch, das verkorkste Leben eines Mannes in die richtige Bahn zu lenken, durch Liebe bekommt sie alles gut hin, aber ihre Liebe hat ein Ende und ist in der Zukunft nur die herrliche Erinnerung an den Mann ihrer Träume. Das sind Parallelen, was?

Ich sitze hier und heule und kann nicht klar weiterdenken, ich habe mir Gedanken noch und noch gemacht, ich hätte zu Ihnen fahren sollen, ich hätte es gemacht, wenn ich zwanzig Jahre jünger gewesen wäre, aber ich kann Ihre Eltern nicht vergessen, Ihre Mutter sieht Ihnen sehr ähnlich, sie muss Sie bestimmt sehr lieben, Ihr Vater ist ein herrlicher Mann, tolle Haare, charmant und witzig, bestimmt ist er den Frauen gegenüber aufmerksam und einfühlsam, das sehe ich sofort, bei den Gerry Weber Open holte ich Sie ab, nachdem ich über Vertreter noch eine Karte besorgt hatte. Habe ich Ihnen damit eine Freude gemacht, genauso wie mir? Ich fand es toll, Sie durch die Gegend zu fahren, ich hätte bis ans Ende der Welt düsen können. Meine Augen begegnen im Wagen Ihren, Sie wissen – glaube ich – genau, was ich denke, aber ich darf auf keinen Fall weiterdenken, sonst werde ich verrückt, ich bin es schon. Meine Familie ist in den Kulissen meines Wahrnehmungsvermögens gelandet, durch jahrelange Routine läuft trotzdem alles wie am Schnürchen, nur meine sensible Bianca spürt – ohne es mir gegenüber zu sagen – eine Veränderung in meinem Wesen und Benehmen.

Ich habe das Bild von Ihnen und den beiden Mädchen am Schreibtisch in einen Silberrahmen gesteckt, ich freue mich wie ein Schneekönig über den Einfall, diese Fotos zu machen. Habe ich Ihnen davon auch Abzüge gegeben? Doch, glaube ja. Ich träume nachts manchmal bis an die Schmerzgrenze von Ihnen, ich träume, dass ich bei Vollmond im Auto durch die Gegend fahre, ohne Licht, keiner vermutet einen auf der Gegenseite, man ist für andere und auch für sich selbst ein Geisterfahrer.

Gerne hätte ich jemanden, der mit mir bei Vollmond ohne Licht über die Straßen fährt, aber Sie sind zu normal und zu vorsichtig, um das zu tun. Mit meinen Kindern probiere ich es manchmal aus, die lachen dann nur. Obwohl es der absolute Leichtsinn ist – mein Mann darf es auf keinen Fall wissen –, mache ich mir dieses Vergnügen, der Reiz ist herrlich. Was haben Sie gesagt, ich sei ein klein bisschen verrückt? Oh ja, ich bin es, aber es ist absolut toll und es macht mich high wie eine Droge, es ist der Ersatz für das Gefühl, von dem ich träume, wenn ich an Ihre Augen denke, deren Brauen fast zusammenwachsen. Hat Brenda Sie auch so gemocht, schon als sie Sie noch nie im Leben berührt hatte? Ich glaube nach diesem Urlaub, dass Brenda Sie immer noch liebt und Sie Brenda lieben, und ich liebe das gemeinsame Denken an euch alle beide, ich muss auf irgendwelche weiteren Dinge, die in einer Liebe kommen, verzichten und träume mich in Ekstase.

Was gehört mir?

Nichts von Ihnen gehört mir, nur die Gedanken dürfen wandern, es ist herrlich, Sie gesehen und gehört zu haben, ich kann nichts von Ihnen besitzen, ich habe den Anblick Ihrer Schrift auf meinen Kassetten, ich lese die Titel der Stücke wieder und wieder durch, um sie auswendig zu lernen, was könnte ich auch sonst tun?

Zur Erinnerung habe ich einige Zettel mit Ihrer Schrift mitgenommen, so einen Fertigungsauftrag, belanglos eigentlich, aber es steht Ihr Name darunter, erledigte Aufträge haben Sie immer mit Rotstift abgezeichnet und signiert. Menschen halten eine ganze Menge aus, der Liebe wegen noch mehr. Ich hätte Ihnen eigentlich noch mehr schenken können, aber was? Sie sind zu nett und sicher lieben Ihre Eltern Sie – und wer liebt Sie sonst noch?

Sie sind in Gedanken in Amerika, Sie wollen es nicht wahrhaben, reden aber von nichts anderem, wenn sich Brenda nach langer Zeit wieder mal meldet.

Sie schenken mir Ihren Kalender von Ron, Sie geben mir das Autozeichen von Louisiana mit, das die ganze Zeit an der Wand hinter Ihrem Schreibtisch hing, ich liebe dieses Schild, ich fahre bald selbst dorthin, warum wollen Sie es nicht behalten? Sie können nicht aus Ihrer Haut, genauso wenig wie ich aus meiner kann.

Ich habe ein T-Shirt von Ihnen, das braune mit den Pandabären, das trage ich Tag und Nacht, wenn es nicht gerade gewaschen wird, nie hätte ich gedacht, dass Sie es mir geben, als ich Sie darum bat, nachdem ich mir vorher etwas Mut zu dieser Bitte antrinken musste – warum eigentlich?

Hätten Sie damals in Seefeld bei Ihrem Anruf ja gesagt, ich hätte Sie an diesem Wochenende dort unten besucht, ich wollte weiter nichts als Sie sehen, das ist mein Ernst, meinen Sie, ich möchte Ihnen jemals wehtun oder so? Nein, ich könnte es nicht, und darum sind meine Phantasien so unreal wie es nur geht. Ich gäbe ein Vermögen und alles, was mir viel bedeutet, könnte ich zwanzig Jahre später geboren worden sein und würden Sie mich lieben.

Brenda weiß auch zu genau um die konventionellen Dinge, die Sie und Ihre Familie beeinflussen in allen Entscheidungen und Überlegungen. Sie hat mir später erzählt, wie wenig Chancen sie – eine ältere amerikanische Lady – einer Beziehung mit Ihnen in Deutschland gegeben hätte. Und wenn schon, was sind Jahre, was sind zehn oder zwanzig Jahre, wenn man sich liebt, Schatten sind zum Überspringen da, Liebe sollte eigentlich alles überwinden, und sie tut es, so ist es zumindest bei mir.

Gedanken kommen und gehen, Bilder verblassen in der Weite, ich überlege mir, wann und wie ich Sie wiedersehen kann.

1962/66

In meiner Studienzeit in Mönchengladbach (Textilingenieur) fuhren wir am Wochenende oft über Venlo weiter bis an den Strand von Scheweningen. Es gab Parkplätze, auf denen man wie im Wohnwagen übernachten konnte. Wir hatten fast nie Geld, meistens brachte irgendjemand von zu Hause Brot, Margarine und Marmelade mit, eine Mettwurst war schon der absolute Luxus. Wir hatten Zeitschriften mit, Badezeug, und da ich in dieser Zeit rauchte, deckte ich mich in Holland immer mit Zigaretten für die nächsten Wochen ein. Es war auch einigermaßen einträglich, einige Schachteln mit etwas Gewinn an andere Kommilitoninnen im Studentenwohnheim zu verkaufen. So war dann mal ein Kinobesuch drin, der nicht eingeplant war, man konnte sich einen Discobesuch erlauben, der außer der Reihe war.

Das Größte war es, wenn von irgendeinem Tischtelefon – damals war das gerade in – ein Anruf, also eine Aufforderung zum Tanzen, kam. Da ich ziemlich schüchtern war und mich meistens nicht traute, den Hörer am Tisch abzunehmen, wenn die Lampe aufleuchtete – ja, es waren Lichtsignale! –, nahmen meine Freundinnen diesen ab – hier: es ist für dich! Man wurde von irgendjemandem anonym aufgefordert, zum Tanzen, an die Theke, oder – was ganz frivol war – in die Sektbar zu kommen. Entweder man traute sich und sagte ja, dann war die Überraschung über den Anrufer auf der Tanzfläche oder in der Bar groß, oder man sagte nein, keine Lust im Moment, noch zu kaputt vom letzten Tanz, muss nach Hause oder so. Derjenige am anderen Ende der Leitung bekam jedenfalls einen Korb. Aus heutiger Sicht stelle ich mir für den Anrufer, der nicht ernst genommen wird, die Situation sehr frustrierend vor, damals habe ich mir nie Gedanken darüber gemacht.

Die absolut besten Wochenenden waren die, bei denen Strand, Disco und Schlafen im Auto zusammenkamen. Wir haben in dem alten VW Käfer so viel geraucht, dass man die Luft wie Nebel wahrnahm, es war alles blaugrau, Gedanken habe ich mir nie über die Gesundheit gemacht, die Themen bis zum Einschlafen vor Erschöpfung waren fast immer gleich: das Leben nach dem Studium, Beruf, Heiraten, Kinder ja oder nein, Eltern, der Ort der weiteren Beschäftigung usw.

Das vermeintlich immer lustige Studentenleben fand nur in den Köpfen von unwissenden Leuten statt, es gab auch viele ernsthafte Dinge und manchmal meine ich, in dieser ganzen Zeit nicht gelebt zu haben, denn wenn man zum wandelnden Bücherwurm wird, zur Lernmaschine, zum Speicher von Fachwissen ohne Ende, wird der Kopf scheinbar immer größer und größer, der Informationsspeicher im Gehirn ist computerartig voll, aber der Körper und die Seele sind unbeteiligt, es muss alles nur funktionieren und es funktioniert auch. Unter diesem Aspekt war es klar, dass Waltraud aus Freiburg ihre Klausuren versaute, aber nach den Semesterferien Mutter von gesunden Zwillingen war. Sie verabschiedete sich später mit einem strahlenden Papa neben ihr, einem Studenten aus Togo, der Webereimaschinen studiert hatte, und mit den Worten: Ihr tut mir alle Leid, wir gehen jetzt nach Afrika, also macht's gut!

Ich wusste nicht, ob sie mir Leid tun oder ob ich sie beneiden sollte, hatte ich vielleicht schon einen wichtigen Teil meines Lebens verpasst, weil ich nur lernte, ohne Pause und Wirklichkeitsbezug?

Meine Idee war, das eine mit dem anderen zu verbinden, und da ich sowieso in niemanden verliebt war, entschied ich, mir den dunkelhaarigen Dieter Kohl aus Aachen – auch in meinem Semester – anzulachen.

Die Aufmerksamkeit auf mich zu lenken ist mir noch nie schwer gefallen, ich habe ihn kurzerhand mit ein paar fachspezifischen Fragen (er war sehr gut in Kostenrechnen und BWL) in ein Gespräch verwickelt, habe die kleine, nicht wissende, im Blinden tappende, dumme Studentin gemimt und mir Dinge erklären lassen, die ich locker wusste, aber Männer haben es immer gerne, wenn man sich etwas erklären lässt, sie fühlen sich dann so erhaben und allwissend, dass es in nicht seltenen Fällen für sie auch eine erotische Erregung bewirkt, wenn sie etwas beweisen können. Wohl dem Mann, der auch mal unterlegen sein kann und weniger weiß. (Aus diesem Grunde habe ich wahrscheinlich meinen Mann damals geheiratet – er war mir anfangs total unterlegen!)

Auskunftei Dieter Kohl hat mir viele Dinge sowieso falsch erklärt, doch das habe ich ihm nicht gesagt, ich habe ihm seine Schulmeisterei gegönnt. Das fachliche Geplänkel ließ ich schnell in eine etwas privatere Richtung gleiten, keine schwierige Sache, wenn ich mir damals etwas vornahm, lief es auch.

Wir hatten vor, noch einen Kaffee zu trinken, er meinte, in seiner Studentenbude gäbe es auch welchen, wenn ich Lust hätte. Ja, doch, meine liebe Mama wird mir vergeben, ich habe ihr nie gesagt, wie und durch wen ich aufgeklärt wurde, durch sie jedenfalls nicht, Dieter Kohl hingegen hat etwas dazu beigetragen, es ist wirklich kein großer Akt, so eine Entjungferung wird immer glorifiziert. Wenn man alles normal und nüchtern betrachtet, neugierig, aufgeschlossen und entschlossen alles angeht, ist sie nur ein kleiner Schritt in der Lebensgeschichte einer Frau. Ich weiß nicht, was ich meinen Töchtern sagen soll: Ist es besser, verliebt und unendlich verklärt zu sein, wenn man das erste Mal mit einem Mann zusammen ist, oder soll man einfach entscheiden, es muss jetzt endlich sein. Dieter Kohl war überrascht, wie, du hast noch nie? Nö, aber macht das denn was aus? Ich möchte mal Mann sein, was denkt er, was fühlt er, wenn er sich gegen einen kleinen Widerstand auf die Suche nach dem Inneren der Frau macht?

Ich habe es nie gewagt, meinen Söhnen diese nüchternen Erfahrungen zu erzählen, ich habe sie zu einfühlsamen, weichen, liebevollen Männern machen wollen. Wie sie jetzt mit ihren Frauen umgehen, weiß ich nicht, ich weiß nur, dass sie beide unwahrscheinlich gefragt sind, wegen ihrer Band, wegen ihres Aussehens oder wegen ihrer männlichen Qualitäten, ich weiß es nicht. Uli ist jetzt seit über drei Jahren verheiratet, verheiratete Männer ziehen unverheiratete Frauen umso mehr an, das besprechen beide Jungs immer, wenn sie zu Hause auf der Terrasse fachsimpeln, wenn sie sagen, Mama, hol noch mal ein Bier, aber dann lass uns mal alleine hier, von dem was wir zu besprechen haben, verstehst du nichts. Sicher nicht, meine lieben Söhne, sprecht ruhig weiter. Davon versteh ich nichts!

So war das also, ich war nicht mehr Jungfrau, kurz und schmerzlos, ohne langes Gerede hatte ich die Sache hinter mich gebracht. Dieter Kohl war auch kein besonders leidenschaftlicher Mensch, ich weiß eigentlich nicht, warum er sich überhaupt darauf eingelassen hatte, denn nach zwei, drei weiteren Versuchen haben wir das wieder sein gelassen, die fachlichen Gespräche haben wir noch eine Weile länger fortgeführt, es kamen aber überhaupt keine Gefühle auf, im nächsten Semester habe ich bewusst andere Fächer belegt als Dieter Kohl. Nicht dass ich etwa verlegen gewesen wäre, aber irgendwie wollte ich die Erinnerung an meinen Entjungferungsentschluss auslöschen – geklappt hat das nicht.

Manchmal meine ich, meine Mutter hätte mir mehr über Sexualität und Liebe erzählen sollen, sie hatte eine ganz schöne Hemmschwelle, darüber zu reden, und fragen brachte nicht viel.

Nach über dreißig Jahren kann ich locker darüber reden, ich werde irgendwie meine Töchter versuchen zu schützen, vor zu viel Nüchternheit, vor zu viel Kälte, eigentlich wünsche ich mir für sie auch etwas mehr Gefühle, etwas mehr Liebe und Wärme, das würde nicht so abturnen für spätere Beziehungen, bei denen man immer und immer wieder an vorhergehende denken muss, bis die Wichtigkeit des Neuen Oberhand gewinnt. Vielleicht mache ich mir zu viel Gedanken, sie gehen schon ihren Weg, meine Kinder, denn sie sind ein kleines bisschen so wie ich, ziemlich stark.

Louisiana on my mind

Die Mittagshitze steht feuchtheiß in den schmalen Straßen des French Quarter in New Orleans. Kein einziger Luftzug geht, der eigene Schatten liegt direkt um die Füße, da die Sonne fast senkrecht steht. Ich habe einen knallroten Kopf, der Schweiß läuft mir bis in die Kniekehlen, der Bund meiner

Shorts ist klatschnass. Ich gehe in einen der vielen Souvenirläden in der Decatur Street. T-Shirts in allen Preislagen, kitschige, bunte Mardigras-Puppen, bemalte Masken mit Federn und Glitter und an der Kasse ein Kühlschrank. Ich kaufe eine Dose eiskalte Cola und gehe weiter. Ich glaube, ich werde mich in der St. Louis Cathedral etwas abkühlen müssen. Nirgends ist es kühler in New Orleans als in den Kirchen. Ich schlendere langsam den Jackson Square herunter, biege langsam an der Pirate Alley ab und gehe auf die kleine Kirche zu, die mir so gut gefällt wie keine andere. Ich habe schon etliche Fotos gemacht, bei Tag, bei Nacht, in der Sonne, im Regen, von innen und außen. Um die Kirche herum herrscht ein Treiben wie in Paris am Sacre Coeur. Maler, Musiker, Souvenirhändler und Buchverkäufer, Eiswägen und Studenten, die sich mit Kunststückchen ihr Geld verdienen, nirgends erscheint New Orleans so französisch wie hier. Ich gehe, ich lächle und bin einfach begeistert. Meine Cola ist ausgetrunken, ich suche einen Abfallbehälter, dabei höre ich die Bongorhythmen, die aus der Richtung des Seitenschiffs der Kirche kommen. Ich sehe den jungen Schwarzen auf einem Mauervorsprung sitzen, zwischen den Beinen hält er eine Bongo – so nennt man dieses Schlaginstrument, das auf einem Holzpflock auf dem Boden steht. Er trägt einen Nasenring, eine Brille, eine Ballonmütze, Armreifen, bunte Halsketten, die man hier überall kaufen kann, er hat ein Hard-Rock-Café-T-Shirt an und Jeansshorts. Das Interessanteste sind seine braunen Birkenstocksandaletten, durch die wir ins Gespräch kommen. Oh, you've got »Birkenstocks«? Oh, yes sure and you?

Ich bin im Urlaub nur mit Birkenstocks gelaufen, die Hitze hätte überhaupt keine anderen Schuhe zugelassen, Turnschuhe wären viel zu heiß gewesen. Wir lachen und er gibt mir unmissverständliche Zeichen, sich neben ihn auf die Mauer zu setzen. Ich soll gleich Bongo spielen, er fragt in seinem seltsamen Englisch, woher ich komme, welche Musik ich mag, was er spielen soll und vieles mehr. Ich unterhalte mich mit ihm über das, was er fragt. Ja, er verdiene sich seinen Unterhalt, das, was er zum Essen braucht, seine Miete und sein Studium in New Orleans hier an der Kirche bei den Touristen, er studiert Musik, Kunst und Geschichte. Er kommt aus Ghana, oh ja, er hat eine Frau und zwei Kinder dort unten in Afrika, er sieht aber noch so jung aus. Er erzählt mir von Sohn und Tochter und ist ganz überrascht, als ich ihm von meinen vier Kindern erzähle. Wir lachen, ein Vater und eine Mutter treffen sich in Louisiana und erzählen von ihren Familien zu Hause. Er ist lustig, er kann lachen, er singt ein paar Lieder aus seiner Heimat, ziemlich rhythmisch, aber von der Melodie her eher eintönig. Die Touristen, die um ihn herumstehen, applaudieren und legen Scheine oder Münzen in seine Box, die auf der Straße steht. Im Gegensatz zu vielen anderen Musikern hat er keine Margarinekiste, sondern eine etwas vornehmere, mit Samt ausgeschlagene Kiste. Er macht einen ganz wohlhabenden Eindruck und ich werde das Gefühl nicht los, er hätte eigentlich das Sammeln des Geldes nicht nötig. Was soll ich sagen, ich sitze auf der Mauer und habe gar keine Lust aufzustehen und weiterzugehen, denn es macht Spaß, mit ihm zu sprechen und ihm macht es mit mir auch Spaß. Als ich gehen will, sagt er: Please, give me a hug, das hat schon lange niemand mehr zu mir gesagt. Ich bin happy, er fragt, ob wir am Abend mal was unternehmen sollen und ich weiß, er wäre ein Mann, der mit mir im Vollmond ohne Licht über die Interstate fahren würde. Und er ist es auch.

Es wird in Louisiana schon früh dunkel, das liegt daran, dass das Land so dicht am Äquator liegt, es ist genau wie mit dem Stand der Sonne am Mittag, alles ist von der geografischen Lage abhängig. Es gibt diese lange Zeit der Dämmerung nicht, die einen auf die bevorstehende Nacht vorbereitet. Es dauert so ungefähr zehn Minuten, dann wechselt es abrupt von hell zu dunkel.

Die Straßenlichter, Leuchtreklamen und bunten Barlampen bestimmen das Straßenbild. Ich sitze mit meiner Freude über diesen Tag auf der Bank im Park vor der St. Louis Cathedral, denke nach über den Film, der hier gedreht wurde: »Interview mit einem Vampir« nach dem Buch von Anne Rice. Ich sehe das kleine Mädchen – es heißt auch Claudia, wie meine Freundin hier – auf der Bank sitzen, ich sehe Lestat lässig an einer Mauer der Kathedrale lehnen, ich sehe die Begegnung von Louis und Lestat im legendären »Café du Monde« gegenüber, viele Touristen gehen dorthin und wissen nicht, welche Geschichten darüber schon geschrieben und verfilmt wurden, blöde Touris ohne Hintergrundwissen.

Ich sehe Sie, meinen lieben Arbeitskollegen – und darf ich sagen: Freund in Gedanken? –, um die Ecke kommen, es ist alles real, was Sie mir über New Orleans erzählt haben, so intensiv, wie Sie es erlebt haben, erlebe ich es jetzt auch, ich bin unendlich dankbar, ich meine, Sie müssten jeden Augenblick um die Ecke kommen und mich ansprechen. Na, habe ich es Ihnen nicht gesagt? Ich weiß nicht, wie ich Ihnen für diesen Anstoß zu meinem Urlaub hier danken soll. Ich wünschte, Sie wären hier und ich könnte mit Ihnen sprechen oder nur mit Ihnen zusammen durch die Stadt bummeln.

Ich habe mich für kurz nach acht Uhr hier im Park mit dem Bongospieler aus Ghana verabredet, es ist wie ein Pakt, wir wissen nicht, was wir machen sollen, aber ich musste es tun, wie so oft im Leben habe ich das Gefühl, dies ist ein Moment, der nie wieder kommt, wenn ich jetzt bei seiner Frage nicht ja sage. Die Stimmung hier, das Losgelöstsein, die Wärme, die Freundlichkeit der Menschen, das alles lässt mich auf keinen Fall an der Offenheit und Wärme der Leute zweifeln, mit denen ich so schnell ins Gespräch komme, ich bin anders als zu Hause, ich merke es selbst, niemand würde mich erkennen, ich rede ganz vertraut mit Menschen, denen ich noch nie zuvor begegnet bin, ich rede über ganz private Dinge im Leben wie Kinder, Vertrauen, Liebe und Verantwortung. Die Angst, Schlechtes planenden Menschen zu sehr zu vertrauen, kommt mir gar nicht, und Claudias Warnungen – He could be your murderer – ziehen nicht. Das mir selber manchmal unheimliche Gespür, das ich für Menschen entwickle, die mir gut tun, ist mir rätselhaft, aber der Instinkt sagt mir, ich habe einen netten Mann aus Ghana getroffen.

Seine Bongo hängt an einem breiten, geflochtene Bastband, als er den gebogenen Weg hinter dem schmiedeeisernen Zaun um die Ecke biegt und lächelt. Ich sehe hoch von meiner Lektüre – »Lost Souls« von Poppy Z. Brite, angeblich eine noch intensivere Gruselautorin als Anne Rice, so sagte der Führer der »Vampir-Tour«.

Er hängt seine Bongo auf die andere Schulter, um seine rechte Hand frei zu machen, er hat nicht mit mir gerechnet, das sagt mir sein Gesichtsausdruck, und man kann bei einem dunkelhäutigen Menschen nicht sehen, ob er rot wird oder nicht, nur seine Augen hinter den sehr dicken Brillengläsern verraten seine Freude.

Ich fasse seine ausgestreckte Hand, packe mein Buch in die überfüllte Handtasche, ich habe das gleiche Buch nochmal für Claudia gekauft. Wir laufen zum Ausgang des Parks, where have you parked your car?

Downtown Parking Station, behind the Holiday Inn, near to Rampert Street. (Brenda sagte mir am ersten Tag, als ich sie traf, diese Straße sollte ich als Frau alleine möglichst meiden.)

Die Luft ist mild, es ist dunkel, wir schlendern die gesamte Decatur runter bis zur Canal Street, an der Ecke Elk Place/Loyola sehen wir schon die die Fahnen des Holiday Inn. Der freundliche Parkwächter William ist längst weg, lediglich mein roter Chrysler, ein paar alte Busse und ein Lieferwagen stehen noch da, Businesshour ist längst vorbei, es ist halb neun.

Mein neuer Freund legt seine Bongo auf den Rücksitz, ich stelle das Radio an, leichte, schwingende Klänge, ich kenne die Titel alle nicht, aber sie passen unheimlich gut zu der warmen Stimmung, die mich beherrscht.

Das alles ist mir heute, ein paar Monate nach meinem Urlaub, rätselhaft, ich wusste nicht, wohin ich fahren sollte, ich fuhr einfach, mein Freund wusste auch nicht, wohin ich fahren sollte, er stellte lediglich den Sender klarer ein, etwas leiser, sah mich an und lächelte.

Die East 10 Richtung Slidell kenne ich wie meinen Weg zur Arbeit. Ich gieße während der Fahrt den Rest des Kaffees in den dicken schwarzen Deckel der Thermoskanne ein und trinke, du, mein Freund lächelst nur. Der Verkehr ist nicht mehr sehr dicht, man kann zügig fahren, ganz im Gegensatz zu so manch einer Rushhour, die ich hier im Stau stand. Je weiter ich von New Orleans weg bin, desto ruhiger wird die Interstate, wir fahren über unendlich viele Brücken, links und rechts das dunkle ruhige Wasser vom Lake Pontchartrain. Das Fahren ohne Ziel, das ruhige Dahingleiten ohne Hektik, Stress und zu hohe Geschwindigkeit, die Automatik des Autos, die einschmeichelnde

Musik, das alles lässt mich vermuten, nicht auf dieser Erde zu sein. Wenn es je einen Himmel oder so etwas Verrücktes nach dem Tode geben sollte, dann muss es so wie hier sein.

Sie, mein geliebter Freund in Deutschland, haben mich einmal nach dem Urlaub gefragt, was das Schönste dort war. Es gibt nicht das Schönste, es war ein einziger Traum, dieser Urlaub, alles zusammen, jeder Tag, jede Nacht, jede Minute und Sekunde, ein Mosaik eines einmaligen Traumes, das war es. Ich liebe Sie dafür, mich zu diesem Urlaub inspiriert zu haben. Ich glaube, ich wiederhole mich, aber ich liebe Sie.

Die Strecke geht in Richtung Biloxi weiter. Slidells Abfahrten liegen weit hinter uns, die Kreuzung mit der 49, die nach Jackson und weiter führt, ist vorbei. Wir sind über den Pearlriver gefahren und über den Mississippi. Gulfport, sagt das Hinweisschild, ich fahre die nächste Abfahrt von der Interstate ab. Jetzt wage ich es, das Fenster herunterzulassen, denn die Hitze draußen hat etwas nachgelassen. Meine Haare wehen im Wind, der immer noch sehr warm hereinweht, feuchtwarme Nachtluft von Louisiana, ich kann sie riechen!

Wir sind fast allein auf der Straße, kaum noch Gegenverkehr, am Himmel erscheint unten am Horizont, hinter fast schwarzen Baumumrissen der Vollmond, in einer Farbe, die ich von Deutschland her nicht kenne, gelblich-apricot, rund, mit den etwas dunkleren Mondflecken. Als kleines Kind glaubt man immer den Mann im Mond zu sehen oder ein Gesicht, aber es sind ganz einfach die Mondkrater, die von der Erde aus dunkel erscheinen. Im Radio läuft jetzt schon wieder ein Song von Brian Adams, der einem ein Kribbeln über die Schultern treibt, und ich schaue meinen Bongospieler an, dessen Augen groß und unheimlich dunkel sind. Please take off your glasses, I said, and he did.

Seine Augen sehen jetzt kleiner aus, schwarz, sanft, lange schwarze Wimpern, Augenlider, etwas dicker, als ich sie kenne, er nimmt auch seine blaukarierte Ballonmütze ab und wirft sie auf den Rücksitz, auf der rechten Straßenseite erkennt man das Wasser, den Golf von Mexiko, der sich in einem großen Bogen bis nach Pensacola und dann weiter nach Florida ausdehnt. Ich sehne mich nach dem warmen Wasser des Golfes, mild und salzarm, ich habe es geschmeckt, dumpf und grünlich, weich auf der Haut und sanft, wenn man unter Wasser die Augen öffnet. Ich fahre etwas langsamer, es ist finster, das Mondlicht ist silbrig und kann sich noch nicht durchsetzen. Ich schalte den Scheinwerfer aus. Die Straße ist frei, das Auge gewöhnt sich sofort an die veränderten Lichtverhältnisse. Die Büsche an den Seitenstreifen, die entfernten Lichter von Häusern oder kleinen plantagenähnlichen Gebäuden auf Pfählen, die das gesamte Ufer bis nach Biloxi säumen, zeichnen sich schemenhaft vom dunklen Nachthimmel ab. Das Erstaunen über eine solche Fahrweise kann ich in den Augen meines Begleiters nicht erkennen, aber er fragt: Why? So, my friend, you are here, nobody can see you, but you are here, you are invisible to all mortal beings, you share the community with all those creatures, though nobody may take care of you.

Er sagt noch immer nichts, er weiß nicht, was er sagen soll, glaube ich. Für mich ist diese Fahrweise das absolut Beste, was ich mir in Mondnächten vorstellen kann. Es ist ein nicht zu verantwortender Leichtsinn, ein Spiel mit meinem Leben, eine Ohrfeige für meine Verantwortung gegenüber meinen Kindern, aber es gibt meiner Seele eine Befreiung, die ich nicht zu beschreiben wage. Ich liebe diesen Menschen, der ruhig sitzen bleibt und nicht schreit und aussteigen will und ein riesiges Theater macht, so wie viele, mit denen ich es probiert habe. In Deutschland fahre ich so nur allein, es gibt niemanden, der es mit mir wagt – leider. Manchmal habe ich es mit meinen Kindern gemacht und ihnen gesagt, wie es auf mein Inneres wirkt, wenn mich die anderen Autofahrer nicht sehen.

Wir fahren langsam weiter, der Mond steigt höher, ein Casino – »Lady Luck« oder so ähnlich – verschwindet in einer Straßenbiegung, vor uns nur Straße und rechts der große weite Golf. Wo sind wir? Ja, wir sind hier, es ist alles dunkel, nur das Motorgeräusch und das Radio mit Liedern, die ich noch nie gehört habe, die aber zu dem Abend passen.

Die Straße macht einige Biegungen, Bay St. Louis ist lange hinter uns, die Straßenränder sind, wenn das Auge sich an die Dunkelheit gewöhnt hat, deutlich zu sehen. Rechts ist jetzt ein breiter Strand, den ich schon vom Baden kenne. Ich fahre den Wagen langsam mit dem rechten Reifen auf den Sand, mein Begleiter fasst vorsichtig nach meiner rechten Hand am Steuer, er hat doch wohl keine Angst? Ich will sehen, ob die Reifen einsinken, nein, der Sand ist fest, ein leises Knirschen mischt sich unter die anderen Nachtgeräusche.

Ich steuere den ganzen Wagen bis an den Uferrand, der vom An- und Ablaufen der Wellen immer nass und nachgiebig ist und wo man schon mit den Füßen einsinkt. Ich halte an, stelle den Motor ab, das Radio geht automatisch aus, ich kann das nicht ändern, obwohl ich weiß, dass man das Autoradio auch ohne Motor laufen lassen könnte. Ich steige aus und gehe mit den Füßen ins Wasser, ich spüre das laue nasse Element, ich sehe das Kräuseln der Wellen bis weit hinaus, das fahle Mondlicht spielt mit den Wellen, im Wasser tummeln sich sicher kleine Haifische und Delphine, ich kann in mir ihre kleinen Geräusche hören, die sie beim Schwimmen sich gegenseitig zuflüstern. Ich nehme mein Hemd und lege es an den Strand, ich ziehe meine ganze Wäsche aus und gehe vorsichtig, Schritt für Schritt, ins Wasser. Es perlt von mir ab, als ich die Arme hebe. Ich lasse mich langsam und vorsichtig ins Wasser gleiten, tauche ab und schwimme mit ein paar Zügen unter der Oberfläche nach draußen, jetzt bin ich wirklich unsichtbar. Wärme umfängt meinen ganzen

Körper, er ist leicht und ich fühle mich so frei wie nie. Ich tauche auf, ich kann noch stehen, das Wasser reicht mir bis fast an die Schultern, please come in, rufe ich, die Umrisse meines Begleiters sehe ich regungslos am Strand. Seine langen, fast rastahaften Locken, die den ganzen Tag unter der Ballonmütze saßen, hängen ihm auf die Schultern. Er bewegt sich nicht, ich kann es nicht ändern, ich schwimme weiter hinaus, bis zu einer Stelle, an der ich nicht mehr stehen kann. Ich tauche wieder unter, ich drehe mich und schlage mit den Beinen, sodass man das Plätschern hören kann, ein paar Algen streifen mein rechtes Bein, aber im Wasser hatte ich noch nie Angst. Ich schwimme auf dem Rücken weiter, in welche Richtung ist egal, wichtig ist das Gefühl der Unendlichkeit des Wassers um mich herum. Ich rufe nicht mehr, ich bin sozusagen weg, ich schieße die Augen und lasse mich von den Wellen schaukeln. Warum soll ich mir auch Gedanken darüber machen, was ein Mann denkt, der eine Frau nachts baden sieht, soll er doch so lange dort stehen und schauen, bis ich keine Lust mehr habe, im Wasser zu spielen. Das Tolle am Golf ist, dass das Wasser nicht kalt ist, man friert nicht, auch wenn man stundenlang drin bleibt. Ich auf jeden Fall bleibe noch, ich streiche vorsichtig über meinen mittlerweile knurrenden Magen, damit er sich wieder beruhigt. Tja, der Geist braucht Nahrung, der Körper aber auch. Habe ich im Wagen noch ein paar Kekse oder Obst? Nein, ich glaube nur Kaugummi.

Eine warme weiche Hand fährt über meine Stirn, er ist tatsächlich ins Wasser gekommen, ich lache, ich freue mich, ich sehe die großen Augen meines abendlichen Freundes, er legt die Arme unter meinen Körper und hebt mich etwas aus dem Wasser. An deutschen Gewässern fängt man an zu frieren, wenn die nasse Haut an die Luft kommt, hier nicht, die Luft ist mindestens zehn Grad wärmer als das Wasser. Er lässt mich vorsichtig wieder ins Wasser gleiten, taucht unter mir durch, seine Haare kitzeln meinen Rücken, ich bewege mich nicht, ich fühle die Wellenbewegung unter mir, sehe in den Nachthimmel und bin endlos glücklich. Es sieht urig aus, als sein Kopf aus dem Wasser taucht, ich schwimme auf ihn zu und küsse ihn sanft auf die nasse Stirn, ich erkenne seine Augen nicht mehr, überall ist Wasser, ich zupfe leicht an einer seiner Locken, yes, they are real, sagt er. Ich streiche mit meiner Hand über seine Schulter, mit dieser Berührung hat er nicht gerechnet, er taucht ab, ich tauche hinterher, aber ich bin zu langsam, als ich hochkomme zum Luftholen ist er verschwunden, mein Wassermann. Ich lege mich wieder auf den Rücken und lasse mich weiter vom Wasser schaukeln, es ist fantastisch, das Gefühl der absoluten Schwerelosigkeit, der Ruhe, der Wärme, das Nichts.

Eine leichte Berührung an meiner linken Schulter lässt mich erzittern, ich will das Gefühl intensivieren und gebe mich der Berührung völlig hin, ich strample und plantsche, dass das Wasser in hellen Schaumtropfen im Mondlicht aufblitzt. Mein Wassermann spielt mit, er kann – natürlich – viel höher spritzen, er strampelt und ich schwimme in seine Beinbewegungen hinein. Ich halte seine Knie fest, er ist zu stark und taucht unter. Ich weiß nicht, wo er ist, die Wasseroberfläche ist wieder glatt, vom Mond beschienene Wellen schaukeln auf ihr, meine Arme teilen mit ein paar Schlägen das Wasser und auf einmal schwimme ich auf ihn zu und mein Gesicht ist direkt vor ihm. Er nimmt mich in den Arm und ich gehe nicht unter, ich lasse mich los. Ich bin er und er ist ich, das Wasser ist glatt, seine Haut ist wärmer als das Wasser, ich will sie an meiner Haut spüren, so weich und zart, er streicht sanft über meinen Körper und hält mich mit samtenen Armen, ich spüre überhaupt keine Angst, ich vergesse, wer ich bin, ich fühle totale Einheit zwischen Wasser, Luft, Köperwärme und Berührung. Ich glaube, ich summe irgendein Lied, ich falle und falle und erschaudere, als mein Freund mit nassen Lippen meinen Mund sucht, einen solch sanften Kuss habe ich schon seit Ewigkeiten nicht bekommen. Ich versuche mich zu erinnern, es gelingt mir kein klarer Gedanke; ich treibe und weiß nicht, wer mein Begleiter ist. Ich träume und gleich wird es einen Knall geben und ich bin wieder bei mir. Aber ich bin es, die den Kuss erwidert, es ist kein Traum, ich fasse mit beiden Händen vorsichtig sein Gesicht und lege meine Lippen auf seinen großen Mund, er schmeckt salzig, ich kann nicht gut küssen, meine Lippen kribbeln jetzt wieder, und lachend streichle ich seine Brust, diese kleinen Härchen kitzeln, ich merke, wie schwerelos ich bin, ich spüre bei ihm keine Anstrengung, als er meine Taille umfasst. Er fragt in einer Sprache, die ich nicht verstehen kann, Dinge, die ich verstehe. Ich lege meine Beine um seinen warmen Unterleib und glaube der Welt zu entschweben. Ich fliege dem Mond entgegen, ich zittere, ich weiß meinen Namen nicht mehr, ich lache, ich weine, ich bin ein Fisch, ich bin ein Mensch, ich bin nicht ich, ich bin er, er ist ich, ich will sterben, es macht mich wahnsinnig, ich glaube, ich bin wahnsinnig. Ich bin nicht diese Frau aus Deutschland, die Urlaub in Louisiana macht, ich bin ein Augenblick in der Ewigkeit, ich genieße die Umarmung eines Mannes, den ich nicht kenne, wie hat er mich erkannt? In der Ewigkeit gibt es keine Fragen mehr. Ich bin die Ewigkeit, mein Begleiter ist die Ewigkeit. Wer sind wir? Sachte küsst er meine Tränen weg, ich bin zurück vom Mondflug, ich sage thank you, wann habe ich mich je für eine Umarmung bedankt? Ich kann mich nicht erinnern, ich wache auf, ich spüre seine weichen Hände an meiner Schulter, ich treibe im Wasser und glaube, ich bin ertrunken. Ich habe die Orientierung verloren, ich weiß nicht, in welche Richtung ich schwimmen soll, ich sehe zum Mond, ich habe alle Zeit der Welt hier im Wasser. Mein Freund sagt nichts, er schweigt, er liegt auch auf dem Wasser, es ist eine Ruhe, die ich schon lange nicht mehr so gewaltig gespürt habe. Dann greift er nach meiner Hand und schwimmt langsam zum Strand, ich glaube, es würde mir nichts ausmachen, wenn er in den Golf hinausschwimmen würde.

Ich träume, dann – nach einer langen Zeit des Treibens und Gezogenwerdens – spüre ich Sand unter mir, ich stehe auf, die Füße sacken in den weichen Uferboden, Sand quillt zwischen meine Zehen und rieselt mit dem ablaufenden Wasser an mir ab. Mein nächtlicher Begleiter nimmt meine Hand und legt sie um seine Taille, danach nimmt er mich in den Arm, sacht, ganz sacht lässt er mich auf den warmen Sand gleiten und legt sich nahe neben mich. Er ist warm, angenehm, es wird nicht kalt in den Südstaaten im Juli, es sind jetzt sicher noch immer fast vierzig Grad. Wir liegen lang ausgestreckt, dicht nebeneinander im Sand, sagen nichts, ich bin nicht da, ich bin es nicht. Es gibt viele Gelegenheiten, den Verstand zu verlieren – dies hier ist eine. Die Nachtluft trocknet das Wasser, ich schlafe ein. Als ich wach werde, ist es fast hell, ich liege allein im Sand, meine Kleidungsstücke bedecken mich, bis auf die Füße, mein nächtlicher Begleiter ist fort. Ich setze mich auf und schaue auf das Wasser. Kleine Wellen mit weißen Schaumkrönchen trullern an Land und geben das seichte Schlagen ab, das die Geräusche am Meer so geheimnisvoll macht. Ich schaue mich um, da steht nicht weit hinter mir mein Auto, die Türen sind nicht zu, sie stehen beide weit auf. Eine graublaue, weiche Morgenhimmelbeleuchtung macht sich breit, ich kleide mich an. Mein Haar ist nass an der Stelle, auf der ich im Schlaf gelegen habe, ich schüttle es aus und habe Mühe, meine Gedanken zu sammeln. Wo ist der Mond? Er schläft, wo geht er wohl auf? Ich höre ein paar Bongos in der Ferne, vielleicht täusche ich mich auch und es ist nur der wach werdende Vogelschwarm im Gebüsch hinter den entfernten Häuserreihen. Ich schaue auf den Sandboden, ich sehe genauer hin, ein großes Herz ist genau neben meinen Füßen eingezeichnet, mein Mondkamerad hat mir ein Herz geschenkt. Ich lächele, ich hätte gern bye gesagt, aber es hätte nichts geändert daran, dass er gegangen ist. Seine Fußabdrücke gehen in Richtung Auto.

Ich werde wieder zurück nach New Orleans fahren. Ich schaue auf den Rücksitz, seine Bongo ist fort, seine Ballonmütze auch. Er war nie da.

Mein lieber Freund, fragen Sie mich nie wieder, was das Schönste in Louisiana war, ich weiß es nicht mehr, ich habe es nie erlebt, ich bin unendlich glücklich, ich weiß nicht mehr wodurch und warum, ich möchte mit Ihnen bei Vollmond ohne Licht durch die Gegend jagen, aber ich weiß, dass Sie sich nicht trauen, unsichtbar zu sein für andere, aber doch da zu sein, zu leben, ohne dass jemand einem das Leben ansieht. Holen Sie mich irgendwann bei Mondschein ab, ich fahre mit, egal ob in meinem oder Ihrem Auto, wenn ich nicht dann immer schon längst unterwegs bin. Ich liebe Sie sehr.

Heute ist mein Hochzeitstag, ich bin 29 Jahre verheiratet, also dass man das aushalten kann, sagen meine Bekannten, alles Singles. Marion zum Beispiel, die langjährige Freundin unserer Familie – aber eher meines Mannes –, die nie für die Ehe war, die allen Männern gegenüber zu früh zu nett war, und Menschen aus meinem Leben, die nie auch nur ansatzweise in die Lage gerieten, über eine Ehe auch nur nachzudenken. Ja, ich konnte das so lange aushalten.

Meine Mutter war eine resolute Frau, die uns nach dem Unfalltod meines Vaters – ich war elf, Gabi neun, Ellinor 13 Jahre alt – allein und richtig knallhart erzog, mit Liebe zwar, aber distanziert, es gab nicht viel Nähe, keine Körperkontakte, dafür immer absolute Ehrlichkeit und stets die Erinnerung daran, dass das Leben hart ist und man kämpfen muss, um zu überleben und durchzukommen. Wir Kinder haben eine Jugend genossen, die geprägt war von viel Arbeit, Spaß – aber erst nach getaner Arbeit –, Moral, Ehrlichkeit, Religiosität, Pflichterfüllung und Verantwortungsgefühl gegenüber Mensch und Tier.

Sie bestellte das Aufgebot, als sie von Nachbarn hörte, dass mein zukünftiger Mann – damals noch mein Freund – bei mir geschlafen hatte. Sie ließ sich alle Unterlagen kommen, sie setzte den Hochzeitstermin fest und mit einem todsicheren Instinkt verhinderte sie so, dass mein erster Sohn, unser über alles erwünschter Junge, als uneheliches Kind geboren wurde.

Entscheiden konnten wir selbst gar nichts mehr, sie hatte alles schon vorher entschieden, sie hätte es nicht überlebt, wenn ihre Tochter möglicherweise doch ein Kind bekommen hätte, ohne in geregelten Verhältnissen zu leben. Sie hätte es als ihren Fehler betrachtet, hätte sich vorgeworfen, mich nicht richtig, nicht genug und eventuell zu spät aufgeklärt zu haben, es wäre in ihrer kleinen Welt, in der Nachbarschaft und in der Kleinstadt eine Sensation, ein Anlass für Tratsch und Klatsch gewesen. Sie hat es zu verhindern gewusst, und so waren wir verheiratet, ehe wir uns so richtig aneinander gewöhnt hatten.

Geliebt hat meine Mutter meinen Mann nie. Sie musste sich umstellen auf einen Zeitgenossen, der zuerst in den Kühlschrank schaut, sich einige Scheiben Wurst nimmt, fragt, ob etwas zum Trinken im Haus sei und dann erst guten Tag sagt. Das war für ihr Empfinden etwas ungewöhnlich, aber so ist mein Mann. Zu Hause bei ihm gab es nichts Geregeltes, weder Essen noch gemeinsame Mahlzeiten, alle arbeiteten, und so waren gewisse normale Familienabläufe für ihn eben nicht die Regel, er hielt unser Familienleben für toll und fühlte sich bei uns bald richtig zu Hause.

Meine ersten Ehejahre haben mich bald die rosarote Brille vergessen oder verlieren lassen. Wir hatten zu kämpfen, um Geld und Auskommen, um Freunde und Bekannte, um Ansehen und einigermaßen gute Wohnverhältnisse. Wir ließen es uns nicht anmerken, aber diese frühe Nähe überforderte uns oft und die Erinnerung an die wenigen innigen, zärtlichen Momente konnten später den Frust nicht wettmachen.

Heute glaube ich wirklich, dass die Ehe die wirkliche Liebe in den Hintergrund rückt und eine andere Art von Gemeinsamkeit aufkommt, die entweder in den Köpfen der Partner in eine gemeinsame Richtung zielt oder nach kurzer Zeit die endgültige Trennung notwendig macht, wenn der jeweils einzelne Mensch für sich überleben will. Wir haben jeder für sich allein überlebt, wir haben wenige gemeinsame Erlebnisse, wenige gemeinsame Stunden und Wochen, in denen wir eins waren, unsere Kinder sind der lebende Beweis dafür, und so glaube ich, dass nur die Kinder der Lebensinhalt einer Zweisamkeit sein können.

Die Liebe zu den Kindern hält uns zusammen, wenn die Liebe zueinander abkühlt.

Ob das in allen Verbindungen zweier Menschen so ist, sei dahingestellt, ob es die Lösung für Probleme ist, sei dahingestellt, sicher ist jedoch, dass mir nie in den Sinn gekommen wäre, meine Kinder aufzugeben, wenn ich in Gedanken auch oft den Partner aufgab, nie wirklich verließ, aber hin und wieder keine Gefühle mehr hatte, kein Verlangen danach, liebevolle Hingabe auch nur ansatzweise aufzubringen.

Das Herz wird eingebunden und beengt durch die starken Bande von Misstrauen, Enttäuschung, wieder Vertragen und neuerlichen Betrügereien, es kann nach langen Jahren nicht mehr in Liebe schwellen und diese Bande so ohne Weiteres sprengen und Flügel bekommen und alles vergessen und fliegen, das Herz wird klein und bange, es klammert sich an Erinnerungen, um nicht kalt und hart zu werden, das Herz fängt an sich zu fürchten, vor Routine und Alter, vor Lieblosigkeit und Einsamkeit, das Herz hat die Größe im Laufe der langen Ehejahre eingebüßt und muss dringend zur Kur, um weiter zu schlagen und warm zu bleiben.

Wohin schicke ich mein Herz zur Kur?

Es macht sich immer öfter selbstständig und geht auf Reisen, es fragt mich einfach nicht mehr, ich habe es nicht gut genug behandelt – oder mein Mann hat es nicht gut genug behandelt, wie auch immer, es ist reif für etwas Neues.

Solange dieser Mechanismus Herzschmerz/Neuorientierung noch von alleine funktioniert, sehe ich für mein Herz keine Gefahr. Es bekommt von allein Flügel und nimmt mich körperlich oder gedanklich mit, zu den Dingen oder Menschen, die es leben und frei atmen lassen, die es nicht kränken, einengen und versuchen zu fesseln. Ich halte seit Jahren mein Herz für das Wichtigste in mir, ich lebe in einer Ehe, die nach außen hin beständig und ziemlich sicher aussieht, aber mein Herz ist oft weit, weit fort.

29 Jahre Leben mit einem Mann, der sich selbst wichtiger nahm als die Familie, der mich voll beansprucht hat, ohne Rücksicht auf meine Ansprüche und Wünsche, haben mich nach außen sehr hart werden lassen. Es gibt Freunde, die mich nicht verstehen und mir schon nach meinem ersten Ehejahr geraten haben, mich zu trennen, es ging nicht, ich kann den Mann, von dem ich das Beste auf der Welt, nämlich meine Kinder, habe, nicht verlassen.

In vielen Träumen verlasse ich ihn, im wachen Leben bin ich seine Frau. Ich trage selbst die Verantwortung für die gesamte Lebenssituation. Mein Mann weiß nicht, wo mein Herz im Moment weilt, es ist im Grunde der perfekte Betrug, an ihm und an mir.

Wie ich das aushalte?

Durch Verdrängung und Fantasie, durch die Fähigkeit mich wegzubeamen, durch Vorstellungen von immer währender Liebe. Meine Seele ist so gesund wie eh und je, weil ich mich als Frau vieler Männer gesehen habe, die mir in meinem Leben begegnet sind, mit denen ich zwar nie in körperlichen Kontakt trat, mir aber immer wieder den Weg zu diesen Möglichkeiten vorgestellt habe. Märchenprinzen gibt es nicht, Realitäten sind oft schmerzlich, aber die Liebe überwindet alles, die Liebe bringt dir das gewisse Lächeln in die Gesichtszüge, das bei älteren Menschen als Lebensweisheit ausgelegt wird, und eine äußere Gelassenheit, die bei jüngeren Leuten noch nicht oder weniger zu finden ist.

Ich möchte jetzt nicht mehr darüber nachdenken.

Wann werde ich goldene Hochzeit haben?

Ich aber glaube an eine lange währende Reinheit der Gefühle, wenn keine wirklich geschehenen Schmerzsituationen Gefühle haben schwarz und traurig werden lassen.

Ich habe mir in meinem Urlaubsparadies in den Südstaaten von Amerika, in dem herrlichen Land an der Mündung des Mississippi, in New Orleans, einen wundervollen Ring gekauft.

Ich war auf der Suche nach etwas Einmaligem, ich ging in der Hitze unter den Balkonen der eng gebauten alten Häuser entlang und suchte etwas, was mich auf immer und ewig an diese herrliche Stadt erinnern würde können.

Es sollte nicht nur der Teddy aus dem Hard Rock Café sein, auch kein Buch oder Poster, nein, etwas Einmaliges schwebte mir vor.

Wie schon damals in England, in Sandwich, wusste ich im Geheimen, dass ich ein Schmuckstück mitnehmen wollte.

Durch viele Boutiquen und Lädchen ging ich, es gab den typischen Mardi-Gras-Schmuck, etwas kitschig, aber auf eine herzliche Art, etwas naiv, kindlich angehaucht, aber nicht das Richtige.

Da kam ich in der Toulouse Street an dem Fenster des Ladens »Last Indulgence« vorbei, das spärlich dekorierte Fenster fesselte meinen Blick und ich entdeckte den Ring, den ich mir vorgestellt hatte. Es ist bei mir immer so: Wenn ich etwas sehe, was mir gefällt, muss ich es haben, da kann man mir dann nicht mehr dreinreden.

Ich betrat das Geschäft und war von der angenehmen Kühle durch die Klimaanlage positiv überrascht. Die Dame hinter den Glasvitrinen, so etwa um die fünfzig, war reserviert und ruhig, sie ließ mich schauen und lächelte, als sie mein hochrotes Gesicht sah. Sie meinte, es sei doch ungewöhnlich heiß draußen. Ich bejahte und sah mich um. In allen Vitrinen waren anspruchsvolle Schmuckstücke von ungewöhnlichem Design ausgestellt. Aber gleich kam ich auf den Ring im Fenster zu sprechen, der mir von draußen so gut gefallen hatte.

Hilfsbereit schloss die Dame den Tresen auf und entnahm ganz vorsichtig das Schmuckstück der in Samt gekleideten Stufe im Fenster. Ja, das war der Ring, der mir gefiel.

Es gab gar keine langen Diskussionen, ich brauchte keinen anderen mehr anzusehen. Ich fragte nach Material, Stein, Größe, Karat, Preis und Zahlungsart.

Welche Sicherheiten bezüglich der Echtheit des Steines und des Goldes gab es? Kann man einen Ring wirklich so schön finden, dass man den Preis übersieht? Um nicht sofort alle Skrupel zu verlieren, war mir dieser Tag noch nicht recht, außerdem schockierte mich der Preis zugegebenermaßen doch etwas, denn obwohl »Sale« war, ging es doch noch um eine vierstellige Summe.

Am nächsten Wochenende würde die Besitzerin da sein, sagte die Frau, sie werde mir zu meiner vollsten Zufriedenheit alles über Herkunft und Wert des Ringes erzählen.

Lächelnd verließ ich den Laden, nahm die mir angebotene Karte aber mit, damit ich das Geschäft wiederfinden würde.

Im Grunde wusste ich vom ersten Moment an, dass ich New Orleans und Amerika nicht ohne den Ring verlassen würde, aber ich musste noch eine oder zwei Nächte darüber schlafen, obwohl es meine Entscheidung schon nicht mehr beeinflussen würde.

Wer kennt nicht das erhabene Gefühl, sich erst einmal dem Verlangen widersetzt zu haben, sich ganz einfach frei gemacht und nein gesagt zu haben? Aber das Nein zu einem Kauf ist anders als das Nein zu einem ungewollten Geschlechtsverkehr.

Bei Claudia zu Hause sprach ich mit ihr über Schmuck, ich las die Prospekte über das Auffinden dieser Mineralien in Tansania, Afrika, die Farbe des Steines war blau, etwas in Lavendel hineingehend, herrlich, einmalig und tief. Sie bedeutete Freiheit und Zuversicht für mich.

Meine letzten Tage in New Orleans verrannen wie ein schneller Bachlauf, die Zeit raste und ich musste am letzten Tag meines Urlaubs noch einige Mitbringsel organisieren.

Wie eine Schlafwandlerin befand ich mich dann doch wieder in dem Laden, ich hatte keinerlei Schwierigkeiten, den Weg im French Quarter zu finden. Ich kaufte den Ring bei der Ladeninhaberin, ließ mir eine Bestätigung zur Erstattung der »tax« geben und mir versichern und bescheinigen, welche Werte Steine und Gold haben.

Ich bin dermaßen froh und glücklich, diesen Ring gefunden zu haben, ich liebe ihn. Ich liebe sowieso alle Arten von echtem Schmuck, dieser ist so ungewöhnlich und wertvoll, ich glaube, meine anderen Ringe sind nicht annähernd so gediegen.

Zu Hause in Deutschland habe ich mir bei dem Juwelier meines Vertrauens – mir war es so sicherer – den Wert und den Stein nochmals prüfen lassen, die Echtheiten sind bestechend, er ist so wertvoll wie sonst keines meiner Schmuckstücke, ich bin glücklich über diesen Kauf. Was sollen alle Wünsche, die ich mir selbst erfülle, sagen? Ich kann nur mich selbst glücklich machen, mir hätte niemand sonst diesen Ring gekauft.

Ich aber habe beschlossen, den Ring der großen Liebe meines Lebens zu schenken, ich werde in meinem Testament ein Vermächtnis abfassen, du lieber Mensch in meinen Träumen, weißt noch nicht, wie ich es dir sagen und mitteilen werde, aber das Feuer des Steines hat mein Herz erwärmt, und ich liebe dieses Gefühl, einen Ring zu besitzen, mit dem ich dir, du großartiger Mensch, irgendwann eine Überraschung bereiten werde, eine Überraschung aus New Orleans, für einen Menschen, der mir zu diesem Urlaub geraten und ihn schmackhaft gemacht hat.

Ich bin jetzt müde, ich fotografiere meinen Ring, er bedeutet mir viel, ich kann nur so verfahren, dass ich ihn verschenke, um die Freude, die ich beim Kauf hatte, an den Menschen weiterzugeben, der es für mich am meisten wert ist. Ich freue mich, und es ist himmlisch zu wissen, dass es dich, du guter Mann, gibt.

Ich duze dich, ich darf es nicht, Sie sind mir sehr viel wert, obwohl Sie es nicht wissen. Es gibt eine Liebe, die im Raum steht und nichts erwartet oder verlangt, ich glaube, das ist die reinste Liebe und ich kann sie für Sie empfinden.

Die nachmittägliche Sendung »Fliege« flimmert über den Bildschirm, heute geht es um Umzugsprobleme. Ich überlege mir, dass ich in meinem Leben erst einmal umgezogen bin und zwar aus der kleinen Mansardenwohnung bei Oma Blomberg in unser Einfamilienhaus nach Donop.

Im Moment bin ich so weit, dass ich auswandern könnte. Mein Traum wäre Amerika, ich möchte nach Louisiana, ich sehne mich an den warmen Strand von Bay St. Louis zurück, an dem ich oft allein gesessen habe, nachgedacht habe über mein Leben und an dem wir auch mit Claudia und den Kindern gespielt haben, das ist es, was ich schon immer gerne wollte, ganz allein über die wichtigen Dinge nachdenken, die Zeit verträumen, die Sonne untergehen sehen, im Sand die Hände zu versenken, zu spüren, das ist Amerika, das ist die Freiheit und das Abenteuer. Mich kennt niemand dort, wenn ich nicht mehr zu Claudia nach Hause führe, wenn ich die I-10 weiterfahren, wenn ich meinen Pass in die Wasser der Bayous nach Houma werfen würde, wenn ich mich ab dann Sandy nennen würde, wer könnte schon beweisen, dass ich nicht Sandy wäre. Meine Verbindlichkeiten sollte jemand übernehmen, der Lust darauf hat und dem Geld egal ist, meine Kinder würden bei meiner Schwägerin in Landsberg gut aufgehoben sein, eventuell auch bei meiner anderen Schwägerin in Bremen. Was soll's, sie sollen sich arrangieren, so, wie ich mich ein Leben lang nach den Lieben richten musste, und ich bin weg und lebe mein Leben in den Staaten, in dem warmen, sonnigen Klima in Louisiana, da sind die Menschen nett, da lachen die Menschen ein offenes, warmes Lachen, da trinken die Menschen dir auf der Straße zu, wenn du ihnen zutrinkst, sie zeigen dir den Weg, wenn du halb deutsch, halb englisch fragst, sie helfen dir, mit Geld, mit Essen, mit Rat und Tat, sie warnen dich vor gefährlichen Straßen, an denen sich Frauen nachts nicht allein aufhalten sollten, sie zeigen dir, wie du dich vor Taschendieben schützt, sie lassen dich kostenlos telefonieren und parken dir dein Auto ein, wenn du – so wie ich – nicht so sicher im Rückwärtsfahren bist.

William aus Missouri war Parkwächter bei der Down Town Parking Station Nr. 1 in New Orleans, er war riesengroß, hatte einen enormen Bauch, ein total schwarzes, narbiges Gesicht, er trug eine Schlägermütze von typisch amerikanischer Machart, Tennissocken, die allerbilligsten, zehn Paar im Sonderpaket, abgetretene Turnschuhe, eine currybraune, schmutzunempfindliche, dreiviertellange Hose – die Naht unter dem Hosenschlitz war leider aufgeplatzt, das sah man später auf dem Foto – und jeden Tag Pullis, die aussahen, als würden sie aus Secondhandläden stammen. Er sah so urig aus, jeden Morgen parkte er mein Auto ein, er rangierte die Wagen dort hinter dem Holiday Inn hin und her – wenn man Platz brauchte, fand er ihn. Ich hatte es morgens immer sehr eilig, in das Quarter zu kommen, etwas zu erleben, etwas zu sehen, zu riechen, zu schmecken – es gab das köstlichste Essen, das ich je gegessen habe –, und so gab ich ihm den Schlüssel, ließ den Motor laufen und sagte, ich sei abends wieder zurück. Wir schließen um fünf, sagte er dann, aber das stimmte nicht!

Er wartete geduldig, auch wenn ich mich oft verspätete, ich gab ihm ein paar Dollar Trinkgeld, er grinste, und die überweißen Zähne waren so toll in seinem Gesicht, dass ich mich auch später gerne an sein Lachen zurückerinnerte.

Er nahm mir manchmal einen Kaugummi aus der Ablage und als ich es bemerkte, musste ich im Stillen grinsen und legte jeden Morgen einen Streifen mehr hinein. Am letzten Tag dort war mir zum Heulen, ich schenkte ihm einen ganzen Haufen davon und fotografierte ihn, dann ließ ich noch einen Passanten Fotos von ihm und mir machen. Also, wie ein so starker, großer Mann sich so zieren konnte, es war so herrlich herzergreifend, dass ich im Auto später weinen musste.

Ich habe ihm die Fotos geschickt und zwar in den kleinen Laden gegenüber vom Parkplatz, ich hoffe, er hat sie bekommen und erinnert sich nun an diese total verrückte Frau aus »good old Germany«, die nicht rückwärts fahren konnte, die morgens schon thermoskannenweise den Kaffee mitschleppte und die im schlimmen, schlimmen New Orleans ihre Kamera vertrauensselig wildfremden Schwarzen zum Halten gab. Es war so herrlich dort!

Es gibt in New Orleans drei Holiday Inn Hotels, sodass ich mein Auto in den ersten Tagen mehrere Male suchen musste. Aber ich fand es immer, man brachte mich hin und zeigte mir alles, die Herzlichkeit der Leute, wenn man sie brauchte und um Hilfe bat, werde ich nie vergessen, ich möchte dort meine Asche verstreut wissen, wenn ich einmal sterbe, es gibt für mich im Moment keinen Platz, den ich mehr liebe.

Das Beste war: Ich ließ am vorletzten Tag, als ich es sehr eilig hatte, den Motor laufen, das Radio war noch an und dröhnte. Ich knallte die Tür zu, ohne den Schlüssel herauszunehmen – und der wunderschöne rote Chrysler war »automatically locked«.

Also bitte, was will man mehr? Ein stehender Wagen mit laufendem Radio, laufendem Motor, mitten in der Einfahrt zum meistbefahrenen Parkplatz an der Rampert Street.

Kein Problem aber für William, meinen Parkplatzwächter, er grinste wie immer, nahm sein Handy – das passte so gar nicht zu der sonst so spießigen Aufmachung –, wählte ein paar Nummern und sagte: I will do what I can, everything will be okay when you are back again. Thanks, William, I love you, you are so great, I'm so happy that I met you. Next time I will be in New Orleans I will visit you at this parking place there, I hope you will be there to say hallo again, I hope you enjoy all those fotos I made and sent, byebye.

Wäre ich doch nur Sandy und nicht Frau Kemena aus Deutschland. Es fehlt nicht viel und ich bin so weit, dass ich einfach abhaue. In Gedanken bin ich dort. Die Brücken über die I-10, die Unterführungen, Überführungen, der stehende Verkehr, es ist mir so in Erinnerung, als würde ich da in diesem Moment entlangfahren. Wer kennt die Musik von Sonny Lendrath, ist das richtig geschrieben? Sie, mein lieber, guter Mensch aus meinem Inneren, haben mir die Kassette aufgenommen, genau diese Musik habe ich dort oft gehört, aber mangels Englisch- und Musikkenntnissen habe ich leider keine der CDs in den Shops gefunden, ich weiß, Sie haben die Musik zu Hause, woher ahnten Sie, dass ich den Sound lieben würde?

Welche mystischen Gedankengänge hat mein Gehirn mir aufgezeigt, dass ich heute schon wieder an Claudia geschrieben habe? Sie schreibt mir auch, mindestens zweimal die Woche, es sei langweilig ohne mich, sie vermisse mich, sie fand meinen Aufenthalt dort toll, also, ich könnte auch nur solche netten Dinge schreiben und sie wären sogar wahr, bei ihr bin ich mir nicht ganz sicher. Wir hatten darüber gesprochen, dass Amerikaner viel sagen und danach alles wieder vergessen und es nicht so meinen, darum kann ich mir eigentlich nicht vorstellen, dass sie auch so ist, zwölf Jahre Amerika und ein amerikanischer Mann prägen zwar, aber sie ist und bleibt eine typische Deutsche – oder nicht?

Was wäre, wenn ich dort einen Job bekäme? Was wäre, wenn ich die Gelegenheit hätte, dort zu wohnen? Alles würde ich geben, als Sandy oder Doris, wäre eigentlich doch gleich, Hauptsache fort, Hauptsache dieses wundervolle, geheimnisvolle Louisiana, wo du Krokodile streicheln kannst, wo du dich nicht verstellen musst, wo du den Bongos der schwarzen Jungen am Strand bei Mondenschein zuhören kannst, wo am Unabhängigkeitstag Millionen Raketen in den dunklen Nachthimmel steigen und sich diese Leuchtkaskaden im unruhigen Wasser des Lake Pontchartrain widerspiegeln, sodass man alles zweimal sieht, es ist ein Traum, wenn man über den Causeway fährt, die längste Brücke der Welt, es ist so herrlich, und ich wünsche mir, das noch einmal zu erleben.

September

Nachricht an meine drei ungeborenen Kinder.

Hätte ich alle Kinder ausgetragen, die ich empfangen habe, so hätte ich jetzt sieben Kinder, nicht vier. Ich hätte sie jetzt lieber alle um mich, ich hätte es nicht machen sollen, ich muss völlig verrückt gewesen sein. Wenn ich mir vorstelle, dass ich entstehendes Leben, zur Welt kommen wollendes Leben, vernichten ließ, ganz ohne Tränen, ganz ohne Nachzudenken, nur, um im Beruf zu bleiben, um Karriere zu machen, dann werde ich verrückt. Ich kann nach dieser langen Zeit nicht mehr nachvollziehen, warum ich damals nicht wach geworden bin. Warum hat mich nicht jemand geschüttelt und zur Vernunft gebracht, oder war es vernünftig, gute Anlagen – meine Kinder sind alle gut geraten und haben gute Anlagen, sie sind toll – einfach abschlachten zu lassen, abzusaugen, wie ein kleiner unbrauchbarer Blutschwamm, im Mülleimer verschwinden zu lassen?

Ihr lieben, unschuldigen kleinen Wesen, was wärt ihr geworden? Mädchen, Jungen, blond oder dunkelhaarig, ich hätte euch geliebt, ich wäre wie immer mit allem fertig geworden, mit Doppelbelastung, mit finanzieller Belastung, mit dem schlechten Gewissen, wenn ich morgens aus dem Haus gehe und den Hausmann alles machen lasse.

Was kostet mehr Mut: ein Kind zu bekommen oder ein Kind abzutreiben?

Alice Schwarzer wäre über mich entsetzt, nach all den Sachen, die da gelaufen sind in den sechziger Jahren: Mein Bauch gehört mir.

Mein Bauch hat schon immer mir gehört, nur leider bin ich dreimal im Leben nicht ganz bei Trost gewesen, was ich mir jetzt in meinem etwas ruhig gewordenen Leben vorwerfe.

Ich habe geweint, ich habe mich selbst verletzt, ich möchte nicht sagen, dass ich irgendeinen mysteriösen Gott um Verzeihung bitten will, aber ich weiß nicht, ob das Unrecht gutzumachen ist.

War es damals Unrecht? Ich musste doch so viel arbeiten, um eine sechsköpfige Familie in einem neu gebauten Haus mit riesigen Zinsbelastungen und sehr hohen Unterhaltskosten durchzubringen, mein Mann war Musiker, das sagt alles, er wickelte und fütterte die Kinder, er war zu Hause und wollte von meinem Berufsstress nichts wissen.

Hätte ich ihm noch ein paar Kinder dazu bescheren sollen?

Meine Hände sind kalt, ich bin herzlos, ich fühle nichts mehr, ich weiß nur nicht, wie ich meinen lebenden Kindern das alles jemals erklären kann. Aber ich kann es nicht für mich behalten, mir hat damals niemand gesagt: Mach es nicht, gib das Kind zur Adoption frei, lass es leben, mein Mann hat sowieso immer alles mich verantworten und entscheiden lassen, was wäre, wenn ich einen Mann gehabt hätte, der mir den Kopf gewaschen hätte ob meines Abtreibungswunsches, der schon die Verantwortung für die Verhütung übernommen hätte? Rücksichtslose Männer gibt es eine Menge, aber ich habe den absolut rücksichtslosesten aller Männer gehabt, seht, ihr lieben Kinder, ob geboren oder ungeboren, das hätte ich ändern können, aber ich habe den Mann wegen seiner Art geliebt, eine fatale Leidenschaft, die ich mir selbst nie zugestehen wollte, die es aber gab und die ich nicht weiter erklären kann.

Ich werde in der Ewigkeit, nach meinem abgelaufenen Leben, irgendwann eine Riesenschar Kinder um mich haben, ich werde viele, viele Kinder um mich haben, meine eigenen, fremde, große, kleine, ich verstehe jetzt, warum ich so gerne auch mit fremden Kindern spiele, ich will mein mich immer noch plagendes Gewissen beruhigen, ich kann es aber nicht. Wenn ihr gelebt hättet, ich hätte euch vergöttert, auf meine kühle, manchmal ziemlich feige Art, ich gestehe es mir manchmal zu spät ein, dass ich jemanden liebe!

Weil ich meinen Kindern Namen gab, sind sie immer bei mir.

Ihr seid auch bei mir, liebe drei Familienmitglieder, denen es nicht erlaubt wurde, da zu sein, frech zu sein, zu lachen, zu singen, zu schlafen, mich zu nerven, mich zu küssen, einfach mit uns zu leben.

Wir hätten doch glatt anbauen müssen, wir hätten vor lauter Kindergeburtstagsfeiern an nichts anderes denken können, wir hätten einen VW-Bus kaufen müssen, wir hätten den Tisch jeden Tag ausgezogen und wären mit dem Kanister Milch holen gegangen.

Welche Menge an Wäsche hätte ich abends bügeln müssen, und hätte jemals irgendjemand gesagt, viele Kinder seien asozial, ich hätte diese Leute mit Nichtachtung gestraft. Ich habe gehört, dass bei einem Sterbenden das ganze Leben noch einmal im Schnelldurchgang, wie ein Film im Zeitraffer, vor dem inneren Auge abläuft, ich möchte diese Momente auf dem sterilen Tisch der Frauenärzte kurz vor der Abtreibung nicht wieder erleben, ich will nur noch darüber hinwegsehen, der Film soll dann unbedingt reißen, falls eine mysteriöse Kraft das irgendwie auf mein Bitten hin erledigen kann. Aber es hilft nichts, ich muss es aushalten und mit dem Gedanken an nicht gutzumachende Fehler weiterleben.

Ich will weiterleben, ich bin neugierig, wie lange ich und mein in meinem Kopf lebender Mensch das mitmacht.

Wo ist die Grenze zwischen Normalität und Wahnsinn, verwischt, sagen die Wissenschaftler, das kommt auf den jeweiligen Vorfall an, das kann man an vielen Reaktionen beweisen, na, dann beweist mal, ihr witzigen Geister in meiner Umgebung.

Da ich weiß, dass von einer großen Liebe im Leben nur die Kinder noch als lebender Beweis übrig bleiben, dass die tiefste Leidenschaft später nur nachvollziehbar ist, wenn Gedanken und Werke ineinander übergehen, durch das Entstehen von neuem Leben, da gesagte Worte verhallen und Liebesschwüre nach der Zeit nicht mehr wahr sind, da ich Zweifel habe, mein Leben richtig gelebt zu haben, da ich sowohl Fehler gemacht, als auch Richtiges getan habe, bitte ich euch, liebe nicht entstandene Leben, euch in ein neues Universum zu begeben, wo ihr leben könnt, ohne dass euch eine von mir angewiesene Hand vom warmen Dasein in das kalte Nichts befördert.

20. September

Es wird Herbst. Ein herrlicher Sommer ist vorbei, die Sonne steht schon tiefer und schafft den Sprung über die Sichtschutzhecken vor meiner Terrasse kaum mehr. Gegen Mittag ist sie mit ihrer letzten wärmenden Energie dann voll da, ich liege auf der weichen Matte, dem ausgestreckten Sitzkissen des Korbstuhles, und lasse die angenehmen Strahlen auf meinen nackten Rücken oder Bauch fallen. Ich schließe die Augen, ich lächle, ich fühle mich unsagbar wohl. Es ist alles harmonisch und hell, der Gedanke, einer der Nachbarn, die tagsüber vielleicht auch zu Hause sind, könnte mich sehen, erregt mich ein klein bisschen. Aber es regt sich auch Unbehagen in mir, oder nein, kein Unbehagen, eher Verwirrung, denn die Worte meines Mannes sind mir allzu gut im Gedächtnis, er möchte hier im Dorf nicht ins Gerede kommen, weil seine Frau sich zu freizügig bewegt. Dass ich nicht lache, als sei das für ihn überhaupt noch wichtig, seit Freitag, dem Abschlussballabend meiner Tochter, habe ich ihn nicht mehr gesehen und er war auch nicht mehr hier.

Es kümmert mich nicht mehr, die ziehenden Schmerzen, wenn das früher mal passierte, die kommen nicht, im Gegenteil, es macht sich ein Gefühl des Wohlbehagens und Freiseins meiner mächtig, ich gehöre nur noch mir allein, ich werde von ihm nicht mehr gebraucht, ich werde nicht vermisst und ich könnte genauso gut tot sein.

Meine Haut hat noch eine leichte Tönung von der Sonne Louisianas, die Intensität der Sonne dort unten hat meine sonst helle Haut richtig sportlich braun angehaucht, und es genügen jetzt die auffrischenden Strahlen hier im Lipperland, um die Pigmente wieder anzuregen. In den Hautfalten unter der Brust, am Bauch und unter dem Po bin ich hell geblieben. Wenn ich mich vor dem Spiegel lang mache, sieht das ganz interessant aus, wie gestreift. Ich denke, frage mich, was wohl ein Mann dazu sagen würde.

Wie lange hat schon kein Mann mehr meinen Körper betrachtet und gestreichelt? Ich weiß nicht, es ist auch unwichtig, die Sehnsucht nach purer Körperlichkeit und Kontakt überkommt mich manchmal, wenn ich Liebesfilme sehe, wenn ich an liebenswerte Menschen denke, wenn ich mir Vorstellungen erträume, die nie wahr werden können, von meinem Liebsten, dem Mann, der nichts von meinen Gedanken weiß.

Während ich so auf der Terrasse von meinen Gedanken wie auf einer Woge davongeschwemmt werde, denke ich an den Traum, den ich vergangene Nacht hatte. Ich schlief zusammen mit Bianca in einem Bett, wir hatten uns vorher im Fernsehen den Psychothriller »Teufel im Paradies« angesehen. Nach überstandener Spannung war die gemütliche Gemeinsamkeit dann umso schöner. Bianca nahm mit ihrer rechten Hand meine linke, und wir schliefen sofort ein. Es ist ein anderes Liebeserlebnis, wenn man mit seinem Mann einschläft, ein Kind weckt eine ganz andere Dimension von Liebe, es erweckt in mir den Beschützerinstinkt, den ich besonders stark entwickelt habe, seit mein Mann außerhalb schläft. Wie eine schwarze Welle bricht der Schlaf über einem zusammen und lässt einen versinken in einem Meer von Träumen, von denen man einige wenige registriert, die anderen gleich vergisst.

Ich ruhte im Traum auf einer weißen Liege, mit beiden Händen hielt ich Ihre Hände, Sie lieber Mensch, ich erinnere mich an die Wärme Ihrer Hände, ich hielt sie fest, ich weiß, Ihr kleiner Finger ist leicht krumm, ist er das wirklich? Ein kleiner dünner Ring sitzt auf Ihrem linken kleinen Finger – oder ist es der rechte? Ich erinnere mich nicht ganz genau. Ich spürte eine unheimliche Energie, die aus der Berührung Ihrer Haut über meine Fingerspitzen in mich überging. Meine zuerst kalten Hände wurden warm, etwas feucht sogar, weil ich Ihre Hände nicht loslassen wollte.

Ich kann mir nicht erklären, was ich genau wollte, denn offensichtlich schlief ich auf dieser Liege, etwas ängstigte mich unheimlich, es waren Rattenköpfe oder ganze Ratten mit überdimensional großen Köpfen, die von der Decke auf mein Gesicht zukamen.

Sie wollten mich loslassen, irgendetwas in dem imaginären Raum tun, aber ich kann mich an keinen anderen Einrichtungsgegenstand erinnern, den Sie hätten anfassen können, ich hielt Sie fest, die Ratten verschwanden und die Angenehmheit Ihrer Hände in meinen nahm mir die Angst, ich kann mich nicht an Ihr Gesicht erinnern, im wachen Zustand weiß ich genau, wie es aussieht, aber im Traum sah ich es nicht. Es gab in dem Moment nur den einzigen, großen, langen Augenblick der Berührung der Hände, das urgroße Glücksgefühl, das mich dabei überkam mit der einhergehenden Wärme.

Ich wurde wach, ich bemerkte, dass ich im Bett lag und in meinen Händen Biancas Hände hatte. Ich musste lächeln, denn sofort fielen Sie mir ein. Was würde ich darum geben, wenn ich Sie jetzt neben mir liegen sähe, wenn ich den Traum in die Realität hinüberretten könnte. Aber es war ein Traum, ein Wunschtraum, der Gedanke an Sie rettete mich im Traum und rettet mich eventuell sogar in der Realität vor Schrecklichem (den Rattenköpfen). Wenn es zu hart um mich herum wird, sind die Gedanken an Sie mein Rettungsanker.

Wohl dem, der sich seine Träume bewahren kann, ja, das hat mir mal ein früherer Bekannter gesagt, er hatte Recht, und wenn ich zu viel herumspinne, wie meine Töchter immer behaupten, fragen sie mich manches Mal: Mama, wovon träumst du eigentlich nachts, ja, das ist hier die Frage, nicht wahr?

Ich freue mich, wenn ich von Ihnen träume, ich kann gar nicht sagen, wie sehr. Die Nähe, die es in Wirklichkeit zwischen uns nicht geben kann, entsteht von allein bei mir im Traum. Es ist ein Wunder, ich glaube an Zauberei. Wem soll ich für diese Träume danken?

Ich musste Sie heute anrufen, der Traum hat mich so sehnsüchtig nach Ihrer Stimme gemacht, ich wollte Sie hören, auch auf die Gefahr hin, dass Sie keine Zeit haben. Ich glaube fast, es ist eine Zumutung, dass ich Sie in ihrem Geschäft anrufe, ich habe Bedenken, dass Sie vielleicht Ärger bekommen, dass man es nicht will, wenn private Dinge über das Firmentelefon erledigt werden, oder hoffentlich sind meine Bedenken grundlos. Ich wähle die Nummer. Ich könnte sie im Schlaf. Wenn man mich mitten in der Nacht, im Traum, fragte, ich wüsste sie sofort, ein kurzer Moment bangen Wartens, wenn verbunden wird, dann sind Sie am Apparat, mir wird fast schlecht, ich sitze in der Sonne und stelle Sie mir im Geschäft in Bielefeld vor, ich sehe Sie mit dem Hörer in der Hand, wahrscheinlich denken Sie, was will die denn schon wieder – oder vielleicht nicht? Wir reden, es ist ganz egal, was Sie sagen, ich höre den Klang Ihrer Stimme so gerne, dieses freche, jungenhafte, fast ironische Unterklingen, es macht mich ganz irre, ich kann es nicht verleugnen, ich erinnere mich kaum an den Sinn Ihrer Worte, aber genau an den Tonfall.

Wir werden uns am kommenden Montag nach einem Termin treffen. Sie schlagen vor, ich solle in Ihren Laden kommen. Habe ich mich verhört, oder sagten Sie, Sie hätten montagnachmittags frei, dann hätten wir etwas mehr Zeit? Oder habe ich es nur gewünscht? Ich bin nicht mehr Herr meiner selbst, wenn ich mit Ihnen spreche, wie können Sie das nicht spüren? Meine Gedanken gehen schon wieder auf Wanderschaft zu Ihnen nach Quelle, mein lieber Mensch, ich mag Sie so sehr, ich freue mich auf Montag, wie soll ich diese langen fünf Tage bis dahin überleben?

Ich heule vor lauter Glück, als Sie den Hörer aufgelegt haben, jedes meiner und Ihrer Worte war eine weitere Liebeserklärung, die nie ausgesprochen werden kann. Die verrauscht und verklingt wie die wundersame Melodie zweier Wesen, deren Gemeinsamkeit im All sich wiedertrifft, wo nie ein menschliches Ohr sie je vernehmen wird, von der aber jeder, der sie je gesungen hat, auch weiß, wie wundervoll ihr Klang ist, wenn zwei gemeinsam einstimmen. Das Wissen um die Gemeinsamkeit, auch wenn man einzeln geht, ist die Wahrheit über die Liebe, es benötigt keinerlei Bekenntnisse, denn das Wissen genügt den Beteiligten, weil es einer vom anderen weiß, solches nennt man, glaube ich, Erkenntnis. Ich liebe Sie täglich mehr, ich kann es Ihnen nicht sagen, Sie sollen Sie selbst bleiben.

21. September

Ich hatte in meinem Beruf als Textilingenieurin während meiner aktivsten Berufsphase – zwischen 23 und 39 (ja, 16 Jahre!) – einen Chef, der eine Vorliebe für alles Französische hatte. Nicht nur, dass er einen rasant aufgemotzten Citroën, damals diese Maikäferform, fuhr, nein, er trug einen kleinen Clochardbart, er hatte schon in den sechziger Jahren diesen Hang zum etwas legeren, grau geschläften, Polohemd tragenden, »laissez faire« sagenden und wohl auch meinenden Chauvi.

Er kreierte eine durchaus verkäufliche Mode, die Firma hatte in den Jahren von 1966 bis 1980 einen rasanten Umsatzzuwachs zu verzeichnen, er besaß diese gewisse Bauernschläue, die so manchen erfolgreichen Unternehmer auszeichnet.

Ich habe sehr gern in dieser Firma im Einkauf – zweite Führungsebene, eigene Entscheidungsfreiheit, wochenlang angehäufte Überstunden – gearbeitet. Der offensichtliche Charme meines Chefs ließ mich, im Gegensatz zu vielen anderen Arbeitskollegen, kalt.

In dieser Zeit erlebte meine Zweisamkeit, genannt Ehe, wundersame Höhepunkte, zwei Söhne in den ersten drei Ehejahren, Arbeit über Arbeit, gemeinsamer Urlaub, es lief alles auf eine sonnige Zukunft hinaus, andere Männer waren für mich sexuell nicht interessant, da ich einen in dieser Beziehung sehr aktiven Partner hatte. Andere Männer interessierten mich generell nicht, ganz egal, wie wunderbar oder männlich oder toll sie auch immer aussehen mochten. Ich arbeitete für mich, zur Selbstbestätigung, für mein Selbstwertgefühl – ich, die Mutter –, und mehr und mehr verließ sich mein Mann auf die Zuverlässigkeit, die ich ihm einbrachte in Sachen Geld. Der Beruf war mir sehr wichtig. Meine Kinder hatten an den Wochenenden eine ausgeglichene, wenn auch manchmal müde Mutter, die fit, aktiv, rege und für alle Dinge des Lebens jederzeit offen und aufgeschlossen war.

Die Unbeschwertheit dieser Zeit hielt nicht lange an. Die Firma hatte, nicht allein durch die private Beziehung des Chefs zu seiner Sekretärin – ein Kind stammt aus dieser Liaison – an Ruf und Image verloren. Fianzielle Schwierigkeiten, das Auf und Ab in der Branche, private Geldentnahmen der Gesellschafter, Abfindungen, die an die gelinkte Ehefrau gezahlt werden mussten, und nicht langfristig genug geplante Gütertrennungen und Vorkehrungen brachten die Firma an den Rand des Konkurses.

In jener Zeit fand eine dieser Fahrten mit dem Namen »Informationsreise« nach Paris statt. Schaufensterbummel, Farb- und Modellklau, Fotos von Geschäftsauslagen, was ist angesagt in der Mode für die nächste Saison – solches Gebaren ist üblich in der Branche und es gibt keinen Designer oder Modezaren, der nicht Paris und dann noch Florenz als Vorbild nimmt.

Samstagmittag, eigentlich Feierabend, mein Mann liegt zu Hause mit Durchfall im Bett, im Kinderbett schreit Bianca, unser drittes Kind, die Jungen sind noch in der Schule, da kommt plötzlich ein Abruf: Frau Kemena, packen Sie ein paar Sachen zusammen, wir fahren eben mal übers Wochenende nach Paris, es gibt da jetzt die neuen Auslagen für Frühjahr und Sommer, es ist ganz wichtig, dass wir uns vor der Igedo noch mal informieren und uns überlegen, ob wir die Kollektion so lassen oder noch mit dem ein oder anderen Modeteil aufpeppen müssen. Herr Hölscher, der Starverkäufer, ein dem Alkohol und den damit einhergehenden Lebensgenüssen nicht abgeneigter Arbeitskollege, sollte auch mit.

Ich renne nach Hause, stelle meinem Mann einen Tee und Zwieback ans Bett, springe unter die Dusche, lasse die Haare an der Luft trocknen, packe die Reisetasche mit den wichtigsten Sachen, mache ein paar Fläschchen für Bianca fertig, ab in den Kühlschrank damit, schreibe den Jungens einen Zettel auf den Tisch mit den nötigsten Infos, gebe meinem Mann einen flüchtigen Kuss auf die Wange und schon steige ich in den Wagen, um mit meinem Chef und dem Vertreter der Firma nach Paris zu fahren. Yeah, that's business, Beruf ist Beruf, schlechtes Gewissen der Familie gegenüber hin und her, entweder du bist im Job, oder du kannst es gleich vergessen.

Viereinhalb Stunden Fahrt, Fahrerwechsel, ich sitze im Fond. Wir unterhalten uns überwiegend über Geschäftliches, über die geplanten Stoffabschlüsse, Mengen und Sonderpreise und darüber, was ich sonst noch so herausholen kann, denn ich bin eine gute Einkäuferin.

Einchecken im Novotel, Frischmachen, in fünf Minuten Stadtgang. Haben Sie die kleine Minolta mit? Aber natürlich, ich bin zuverlässig. Erste Eindrücke von Paris: Mode einfach himmlisch, milde Frühlingsluft, wunderbares Flair auf den Champs Èlysées, eben Paris im April. Herrlich – und kein Gedanke an Zuhause, die Kinder, den kranken Mann und das Baby. Ich schätze, das ist genau dasselbe wie die Geschäftsreise eines Mannes und ich muss mich deswegen nicht nachträglich verrückt machen. Abendbrot in einem kleinen Restaurant. Gedanken und Gespräche über den Beruf: Die Kollektion könnte richtig sein, vielleicht ein paar Farbtupfer noch, ach ja, da ist ja noch dieser teure italienische Coupon, na ja, wenn es läuft, könnten wir die Ware auch bei Köster/Neumünster kopieren lassen, nicht wahr, Frau Kemena? Aber ja, erstmal verkaufen, das andere mache ich dann schon.

Der Abend ist angenehm harmonisch, der Trend der Mode entspricht der in Deutschland gemachten Kollektion, also kann nichts schief gehen. Morgen müssen wir noch ein paar Boutiquen durchgehen, vielleicht kaufen wir auch das eine oder andere Teil. So, sollen wir im Hotel in der Bar noch einen kleinen Drink nehmen? Okay, ich nehme einen Martini, was Sie? Whisky, nein das ist mir zu hart, muss aufpassen, hatte mal Gelbsucht. Gute Nacht, gute Nacht, wann frühstücken wir morgen, ich, glaube 9.00 Uhr reicht, dann fahren wir abends zurück, der Tag ist lang genug. Zimmerschlüssel, Fahrstuhl, 4. Etage, gute Nacht, Herr Hölscher, 5. Etage – ach, Sie sind auch hier? Also dann, gute Nacht, Frau Kemena. Gute Nacht, Herr Brinkmeier.

Geschafft, müde, was läuft noch im Fernsehen? Dusche an, schöne warme Schaumwäsche, herrliches Gefühl, müde räkle ich mich auf dem breiten weichen Doppelbett, im Fernsehen läuft ein Spielfilm, das ist nicht so anstrengend, in den anderen Programmen gibt es Sport, Musik und etwas, das wie eine Quizsendung aussieht. Na ja, werde wohl gleich beim Fernsehen einschlafen, wie immer schalte ich schon mal die helle Beleuchtung runter, eine kleine Lampe lasse ich in Hotels immer brennen, aus Angst oder wegen der anheimelnden Wirkung. Hotelzimmer sind ätzend im Dunkeln, darüber könnte ich Romane schreiben.

Mein Telefon schellt. Oder habe ich mich verhört? Nein, wieder. Ich recke mich zum Nachttisch und nehme den Hörer ab. Es ist nicht meine Familie, denn bei uns gilt die Abmachung, wir telefonieren nur in dringenden Fällen, bei Unfällen oder dergleichen. Da zu Hause aber noch nie etwas gewesen, können meine privaten Gespräche mit der Familie im Jahr an einer Hand abgezählt werden. Mein Chef ist am anderen Ende der Leitung. Sollen wir uns nicht noch etwas unterhalten? Wollen Sie nicht noch auf einen Sprung zu mir ins Zimmer kommen? Ich habe noch ein Bier in der Bar, im TV läuft gerade Fußball und ich kann sowieso nach all den Eindrücken heute noch nicht schlafen, wie ist es mit Ihnen?

Ich könnte schlafen, ich bin im ersten Moment überrascht, fast sprachlos. So, ich soll rüberkommen, habe aber schon geduscht, na ja – er womöglich auch, macht nichts, ganz zwanglos, natürlich! Ich bin auch schon im Schlafanzug, aber nun ja, wir arbeiten schon so lange zusammen, was macht das, wir sind doch erwachsene Leute! Aber ja, Herr Brinkmeier. Ich weiß nicht, welcher Teufel mich reitet, aber ich frage nach seiner Zimmernummer, er meint, er mache schon mal das Bier auf. Jawohl, Chef! Ich klopfe kurz an seine Tür, nachdem ich mein Zimmer abgeschlossen habe, den Sitz meines verlängerten T-Shirts überprüft habe, den Fernseher lasse ich laufen.

Es gibt Situationen im Leben, die man nachher nie richtig beschreiben kann. Ich war dermaßen verdattert, als mein Chef mir entgegentrat, dass ich noch jetzt schlucken muss in der Erinnerung an diesen Zimmerbesuch. Er hatte, smart und elegant wie immer, einen Satin- oder Seidenpyjama an, weinrotgrau gestreift, eleganter Schnitt. Seine Haare lässig gebürstet, noch feucht vom Baden, ein Duft im ganzen Raum nach »Eau de Rochas Pour Homme«, ein aparter Männerduft, natürlich französisch! Das Hotelzimmer glich genau dem meinen, so sind sie alle, es sei denn, man hat eine besondere Suite.

Er goss mir aus der Bar eine Flasche kaltes Pils – deutsch? – in ein Glas, gekonnt, lässig, wohl bekomms, wollen wir es uns nicht auf dem Bett gemütlich machen? Er vermied ein »du«, er meinte »wir«, ich nahm das Glas, was ich denken sollte, wusste ich in diesem Moment nicht, Prost Herr Brinkmeir, ah, das tut gut. Mit diesen Worten setzte ich mich mit dem Glas in der Hand auf die Bettkante. Was dann geschah, ließ mich annehmen, ich sei im falschen Film. Er stellte sein Glas auf dem Nachttisch ab, öffnete seine Pyjamajacke, ließ die Hose fallen und stand mit leicht erregtem Glied vor mir. Diese plötzliche geballte Männlichkeit direkt vor meinen Augen, dieser Überraschungseffekt, war wirklich gut inszeniert. Mein Erstaunen – Angst hatte ich keine – muss ihn auch ganz schön verdattert haben. Wollen wir es uns nicht ein bisschen gemütlich machen, fragte er und versuchte mich mit dem Gewicht seines Körpers auf das Bett zu drücken. Diese Art von Gemütlichkeit hatte ich nicht vor zu genießen, ehrlich gesagt, ich weiß sowieso nicht, was ich eigentlich mitten in der Nacht bei einem Mann wie ihm erwartet hatte, aber nun so plötzlich in dieser eindeutigen Situation zu sein, forderte von mir vollste Diplomatie.

Sein forsches Streicheln über meine Brust und speziell die Brustwarzen war mir im ersten Moment überhaupt nicht unangenehm, der wohlige Gefühlsrausch nach dem vorherigen Alkoholgenuss tat sein Übriges. Im ersten Moment war ich versucht nachzugeben, was solls, es konnte doch nur von Vorteil für mich sein, eine kleine Affäre mit meinem Chef zu haben, niemand würde es je erfahren, und ich könnte ihn in der Hand haben! Ungeahnte Möglichkeiten würden sich ergeben, auch gegen die Sekretärin. Sein Atem war heiß, sein Körper schön und stark und erstaunlich gut gepflegt für einen Mann in seinem Alter – oder erschien das nur so durch die vorteilhafte Schummerbeleuchtung? Vorsichtig bewegte ich mich unter den zwingenden Griffen zur Seite, lassen Sie doch mich bitte erst einmal das Glas abstellen, bitte! Verlangen irgendwelcher Art kam bei mir nicht auf, im Gegenteil, es war pure Neugierde, die mich aufstehen, das Glas absetzen und den halb vor mir auf dem Bett liegenden Mann anschauen ließ. Man könnte mich verurteilen, wenn ich mich entkleidet und zu ihm gesellt hätte, aber ich konnte nicht. Seine geballte Männlichkeit schockte in gleichem Maße, wie sie mich abstieß, mein Zögern gefiel ihm nicht, aber er wagte es nicht, mich anzufassen und zu zwingen. Das war mein Glück, denn ich hätte mich – glaube ich – nicht wehren können.

Aber, Herr Brinkmeier, ich bitte Sie, wir wollten doch lediglich noch etwas reden, bitte ziehen Sie sich an, wir können hier nicht zusammen schlafen! Wieso, Frau Kemena, es sieht uns keiner und wir könnten Spaß – jawohl, er sagte Spaß – zusammen haben. Ich glaube, es wäre Spaß gewesen, so sind eben Männer – mitnehmen, was sich anbietet –, und wenn es geklappt hätte, wäre es doch gut gewesen, oder? Lässig und mit einer unglaublichen Sicherheit trank ich mein Bierglas aus, die Stärke war durch mein Nein auf einmal auf meiner Seite, obwohl ich zugeben muss, dass das Gefühl seiner Hände auf meinem Körper nicht eines gewissen Reizes entbehrte. So gesehen hatte ich auch meine Schwierigkeiten mit dem Nein, ein Ja wäre viel leichter gewesen. Ein Mann im besten Alter, gut gebaut und gepflegt, das in Paris, das wäre es doch gewesen, aber ich nahm meinen ganzen Mut zusammen und sagte: Gute Nacht, Herr Brinkmeier, bitte lassen wir es bei unserer geschäftlichen Beziehung und machen daraus bitte keine geschlechtliche!

Na ja, um Worte bin ich in den seltensten Fällen verlegen, es sei denn, ich bin gefühlsmäßig eingebunden, hier aber hatte ich es voll im Griff und ließ einen dann wieder abgeregten, vielleicht enttäuschten, sinnig schauenden und mir noch einmal zuprostenden Mann nackt und ohne das, was er sich so leicht vorgestellt hatte, auf der Bettkante in seinem Hotelzimmer in Paris zurück und ging schnellen Schrittes in mein Zimmer, lachend und mit einem Hochgefühl sondergleichen, stolz, der Versuchung nicht erlegen zu sein.

Die ganze Nacht ließ ich den Musiksender laufen, es war herrlich, allein im riesigen Bett zu liegen und zu schlafen.

Beim Frühstück war niemandem etwas anzumerken, ich war ruhig, er war ruhig, wir sprachen vom Wetter in Paris, wir lobten den Kaffee, wir besprachen den Tag, der Job lief weiter.

Nachdem die Firma den Konkurs eingereicht hatte, gab mir mein Chef nach einer Unterredung einen Tausendmarkschein, den ich auch sofort einsteckte, denn ich hatte meine Kinder zu ernähren und allein der Versuch, mit mir zu schlafen, musste ihm so viel wert sein, für mich hätte die Affäre noch weit einträglicher sein können, habe ich mir später überlegt, aber ich bin einfach nicht der Typ dafür.

Was sind Männer?

Jeder versucht alles, und wenn er landen kann, dann gut, wenn nicht, dann eben auch gut, bei mir hätte es um ein Haar geklappt, aber weiß der Teufel, ich bin so froh, widerstanden zu haben.

22. September

Es gibt den Film »Rosenkrieg«, er verblüfft durch die Harmonie der Eheleute am Anfang, er driftet dann ab in eine endlose, immer krimineller werdende Handlung, die in einer Tragödie endet, im Gipfel der Widerwärtigkeiten, die zwei Menschen sich antun können.

Es gibt in meinem Leben immer wieder die Situation, dass mein Mann – wenn er nach der Verantwortung in zeitlicher und geldlicher Hinsicht gefragt wird – ausrastet, weil er unfähig ist, sachlich zu diskutieren.

Die Kinder und ich sitzen schon beim Mittagessen, es ist alles aufgedeckt und duftet gut, die Mädchen haben nach dem langen Schultag – der Bus kommt erst gegen 13.30 Uhr – großen Hunger und warten darauf, dass auch der Vater, der sich seiner enormen Wichtigkeit immer wieder selbst dadurch bewusst werden muss, dass er sich viele Male bitten lässt, an den Tisch kommt.

Alle fangen endlich an, wir beginnen eine lockere Unterhaltung, die sich an vielen kleinen Sticheleien so hochschaukelt, dass Bianca und Sonja sich schon unter dem Tisch anstoßen, denn gleich wirds wieder heftiger zur Sache gehen, das kennen sie bereits. Ich kann mich in der letzten Zeit nicht zurückhalten, ich kann auf die Kinder keine Rücksicht nehmen, ich muss meine Meinung sagen, ich verliere sonst meine Achtung vor mir selber. Das sollte zwar nicht immer beim Essen sein, aber zu anderen Gelegenheiten sehe ich meinen Mann kaum noch.

Ich habe mir schon sehr viel gefallen lassen, jedoch wird heute der Gipfel erreicht. In der Phase des Gesprächs, in der mein Mann nicht mehr weiter weiß, nimmt er die kleine Flasche mit der aufgelösten Brausetablette, die Sonja gehört, und kippt mir einen Schwall ins Gesicht.

So verdattert war ich noch nie. Bianca fängt an zu heulen, Papa, bitte tu Mama nichts! Sonja heult auch und ich breche in ein hysterisches Gelächter aus. Das scheint meinem Mann noch mehr anzustacheln, er schüttet die komplette Flüssigkeit über mir aus.

Was geht im Kopf eines solchen Menschen vor? Wie stehe ich, als ein begossener Pudel, vor meinen Kindern da? Meine Reaktionen sind geteilt, tief in mir sitzt ein unendlicher Schmerz, nach außen lache ich, um Stärke zu zeigen. Mein Mann beschimpft mich sehr laut, ich sei nichts wert, er geht und fährt fort. Ich tröste und beruhige die Mädchen, weise sie darauf hin, dass Papa sich nicht unter Kontrolle hat, dass ich mir nichts mehr gefallen lassen werde und dass er sicherlich jetzt schon ein schlechtes Gewissen habe. Sonja holt mir ein Handtuch, das muss man sich mal vorstellen, welches Bild vom Vater und überhaupt vom Mann die Kinder nun bekommen haben. Es ist hart, die Verletzungen nehmen zu, die Achtung vor der Würde, die ein Mensch hat, ist futsch, die tiefe Traurigkeit übermächtigt sich meiner. Während die Kinder in ihren Zimmern Schularbeiten machen, dusche ich, nehme die Hunde an die Leine und laufe und laufe, die Hunde lieben es, zu rennen, ich gerate aus der Puste, ich renne weiter, ich kann nicht anhalten, wo soll ich hinrennen? Als selbst die Hunde an der Leine anfangen zu hecheln – sie haben sonst mehr Ausdauer –, halte ich an. Hinter mir liegt schon Dörentrup, ich bin weit gelaufen, die Tränen laufen ungebremst, ich weine und weine, lautlos. Warum konnte ich meine Kinder nicht vor dieser Erfahrung bewahren, warum mussten sie das ansehen? Wie werde ich es schaffen, meine Selbstachtung wieder in den Griff zu bekommen? Ich kann mir im Moment keine Scheidung leisten, ich muss das Haus abzahlen, das Heim meiner Kinder, ich muss dafür sorgen, dass es weitergeht. Ich muss wie immer stark sein, ich muss alles allein und jetzt erst recht hinkriegen. Die Hunde haben verschnauft, ich auch. Oben auf dem Jägerstuhl, den ich oft zum Nachdenken aufsuche – die Hunde trauen sich, wenn ich sie hochtrage, auch dort hinauf und sitzen dann oben ruhig, schauen ins Land und sind froh über diese Abwechslung –, erlange ich so einigermaßen meine Fassung wieder. Ich mache mich unempfindlich gegenüber allen Gefühlen, ganz kurz nur denke ich an meine derzeitige Verliebtheit, aber die Gefühle passen im Inneren nicht zusammen, ich brauche Ruhe, um zu lieben, ich bin aufgewühlt und fange an zu hassen, oder habe ich einfach nur Mitleid mit meinem so schwachen Mann? Männer, die ausrasten, sind schwach. Ich weiß im Moment noch nicht, wie ich überleben soll, aber ich werde! Ich gehe langsam und in weit abschweifende Gedanken versunken nach Hause. Ich bin stark.

26. September

Ich wünsche mir, Brenda zu sein, zwanzig Jahre jünger zu sein und auf Ihren Besuch in New Orleans warten zu dürfen. Den ganzen Tag bin ich heute wie in Trance herumgelaufen, nachdem ich Sie gestern endlich mal wieder gesehen habe. Der Film »Waterworld« ist in Bielefeld angelaufen, ich fand ihn in jeder Beziehung etwas extrem, aber so mies, wie ihn die Negativkritik gemacht hat, ist er wirklich nicht, im Gegenteil, die Wasser- und Landschaftsaufnahmen waren fantastisch. Was sagen Sie dazu?

Ich hatte ein längeres Gespräch über meine berufliche Zukunft beim Arbeitsamt in Bielefeld und es wurden mir Perspektiven aufgezeichnet, sodass ich eine etwas bessere Laune bekam und den Gedanken, mich zu kompostieren, erst einmal ein paar Jährchen nach hinten schieben kann.

Ich werde studieren, ich werde mich qualifizieren, ich werde so schlau werden, dass es danach noch schwieriger für mich werden wird, bei den entsprechenden Abteilungen der Industriebetriebe anzukommen, denn es gibt nichts, wovor Personalchefs mit geringem Bildungsstand mehr Angst haben, als clevere Frauen, die einige Jährchen älter sind und auch noch ganz gut aussehen. Aber was soll's, so läuft die Unterstützung locker weiter, mein Geist verkümmert nicht aufgrund zu geringer Anforderungen im Haushalt, und nette Leute, die nicht zu angegraut im Kopf sind, lerne ich immer gerne kennen. Grund genug, mir einen schönen Nachmittag mit Ihnen zu machen. Aber Sie sehen mich nicht lange genug an, Sie sehen durch mich hindurch, ich sehe in Sie hinein und sehe mich neben Ihnen im Kino sitzen, Sie sitzen einfach nicht still, Sie kneten Ihre Hände, Sie kratzen sich an der Schulter, Sie schlagen mal das eine, dann das andere Bein übereinander, Sie sehen mich von der Seite an, ich rutsche im Kinosessel etwas hinunter, ich muss mich bremsen, damit ich nicht Ihre Hände angle, von denen ich neulich nachts träumte. Ja, es stimmt, der kleine Ring sitzt noch an Ihrem kleinen Finger der linken Hand, der Finger scheint mir nicht ganz gerade zu sein, ein süßer Schönheitsfehler, finde ich. Was soll ich tun, ich schaue nur den Film, Sie gehören Brenda, ich gehöre mir, ich mag Sie und ich kann mir mein Leben, bevor ich Sie kennen lernte, schon nicht mehr vorstellen.

Was ist eine Achillessehne? Sie haben Schmerzen beim Laufen, am linken Fuß, sagen Sie, Sie humpeln, es tut mir selbst weh. Der Fuß kommt in Gips, er muss ruhig gestellt werden, sage ich, der Fuß bekommt eine Spritze, sagen Sie, bei dem Sportarzt von Arminia, sagen Sie, na ja, wenn das man lange hilft.

Wissen Sie, wie toll ich die Lieder finde auf der CD von Michael Bolton, die Sie mir empfohlen haben zu kaufen? Es sind wunderschöne Liebeslieder, es sind Texte, die ich für Sie singen könnte, wenn ich singen könnte und es dürfte, Texte, von denen ich mir vorstelle, Sie singen sie für mich, aber Ihr Herz singt sie für Brenda, und das finde ich toll für Sie. Ich mag alles an Ihnen: Ihre Bewegungen, Ihren Gang, Ihre eigenartige Art sich auszudrücken, Ihre Ideen, Ihr ganzes Tun – alles ist mir dermaßen vertraut, dass Sie zu einem festen Lebensbestandteil von mir geworden sind. Manchmal glaube ich, Sie möchten mich auch nicht verlieren, aber ich bin mir nicht sicher und ich habe Panik davor, es anzusprechen, trotzdem sind Sie immer da, wenn ich anrufe, Sie lassen sich nie verleugnen, Sie gehen mit mir essen, es ist alles so vertraut, als gehörte ich zu Ihnen. In irgendeiner Mittagspause, es ist schon ein paar Wochen her, gingen wir in die »Phönix Bücherei«, Sie kauften ein paar Bücher, ich auch, eine Verkäuferin verwickelte mich einige Fragen, Sie kamen dazu und fragten etwas dazwischen, darauf sagte die Verkäuferin: Moment, ich bediene hier gerade. Und ich musste lachen, als Sie erwiderten: Macht nichts, wir gehören zusammen. Das ist der Kernsatz, ich könnte Sie in die Arme nehmen dafür! Für mich gibt es bis jetzt keinen schöneren Ausspruch – doch, einen: Als Sie mir die Kassette gaben, die ich im Sommer Brenda mitnehmen sollte nach New Orleans, sagten Sie zu mir: Ich vertraue Ihnen, und das ist es, Sie können mir vertrauen, ich möchte Ihr Vertrauen nicht enttäuschen, indem ich mich zwischen Sie und Brenda dränge, nur möchte ich Sie auch kennen dürfen, das ist für mich wie ein Besuch im Fitnesscenter inklusive Vitamindrink und Seelenmassage.

Sie wissen nicht, wie gut mir Ihre Bekanntschaft tut. Vielleicht werde ich es Ihnen irgendwann sagen, wenn Sie es nicht schon selbst gemerkt haben. Hätten Sie Brenda wieder besucht, wenn ich nicht so viel von ihr erzählt hätte? Würden Sie wieder rüberfliegen? Ich weiß nicht, aber ich werde das Gefühl nicht los, dass ich Sie mit meinen Fragereien und meinem Gequatsche und meinen Befürchtungen und Theorien über die Liebe wieder zusammengebracht habe. Könnten Sie mich bitte etwas gern haben? Könnten Sie mir verzeihen, dass ich Sie so mag?

Heute Mittag bekam ich einen Anruf einer Frankfurter Firma, bei der ich mich in der nächsten Woche vorstellen werde. Es scheint etwas Interessantes zu sein, ich hoffe, dass ich mit etwas Glück einen neuen Job bekomme. Aber für mich macht den Menschen nicht seine Arbeit aus, obwohl in Deutschland viele diese Meinung vertreten. Wer nicht Tag für Tag arbeitet, ist nicht in, ist out, hat leider oft Depressionen und bekommt im Sozialstaat Deutschland ein mieses Image.

Rufen Sie mich an, wenn Sie nach New Orleans fliegen? Treffen wir uns noch einmal an einem schönen Nachmittag, wenn Sie frei haben? Bitte denken Sie an mich, die ich mir so viel Gedanken über Sie gemacht habe, dass ich Ihre Entscheidungen fast zu beeinflussen meine, ich bin besorgt um Ihr

Glück und stelle mir vor, dass ich ohne Sie jetzt selbst unglücklich wäre. Ein Gefühl der Zufriedenheit mit mir und der Seelenmassage, die ich Ihnen angedeihen lasse, will nicht von mir weichen, obwohl die imaginären Streicheleinheiten, die Sie mir so im Verlauf eines Nachmittags verabreichen, mich unendlich selig machen. Ich will einmal irgendwann die Patentante für Ihr Kind sein, das habe ich Ihnen gesagt, das meine ich so! Bitte denken Sie daran, wenn es so weit ist. Sie werden herrliche Kinder haben, nur mit wem? Wäre ich zwanzig Jahre jünger, wäre ich Brenda, ich wüsste, was ich tun würde! Ich sagte zu Ihnen: Bringen Sie Brenda einfach mit hierher. Packen Sie sie in den Koffer und dann kommt rüber, heiratet und kriegt Kinder. Bitte seien Sie mir nicht böse, wenn ich immer so bestimmend irgendetwas behaupte und meine, es müsste so sein. Ich liebe Sie so, ich kann Sie fast nicht fliegen lassen, ohne mir damit weh zu tun, ja, so ist es, ich rate Ihnen, Brenda zu besuchen und möchte Sie lieber selbst in den Arm nehmen. Was soll es, ich bin total und unendlich verliebt und verrückt. Sie sind einfach himmlisch. Gute Besserung für Ihre Achillessehne, sie wird stillgelegt werden müssen, in Gips – nehme ich mal an.

30. September

Es gibt eine Menge Theorien über Kindererziehung. Gestern erzählte mir meine Schwiegermutter, ich sei nicht fähig, Kinder zu erziehen. Was soll ich darüber jetzt denken? Soll ich es ihrem fortschreitenden Alter zuschreiben, dass sie es nicht mehr merkt, ob sie jemanden verletzt, ob sie es nicht richtig einschätzen kann, oder soll ich schlucken und versuchen ihre Ansicht einzuschätzen und auf eventuelle Richtigkeit hin untersuchen? Sie sagt, es würde mir an Seriosität mangeln (»Ernsthaftigkeit, Würdigkeit« laut Lexikon).

Meint sie das wirklich, oder weiß sie die Bedeutung des Wortes nicht? Sicher, ich reagiere sehr spontan, oft sind meine Reaktionen wohl landläufig als unseriös zu betrachten, nur lasse ich mir meine gute Laune und meinen Optimismus durch solche Äußerungen nicht nehmen.

Was ist schon eine Schwiegertochter? Habe ich ihr nicht vor Jahren ihren Sohn weggenommen? Warum müssen Schwiegermütter nur oft die Wut darüber, dass der Sohn sich eine Frau sucht, dann an eben dieser Frau auslassen? Wenn sie wüsste, dass ich mir in den letzten Jahren gar nicht mehr so sicher bin, ob meine Entscheidung hinter der rosaroten Liebesbrille richtig war.

Wie viel Leben hat ein Mensch?

Ich habe meine Söhne losgelassen, es ist schwierig, ich liebe meine Söhne, und der erste Abend, als Ulrich zu Kerstin ging und in der Nacht nicht nach

Hause kam, war ziemlich schwierig für mich. Eine Mutter ist immer eifersüchtig, obwohl sie es nicht zeigen darf. Ich glaube meinen Söhnen gezeigt zu haben, dass ein selbstständiges Leben wichtig ist. Die Eltern begleiten die Kinder nur ein ganz kleines Stück, dann müssen sie sie in ihre eigene Welt entlassen, wenn es richtig laufen soll. Zum Beispiel halte ich bewusst meine Hände auf dem Rücken zusammen, um nicht wie verrückt eine ersehnte Umarmung loszuwerden, die ich meinem Ulrich geben möchte. Ich sehne mich danach, aber Kerstin steht oft neben ihm und solchen Ausbruch von Muttergefühlen fände sie eventuell fehl am Platze. Wenn Dietmar nach Hause kommt, wenn er von seinen Problemen oder Freuden mit Freundinnen erzählt, wenn er seine Trennung von seiner ersten großen Liebe sprechen will, wenn er meint, er müsse jetzt wieder nach Hause zu Mama und Papa ziehen, dann klappe ich eine Tür, eine Eisentür, vor meine Gefühle und erkläre ihm, wie wichtig es für ihn sei, das allein durchzustehen, obwohl ich tausendmal versucht bin, seine restlichen Klamotten selbst mit meinem Auto abzuholen und wieder zu Mama ins Haus zu räumen. Diese Beherrschung, die ich in Sachen Erziehung so an den Tag legen muss, raubt mir manchmal jede Kraft, ich helfe aber so meinen Jungen, stark zu werden, ich wünschte, meine Schwiegermutter könnte das einsehen, ich glaube, sie bezeichnet mich als Rabenmutter, die ihre Zöglinge aus dem Nest schmeißt. Sie hat keine Ahnung, was ich fühle, und ich habe auch keine Lust, es ihr zu erklären. Laufen und Fliegen lernen kann man nur, wenn man es gezeigt bekommt und wenn man gelassen wird. Dieses Lassen geht von den Eltern aus, und unter großen Anstrengungen und unter Knebelung meiner eigenen Muttergefühle lasse ich. Vielleicht werden es meine Söhne selbst einmal verstehen, wie ich reagiert habe, wenn sie eigene Kinder haben, die flügge werden. Ich würde es nicht wagen, gegenüber meiner Schwiegertochter zu behaupten, sie könne keine Kinder erziehen, erziehen bedeutet lieben, ohne Liebe gibt es keine Erziehung.

Wie viel Liebe ich meinen Kindern gebe, kann keine Schwiegermutter auch nur erahnen.

1. Oktober

Meine Freunde von gegenüber, Susanne, Frau Horst, Inge und die Eltern von Mareike, Biancas Freundin vom Gymnasium, haben mir gesagt, ich sei ganz anders als in den vergangenen Jahren, sie haben gefragt, was mit mir los sei.

»Wieso bist du so aufgedreht, so direkt, also wirklich, Doris, man kennt dich nicht wieder, dir ist alles egal, du machst den Eindruck, als hast du mit nichts und niemandem mehr was am Hut, na ja, die Wechseljahre, meine Güte, komm doch wieder auf den Teppich!«, usw., usw. Solche überaus treffenden Bemerkungen überhöre ich glatt.

Gestern bekam ich einen Brief aus Ghana; mein Sommerfreund hat mir geschrieben. Ich sehe den Brief, denke erst, aha, Claudia, aus Slidell, ich lege den Brief auf die Seite, zuerst sehe ich die Werbung und sonstige Post durch, dann sortiere ich den Kindern ihre Post, anschließend werfe ich den ganzen überflüssigen Ramsch ins Altpapier, und die Post, auf die ich mich freue, lese ich in aller Ruhe bei einer Tasse Kaffee auf dem Sofa. Die Briefmarke zeigt eine bunte Zusammenstellung von Ackerblumen, ziemlich leuchtende Farben, Sonja wird sich freuen, sie sammelt Briefmarken. Die Schrift? Noch nie gesehen, abgestempelt in Ghana, Afrika. Das Herz rutscht mir in die Knie, ich zittere und schmeiße mich in den Sessel. Das gibt es nicht, ich erinnere mich nicht, meinen Namen und meine Anschrift gesagt zu haben, ich erinnere mich überhaupt auch nicht daran, dass er seinen Namen je erwähnt hat, ich hatte noch nicht einmal danach gefragt. Ja, tatsächlich, die Anschrift in Druckschrift stimmt, der Absender lautet »Zeboo Wylan, Accra«, ich glaube in diesem Moment zu träumen, tatsächlich, Accra, die Hauptstadt von Ghana. Sollte er das wirklich er sein? Wen kenne ich denn sonst schon aus Ghana? Vielleicht hat er meinen Pass oder Ausweis aus der Tasche geholt und angeschaut, während ich schlief, geklaut hat er jedenfalls nichts, denn es fehlten mir keine Papiere damals, kein Geld, keine Schecks, nichts, ich hatte damals alles nachgesehen, nicht weil ich misstrauisch war, nein, weil alle blöden Leute mich warnen wollten vor schlechten Menschen, die allein reisende Touristinnen ausrauben, so ein Unsinn, als hätte ich nicht gewusst, dass das bei ihm nicht vorkommen werde. Meine Menschenkenntnis lässt mich jedenfalls nicht so oft im Stich. Wieso schreibt dieser Mensch mir jetzt? Dem Stempel nach ist der Brief acht Tage unterwegs gewesen, ich traue mich nicht, ihn zu öffnen. Ich lehne mich zurück, denke an den Sommer und schließe die Augen, ein Gefühl der Entspannung und der Freude überrieselt mich. Ich weiß nicht, wie lange ich so träume, vom Geräusch der Haustürglocke werde ich aus meinen Gedanken gerissen. Meine Kinder kommen vom Schulbus und ich habe kein Essen fertig, in diesem Falle wäre jetzt wieder meine Schwiegermutter am Zuge: den ganzen Tag zu Hause und noch nicht einmal Essen, wenn die Kinder kommen! Wie war's heute in der Schule? Alles klar! Was gibt's zu essen, wir haben Hunger! Nichts, meine Lieben, ich muss erst noch kochen. Das nehmen mir die Kinder nicht ab, sie stiefeln in die Küche und dann kommt diese ewige Frage an jede Hausfrau, die mal nicht so funktioniert: Aber was hast du denn den ganzen Tag gemacht? Nachgedacht, ausgeruht, geträumt, das ist alles nichts in den Augen derer, die mit der Arbeit der Mutter rechnen. Schon aus diesem Grunde muss ich schleunigst wieder morgens aus dem Haus, wenn die Kinder gehen. Ich darf einfach nicht länger warten, wenn ich nicht von den mir zugedachten und von mir erwarteten Pflichten aufgefressen werden will. Ich lege den Brief ungelesen auf meinen Sekretär und wir beratschlagen erst einmal, was gegessen werden soll. Das Beste wäre, wir würden eben nach Lemgo fahren, aber die Kinder mögen eigentlich das, was ich koche, lieber, im Restaurant lassen sie meistens die Hälfte auf dem Teller oder trinken Unmengen Cola, und das ist auch nicht gesund. Essen fällt heute aus, jeder nimmt sich ein Glas Milch und ein paar Bananen oder Äpfel, das ist genau im Sinne unseres Kinderarztes, der meinen unkomplizierten Speiseplan für die Kinder schon immer gut fand. Alle Sprösslinge sind meistens fit und gesund, keinerlei Krankheiten nach den üblichen Kindersachen: Windpocken, Röteln, mal eine Mittelohrentzündung, dann ein paar Schnupfentage im Frühling und Herbst. Ansonsten sind meine Kinder immer total unternehmungslustig, nicht so dick wie so manch einer ihrer Mitschüler. Wir können stolz sein.

Ich verdränge alles, ich will den Brief nicht öffnen, ich traue mich nicht, ich weiß, was darin steht, ich will es nicht wissen, ich bin verrückt, ich habe den Brief nie erhalten, ich habe keine Zeit, ihn zu lesen, ich habe andere Sorgen, ich habe überhaupt keine Ahnung, vom wem er ist, ich lache, ich weine, ich kann mich an nichts erinnern, ich will wegfahren, ich muss laute Musik hören, ich lege Bruce Springsteen auf, so laut, dass die Kinder fragen, ob ich ihre Boxen durchheizen will, ich sauge die Wohnung, obwohl überhaupt nichts dreckig ist, ich halte es nicht aus, nehme mein Auto – »Kinder, muss mal eben weg, ich bin in zwei Stunden zurück« –, sie schauen sich an! Bring uns noch ein paar Hefte mit! Okay! Damit sie auch wissen, dass ich eine Pflicht zu erfüllen habe, Hefte, damit ich auch wirklich gleich wiederkomme! Ich nehme den direkten Weg über die Ostwestfalenstraße Richtung Autobahn, ich überfahre fast die rote Ampel, die Belastbarkeit hat auf einmal bei mir eine Grenze erreicht.

Ich halte an einer Tankstelle, hole mir einen Container Bier und trinke erst einmal zwei Flaschen auf ex aus. Ich lasse sie langsam auf mich wirken, beruhige mich und denke nach. Ich habe Angst vor Nähe, ich habe Angst vor einem Brief oder einer Nachricht, die mich aus meinem gewohnten Trott reißen könnte. Ich will nicht wissen, welche Gedanken mein Sommerfreund hat, warum hat er das gemacht, warum schreibt er, ich brauche keinen Brief, ich habe nicht darum gebeten! Ich habe Angst vor meiner Reaktion auf den Inhalt des Briefes, ich war froh, dass er am Morgen fort war, ich hätte keinen Abschied aushalten können, und jetzt kommt die gesamte Erinnerung wie ein Film wieder, die Narben auf der Seele sind noch nicht alt genug, sie reißen auf, ich will es nicht.

Ich jage mit Höchstgeschwindigkeit, lauter Musik und offener Scheibe bis zur Abfahrt Gütersloh, ich treibe den Diesel bis an die Grenze, er liegt gut und sicher. Ich parke an der DEA-Tankstelle gleich nach der Abfahrt, genehmige mir noch eine Flasche Bier und überlege. Trinken lässt vergessen, trübt aber den Scharfsinn, irgendwann gehen meine Gedanken ganz von selbst zurück an den nächtlichen Sandstrand. Ich lächle und viele Tränen laufen über mein Gesicht, ohne dass ich mir bewusst bin, dass ich wirklich weine.

Ich denke, wie anders die Situation wäre, wenn ich jemanden hätte, mit dem ich mein Erlebnis besprechen könnte, aber ich werde es mit mir allein ausmachen müssen und der Brief wartet nun mal zu Hause. Ich könnte ihn wegwerfen oder verbrennen, ungelesen, ich könnte mir vorstellen, er wäre nie gekommen, Briefe gehen auch schon mal verloren, warum bloß dieser nicht? Es gibt eine Kraft in mir, die ist so unbeschreiblich, es ist die reine Selbsterhaltungskraft oder der Wille, das Schicksal zu bezwingen. Sie, mein lieber Freund, haben mir irgendwann, höchstwahrscheinlich unbewusst, gesagt, ich solle darüber nachdenken, ob ich nicht ausgenutzt werde oder mich zumindest so fühle, als wir über Geld, Autos, Familie und Unterhalt sprachen. Erinnern Sie sich daran? Nicht schlimm, wenn nicht, auf jeden Fall hat mir das Gespräch sehr geholfen, über alles nachzudenken, und gerade jetzt in diesem Moment fällt es mir wieder ein, wieso soll ich nicht dies alles hier genießen? Wieso sollte ich überhaupt ein schlechtes Gewissen haben, ich habe die wundervolle Gelegenheit dort an Bay St. Louis dermaßen genossen, dass selbst jetzt, lange Zeit danach, der Salzgeschmack noch wie gegenwärtig ist. Ich leere eine weitere Flasche Bier und fahre langsam zurück.

Es ist so leicht, bei Schwierigkeiten eine Flasche Bier zu nehmen, es ist ganz einfach, alles mit dem Bier herunterzuschlucken und die Lösung der Probleme gewissermaßen nach überstandenem Rausch und anschließendem Kater zu gebären. Die Lösung hier bei mir heißt: Lies den Brief doch erst einmal, und später kannst du immer noch verrückt spielen. Dieser Leichtsinn, nach Alkoholgenuss Auto zu fahren, ist ein riesengroßer Fehler, den ich auch eingestehe. Es ist auf keinen Fall entschuldbar, so gesehen bin ich doch recht schwach. Die Vorsichtigkeit beim Fahren geht verloren und ich habe doch, glaube ich zumindest, einen guten Schutzengel.

Zurück zu Hause gebe ich mich den Kindern gegenüber äußerst gelassen, und schon ist der Gedanke an den Brief aus Ghana überhaupt nichts Beunruhigendes mehr, eine große Gelassenheit kommt über mich, nein, Hefte habe ich keine mitgebracht, Kinder, lasst mich mal ein bisschen in meinem Zimmer lesen. Okay, ich öffne den Brief und reiße die Briefmarke für Sonja vom Umschlag, vorsichtig, damit die Zacken nicht kaputt gehen, sonst wäre sie wertlos. Das Papier des Umschlags ist leicht grau und etwas holzig.

Ich entnehme dem Umschlag das Briefpapier, ein helles Blatt, beschrieben mit einer kleinen, steilen Schrift, die Buchstaben stehen fast alle ohne Verbindung, einzeln, teilweise wie gedruckt.

Man kann manche Dinge nicht von einer Sprache in die andere übersetzen, ich will es auch nicht. Ich lese eine solche liebevolle Geschichte von einer Nacht am Strand, für die sich mein Sommerfreund mit dem Brief noch einmal bedanken will. Er entschuldigt sich bei mir dafür, dass er meine Anschrift aus meiner Handtasche genommen hat, er wollte mich nicht wecken, er wollte mir nicht wehtun. Er hatte es nicht zu glauben gewagt, eine so selbstsichere Frau zu treffen, die ihn einfach an ihrem Strand, an ihrer Mondnacht teilhaben ließ. Er sieht es als ein Geschenk, eine Schicksalsfügung an, er hat seit dieser Zeit zu Hause in Afrika wieder angefangen, seinen Kindern Märchen zu erzählen. Ich weiß nicht, was ich denken soll, soll ich überhaupt denken? Er bittet mich, ihm zu schreiben, wenn ich es will, er erwartet es aber nicht. Ich habe eine so sanfte Erinnerung an diese Mondnacht in der Milde des Sommers und die Natürlichkeit der Begegnung, ich glaube, ich muss meinen Kindern jetzt bald mal auch wieder ein Märchen erzählen.

4. Oktober

»Freedom is just another word for nothing left to loose« – ich kann mir nicht erklären, wieso mir gerade heute dieser Liedtext von Janis Joplin einfällt, vielleicht weil in den Nachrichten heute Morgen ihr 25. Todestag besprochen wurde. So gesehen werde ich nie frei sein, denn es gibt so viel, das ich irgendwo verliere, wenn ich wegginge, dass ich nicht weiß, ob sich dadurch Freiheit für mich und meine Seele dann wirklich einstellen würde.

Ich träume oft davon, frei zu sein, aber die Verwirklichung des Traums steht jetzt nicht zur Debatte, ich habe mich für immer eingebunden, in Familie, in Ehe und Nachkommenschaft. Ich bin nie wieder frei und möchte es manchmal doch so gerne sein, doch der Einsatz dafür wäre meine ganz Vergangenheit, alle letzten gelebten Jahre. So mache ich es wie wohl viele Menschen mit Fantasie, ich rede mir zwischen Wäsche, Kochen und Einkaufen ein, dass ich es nicht bin, ich stelle mir, während ich die Fenster putze oder die Geschirrspülmaschine ausräume, vor, dass ich statt dessen mit Büchern unter dem Arm in den nächsten Park – meinetwegen in Mönchengladbach, meiner Studienstadt, in London oder in New Orleans – stiefele und dann nichts mehr höre und sehe, einfach lese und alles um mich herum vergesse.

Wer spielt nicht manchmal sich selbst einen Film vor? Wer probiert sich nicht manchmal in einer neuen Rolle aus, die einem der eigenen Ansicht nach gut zu Gesicht stehen würde?

Ich habe ein äußeres Gesicht und ein inneres, welches niemand außer mir kennt, ich gebe es niemandem bekannt, nur in ganz seltenen Situationen, in sehr begnadeten Momenten, wird jemand mein inneres Gesicht sehen, aber ich bin sehr darauf bedacht, mich bloß nicht zu weit zu öffnen, was bringt es mir, wenn jemand mich zu genau sieht?

Also, es ist so etwas von interessant: Immer wenn eine Situation eingetreten ist, die Sie stark beunruhigt, mein guter Freund, über die Sie sich ärgern, wenn Dinge nicht passieren, auf die Sie sich gefreut hatten (wie z.B. der Besuch bei Brenda, die jetzt leider keinen Urlaub bekommt), dann schotten Sie Ihr komplettes Inneres ab, Sie lassen coole Sprüche los, die Sie so gar nicht meinen, Sie geben sich kalt, obwohl Sie es nicht sind und alles soll so aussehen, als wenn es Ihnen überhaupt nichts ausmacht – Sie lassen sich einfach nach außen keinen Schmerz oder Trauer ansehen. Ich sehe und spüre das, wieso ist das bei Ihnen so? Das ist genau das, was in Ihrer Schrift steht, Sie sind so hart zu sich selbst, dass es Sie fast krank machen muss, Sie haben in sich einen Mechanismus, der Sie so reagieren lässt, vielleicht hilft der Ihnen ja, das zu überstehen, ich wünsche es Ihnen, denn mir tut es sehr weh, wenn ich Ihre Art sehe, und ich weiß, dass das alles nicht stimmt. Dabei hatten Sie in der letzten Zeit Ihre Sprüche verlernt. Sie waren mal zwischendurch wirklich ausgeglichen und im Einklang mit sich selber, auf jeden Fall sind plötzlich diese rasanten, aber falschen Behauptungen da, die absolut nicht zu Ihnen passen und ich bin traurig, dass es Ihnen so zumute ist. Ich kann Ihnen vielleicht gar nicht helfen, ich sehe nur, Sie leiden und mir fällt nichts ein, Sie aufzumuntern. Ich wäre am liebsten zwanzig Jahre jünger und Brenda, ich würde unbezahlten Urlaub nehmen, wenn ein Mann, der mich liebt, um die halbe Erde fliegt, um mich zu sehen. Es ist schwer für mich, das zu verstehen und es tut mir so Leid für Sie. Ich bewundere Ihre Gelassenheit und diese halb ironische Art, im Inneren sind Sie jedoch bestimmt gekränkt. Hoffentlich bekommt Brenda bald mal frei, vielleicht an ihrem Geburtstag oder zu Weihnachten? Ich wünschte, es ginge Ihnen gut. Ich mag Sie unwahrscheinlich gern und ich finde, Brenda ist sehr zu beneiden.

6. Oktober

Was ist ein Schlüsselerlebnis? Man weiß, dass Erlebnisse, die Einschnitte, Verletzungen, Bedrohungen und akute Gefahr für Leib und Leben für den Betroffenen bedeutet haben, nicht aus der Erinnerung desjenigen auszuradieren sind. Bei Lebenssituationen, die eine ähnlich gefahrenvolle Lage im Ansatz erahnen lassen, kehren solche Schlüsselerlebnisse mit geballter Kraft in die Realität zurück und lähmen das Urteils- und Handelsvermögen desjenigen, der diese Wiederholung des Vergangenen erlebt.

Panische Angst packt mich jedes Mal, wenn ich in ein Parkhaus fahren muss. Ich parke möglichst nie im Parkhaus, wenn es aber in Großstädten nicht anders möglich ist, habe ich die allergrößten Schwierigkeiten, überhaupt den Wagen irgendwo heil abzustellen. Ich zittere von der Einfahrt – ab der Stelle, an der sich der Balken hebt und ich das Ticket ziehen muss – bis zum Fußgängerausgang und dann erst recht, wenn ich das Auto wieder hole. Es ist schon vorgekommen, dass ich mich von fremden Menschen, die ich auf der Straße angesprochen hatte, ins Parkhaus begleiten lassen habe. Ich habe ihnen Trinkgeld gegeben, wenn ich mein Auto gestartet hatte und fahren konnte.

Es ist für Außenstehende nicht ohne Weiteres nachvollziehbar, wieso ich, sonst eigentlich kaum bange zu machen, solche Angstgefühle habe. Vor etlichen Jahren war dafür das Schlüsselerlebnis, welches ich nie angezeigt habe und möglichst aus dem Gedächtnis streichen wollte, was mir aber nicht gelang, und je mehr ich im Laufe der Jahre darüber nachdenke, desto sicherer weiß ich, dass es vollkommen verkehrt war, damals nichts unternommen zu haben. Meine Mutter hatte sowieso immer Angst, wenn ich allein zu Messen, Ausstellungen, Konzerten und Meetings fuhr, von denen ich ihr oft nicht einmal Ort und Dauer angab. Wenn ich zurück war, war ich zurück, sollte es einmal länger dauern, war das kein Grund, mich zu vermissen und nach meinem Verbleib zu fragen. Eigentlich handhabe ich das heute mit meiner Familie noch genauso – mit dem Ergebnis, dass alle sich freuen, wenn ich von irgendwo zurück bin, dass es aber auch egal ist und sich niemand Gedanken macht, wenn es mal länger dauert und ich tagelang nicht aufkreuze. Das ist eine gewisse Freiheit, die ich mir herausnehme und die der Familie ganz gut bekommt, die aber gefährlich werden kann, wenn die verlängerte Abwesenheit von schrägen Vorkommnissen verursacht worden ist.

Wie kann ich meine Töchter vor solchem Schrecken bewahren? Sie sollen auch frei, selbstsicher und unbedarft durchs Leben gehen und sind auch auf dem besten Wege dahin, nur könnte das ihnen jederzeit das Gleiche widerfahren. Ich werde es ihnen erzählen und sie versuchen zu warnen, ohne ihnen Angst zu machen, das ist nicht so einfach, wie es sich anhört.

Wenn du angegriffen wirst, wenn man versucht, dich zu vergewaltigen, wenn es mehrere sind, dann hat es keinen Zweck, sich zu wehren, es könnte sogar gefährlich sein, du läufst Gefahr, dein Leben zu verlieren, wenn die Leute in Panik geraten, getötet wird meistens aus Panik. Also: Bleib möglichst still, wehre dich nicht und schreie nicht, das vergeht. Triebtäter sind Feiglinge, die sich nach Vollzug schnellstens verdrücken.

So liest man das im Allgemeinen, aber Ausnahmen bestätigen auch hier die Regel. Normalerweise ist 23.00 Uhr keine Zeit, zu der man als Frau brav zu Hause zu sitzen und die böse Welt durch das Abschließen der Haustür draußen zu lassen hat, im Gegenteil, die Pubs und Discos werden dann oder noch später erst wach und interessant. Schon zigmal hatte ich in der Parkpalette mein Auto stehen lassen, es war das einzige Parkhaus in Bielefeld, in dem 24 Stunden ein- und ausgeparkt werden konnte. Meine Freundin wollte nach Hause, ihr Freund war überraschenderweise gekommen, aber ich hatte keine Lust, mich mit dem in die Bude zu setzen und zu quatschen. Wir sehen uns morgen zum Frühstück, also, bis dann!

Ich weiß meistens ziemlich genau, wann ich los muss, damit ich noch fahren kann. Natürlich hatte ich vor Jahren so richtig Power und habe die Nächte durchgetanzt, meistens für mich allein, mit Partner kann ich nicht gut tanzen, allein macht es auch mehr Spaß. Geschwitzt wie verrückt habe ich meistens, es artete dann im Gewühl in richtigen Sport aus, auf jeden Fall hatte ich meistens unheimlich gute Laune danach, den letzten Song behält man meistens als Ohrwurm, man singt oder summt ihn nach Verlassen der Disco.

Im Parkhaus hatte ich schon das mulmige Gefühl, beobachtet zu werden. Du siehst in der teilweise stockdunklen Parkebene nichts, nur durch das Aufglühen einer Zigarette bemerkt man, dass da jemand steht. Soll er doch da stehen, dann siehst du die nächste Zigarette aufglimmen, also muss da noch jemand sein. Du gehst zielstrebig in Richtung Auto, die Deckenleuchten – spärlich angebracht, voller Spinnweben, dreckig und zu dunkel – vermitteln dir nicht das Gefühl, sicher zu sein. Du hörst einen Pfiff, sehr verhalten, zwischen den Zähnen herauszischende Luft, und auf einmal bist du von drei Gestalten umgeben, zwei sind ungefähr drei bis vier Meter hinter dir und gehen genau in deiner Geschwindigkeit hinter dir her, einer tritt seitlich hinter einem Pfeiler hervor und gesellt sich lässig zu den anderen. Was soll der Quatsch, dachte ich, mein Herz sackte mir in die Kniekehle, ich verlangsamte den Schritt keinesfalls, aber mein Liedchen blieb mir in der Kehle stecken. Der Typ von rechts kam mir mit seinem Atem, der nach irgendeinem Schnaps roch, an den Hals, legte den Arm schwer auf meine linke Schulter und versuchte, meinen Hals zu knutschen, ich versuchte die Hand von meiner Schulter zu drücken, zog den Kopf zur Seite und schleuderte ihm meine Handtasche mit der rechten Hand rückwärts an den Kopf, was keine so gute Idee war. Die Tasche ging auf und der Inhalt kippte fast komplett auf den dunklen Estrich, klappernd fielen Lippenstift, Niveadose, Schminksachen und Papiere auf den Boden. Ich bückte mich, um diese Sachen aufzuheben, was keine so gute Idee war. In dem Moment fassten mich Hände von hinten an den Hüften, ein ziemlich hartes Geschlechtsteil wurde von außen an meine Jeans gedrückt, irgendjemand hielt meinen Kopf zwischen den Knien eingeklemmt, und während ich noch nach meinen Sachen auf dem Boden angelte, versuchte der Dritte den Reißverschluss meiner Hose zu öffnen – ich schlug ihm mit meinen Armen vor die Brust oder sonst wohin.

Das Schlimmste war, dass meine Ohren zwischen den Beinen steckten und ich mich selbst und das, was die Männer sagten, nicht hören konnte, weil mein Kopf eingeklemmt war.

Ich konnte überhaupt nicht viel tun, es hätte mir nichts gebracht. Mein Glück war, dass ein Pärchen die Ausgangstür gleich gegenüber der Parkreihe benutzte und auf einen Wagen, ungefähr vier oder fünf Plätze weiter, zusteuerte, der dort geparkt stand. Sie gackerten und lachten und hatten mit sich zu tun, aber in dem Augenblick, als die Tür aufging, lockerte sich die Umklammerung der Beine meines übel riechenden Gegenübers, ich bemerkte die Unsicherheit der Männer, sie zögerten. Der, der hinter mir stand sagte: Na, wirf doch nicht gleich deine Tasche weg, einer steckte sich eine Zigarette an und sagte: Na, dann machs mal gut, ich kramte so schnell ich konnte die Papiere in meine Tasche, die Haarbürste lag auch noch etwas weiter weg, das junge Mädchen – sehr jung, wie ich jetzt sah – und der Herr etwas gesetzteren Alters riefen mir zu, dass da noch ein Lippenstift läge. Das Mädchen reichte ihn mir freundlicherweise. Sie sah mich dabei seltsam an, na ja, vielleicht war ich etwas zersaust auf dem Kopf, aber sonst schienen sie und ihr Begleiter, der sich jetzt am Wagen zu schaffen machte, nichts bemerkt zu haben.

Wie ein Spuk schlenderten diese echten Schweine langsam und keinen Verdacht aufkommen lassend Richtung Außentreppe weiter. Ich nahm meinen Autoschlüssel aus der Hosentasche, ging auf die Leute zu und bat sie zu warten, bis mein Wagen angesprungen war, weil ich mir nicht sicher sei, ob er auch anspringen würde. Ich war mir dessen eigentlich schon sicher, aber ich wollte, dass mich jemand beim Wegfahren beobachtet. »Ist auch alles in Ordnung?«, fragte der Mann, vielleicht war meine Stimme etwas zitterig. »Ja, ja, alles okay«, sagte ich. Ich startete – der Wagen springt immer an –, während die Leute auch starteten und mir zuwinkten. Ich fuhr los. Erst jetzt bemerkte ich, dass meine Hände am Steuer schlotterten wie bei Schüttelfrost, ich gab so hart Gas, dass der Dieselmotor aufjaulte, an der ersten Ampelkreuzung würgte ich den Motor ab. Ich fuhr kreuz und quer durch Bielefeld, eigentlich wollte ich zu meiner Freundin, so hatten wir das besprochen. Ich schaltete das Radio an, so laut wie immer, ich habe keine Ahnung mehr, welche Musik da lief, obwohl ich mir sonst immer das heraussuche, was zur Nacht passt. Jetzt musste ich mich erst einmal darauf konzentrieren, wo ich war. Nach ein paar Umwegen und Hin- und Herfahren kam ich an, parkte das Auto genau in der Einfahrt neben dem Wagen des Freundes meiner Freundin und sah, dass oben noch Licht brannte. Ich hatte keinen Bock auf eine Unterhaltung, schloss auf, ging hinein, schloss ab, ging die Treppe in den ersten Stock, rief kurz »Gute Nacht« in Richtung Lichtstreifen unter der Tür und verschwand so schnell ich konnte im Gästezimmer. Es war mir schon klar, dass meine Freundin noch mal hereinschauen würde – und schon stand sie da: Kommst du noch mal rein? Wir trinken noch etwas!

Du, wirklich, ich bin müde, sagte ich, bitte lass uns morgen reden, es war ein ziemlich langer Abend. Aber meine Freundin ließ sich nicht abwimmeln. Doch ich blieb bei nein, sie zog ab und ich schmiss die Tasche auf den Sessel, ließ mich auf die Couch fallen und lag da wie im Traum. Ich hatte keine Angst mehr und konnte nun richtig losheulen. Ich musste mich schnäuzen und aufpassen, nicht zu laut zu schluchzen. Irgendwie schlief ich dann sehr schnell ein, ich schlief in meinen Sachen, ziemlich tief und traumlos, jedenfalls war mir am anderen Morgen kein Traum bewusst.

Ich habe niemandem je von dem Vorfall erzählt, ich habe ihn verdrängt, versucht zu vergessen, ohne Erfolg. Das Gefühl, der Kopf sei eingeklemmt, das ist das Schlimmste, was ich mir vorstellen kann; ich lege manchmal die Hände ganz fest um meine Ohren, ich drücke und versuche mir vorzustellen, was weiter passiert wäre, aber ich habe überhaupt nicht die Kraft, so hart zuzudrücken.

Die Zeit heilt alle Wunden, kann schon sein, die Narben auf der Seele bleiben. Ich meide seitdem alle Parkhäuser – wenn möglich. Ungeschehen machen ist unmöglich, das Ganze unbeachtet zu lassen, nie darüber zu sprechen, war falsch, und es gibt weder Hypnosen noch Therapien, die dir helfen, so eine Gefahr anders zu verarbeiten. Versuchte Gewalt überstanden zu haben macht einen hart. Ich denke schon, das ich ziemlich hart mir selbst gegenüber bin und dass meine Unbedarftheit nicht so sehr gelitten hat. Ich denke mir, dass einem das nur einmal im Leben passieren kann. Hoffentlich.

10. Oktober

Marillion. Gestern sah ich sie live in Bielefeld, ich war begeistert, zwanzig Grad und das im Oktober, heiße Füße beim Schlangestehen vor dem Tor, Konzert ausverkauft. Irgendwelche Spinner hatten noch Karten und versuchten, auf dem Schwarzmarkt Höchstpreise zu bekommen – Geldschneider, die haben sowieso nichts auf dem Konzert zu suchen. Rauch, Scheinwerfer, dunkle Ecken, Vorgruppe – ein Sänger mit Konzertgitarre, der einige Lieder vorträgt, ich habe gar nicht richtig zugehört. Auf der Bühne flimmerten die Lichter und punktförmigen Birnen der Verstärker, Türme rechts und links, Technik pur. Es wurde immer stickiger, rauchiger und voller in der Halle. Der Vorsänger hatte sein letztes Stück gespielt und bekam höflichen Applaus, der dann in Pfeifen und rhythmisches Klatschen überging, als die Scheinwerfer ausgingen. Erstaunlich erklang dann über alle Lautsprecherboxen ein Walzer, unendlich laut und melodisch, ich glaube, es war Strauss, so genau kenne ich diese Musik nicht. Wenn Platz gewesen wäre, hätte man richtig tanzen können. Dann der Auftritt der Band mit »Incommunicado«, so stark, dass ich es mit Worten nicht beschreiben kann, die Ohren dröhnen, die Füße vibrieren, die Boxen beschallen den Raum, und du stehst mitten drin, das Konzerterlebnis ist so real, du bist selbst die Musik. Alle klatschen, springen und singen die relativ schwierigen Texte von Marillion mit, es ist eine einzige Woge, die dich erfasst, der Sänger ist genauso wie ich ihn mir vorgestellt habe, er springt über die Bühne, reißt die Arme hoch, reißt die Menge mit, die Woge geht über, der Übergang von Lied zu Lied ist so stark, dass man sich getragen fühlt von Lied zu Lied.

Ich bin das lange Stehen nicht gewohnt, ich habe nichts gegessen, ich merke, dass meine Knie anfangen zu zittern, ich gehe kurz durch die Menge zum Pizzastand und esse eben ein Stück, das flaue Gefühl ist vorbei, die Menge hält dich, du kannst sowieso nicht umkippen im Gedränge. Jetzt kommen die ersten zarten Klänge von »Easter«, das langsame Stück drückt mir etwas aufs Gemüt, die Musik bewegt mich, Gefühle kommen hoch, ich merke, wie mir Tränen aus den Augen laufen. Wahnsinn, ich stehe und schwenke die Arme mit wie alle anderen auch und wiege mich zu den wunderbaren Tönen, es ist herrlich, man müsste jetzt fort sein, weit weg, allein, irgendwo, wo einen niemand und nichts erreicht.

Alle Stücke, auch die von der neuen CD, bringen sie so echt, besser als zu Hause aus der Anlage oder im Auto vom Band. Ich kann meine Kinder verstehen, die viel mehr Geld für Konzerte ausgegeben haben, manchmal habe ich gefragt, ob das denn wirklich nötig ist – es ist nötig! Natürlich hatte ich mir lange kein Konzert angesehen, der Beruf raubt dir dein ganzes Leben, gestern habe ich mir einen Abend Leben herausgenommen.

Zwei Zugaben. Das Pfeifen vor dem erneuten Auftritt der schon sehr kaputten Band ist ohrenbetäubend. Der Sänger fordert die Menge heraus: Was wollt ihr denn eigentlich noch hören? Ich habe doch schon alles gebracht! What do you want? What do you need? Auf einmal – es ist gewaltig – stimmen alle, im Wechsel mit der Band, den Beatles-Song »All you need is love« an. Dann sehen sich Gitarrist und Sänger an, und es kommt das Stück: »No one can take you away from me now«, die Leute sind hin und weg, genau wie ich, fast alle singen mit, wer Marillion mag, liebt dieses Lied besonders. Noch eine weitere erklatschte und erpfiffene Zugabe, der Sänger trägt einen schwarzen Mantel und schneeweiße Handschuhe, irgenwie sind die an den Synthesizer angeschlossen. Er spielt mit den weißen Handschuhen auf seinem Kopf, auf seinem Herzen, er geht zum Boxenturm, er klimpert mit den Fingern eine Melodie auf den Boxen, das sieht so leicht, so improvisiert aus, dass man meint, es sei gar nicht wahr. Ich muss mal meine Söhne fragen, ob es eine Technik gibt, mit der man Töne über die Fingerspitzen erzeugen kann.

Eine weitere Zugabe gibt es nicht, die Scheinwerfer gehen schlagartig an, der Traum ist vorbei und während der Applaus verhallt, drängt die Menge schon hinaus. Ich stelle mich erst einmal auf einen Treppenvorsprung, um zu mir zu kommen, schließlich ist das Rauschen in meinen Ohren laut genug, um mich merken zu lassen, dass ich noch da bin.

Ich verbringe die helle Mondnacht auf dem Köterberg. Es ist mir unmöglich, nach Hause zu fahren. Ich trinke die mitgebrachte Flasche »Tivoli Alt«, ich will mir eine Kassette einlegen, Marillion, aber ich kann mich an die Lautstärke meiner Anlage im Auto nicht gewöhnen, es ist, als hörte ich nicht. So ist das, wenn die Ohren zweieinhalb Stunden strapaziert werden, es geht nichts mehr. Nach einer kurzen Zeit registriere ich die Musik vom Band wieder. Ich kann die einsame Straße hoch auf den Berg ohne Scheinwerfer fahren, niemand vermutet mich am Montag Abend, den 9. Oktober 1995, auf dem Köterberg, die Nacht ist so mild, keine Wolken, nur Sterne, der Mond ist ziemlich klein, silbern, voll, ohne irgendeinen Schein darum herum, Einsamkeit pur. An dem Radarturm auf dem Köterberg blinken die roten Signallampen, ich weiß nicht, ob er bewacht ist, egal. Ich parke an der Absperrung des großen Parkplatzes, wo an Sonntagen immer die Motorrädertreffs stattfinden. (1000 bis 1500 Maschinen hat man schon bei einem gezählt.) Hier hast du den besten Blick über das ganze Land. Die kleinen Dörfer liegen alle im Umkreis von drei bis sechs Kilometern, in manchen siehst du noch Licht, die meisten schlafen den Lipperlandschlaf. Ich öffne die Wagentüren, stelle mir den Sitz bequem ein, lege ein neues Band ein – wieder Marillion –, schließe die Augen, spüre den leichten Nachtwind durchziehen und denke an nichts mehr. Die blausilbrige Beleuchtung ist wahnsinig. Ich hätte Sie, meinen lieben Freund, abholen sollen, einen Moment in meiner bizarren Vorstellungskraft war ich versucht, es zu tun, aber was hätte Ihre Mutter dazu gesagt? Außerdem sind Sie viel zu normal, um mitzufahren, ich stelle mir vor, Sie sitzen neben mir und sehen mich manchmal kurz an. Es gibt Gefühle, die kann man nur allein für sich ausmachen, in Gedanken kann man teilnehmen lassen, wen man möchte, aber nicht immer will der daran teilhaben, den man sich ausgeguckt hat. Sehen Sie, Sie netter Mensch, es gibt Dinge zwischen Himmel und Erde, darüber weiß niemand etwas, aber bei diesen meinen einsamen Ausflügen in mein Inneres könnte ich mir schon vorstellen, dass Sie dabei sind! Es wird aber leider nie passieren. Ich werde von der Stille aus meinen Träumen geholt, das Band ist abgelaufen. Ich stelle die Zündung und das Radio aus, jetzt herrscht vollkommene Finsternis. Ich kann nicht schlafen, ich denke. Ungefähr dreißig Kilometer weiter schlafen meine Kinder zu Hause, in Bielefeld schläft mein Dietmar mit Gordana, in Blomberg schläft mein Ulrich mit Kerstin, in Quelle schlafen Sie, und hier auf dem Köterberg sitze ich im Auto und denke nach und kann nicht schlafen und würde es gern.

Die feuchte Kühle des Morgens lässt mich erschauern, ich schließe die Türen, starte den Motor und fahre den Berg langsam hinunter, der Mond geht zwischen Westen und Norden langsam unter, wird noch kleiner und auf den Wiesen unten am Dorf Köterberg liegt Nebel, die Straße ist feucht, obwohl es nicht geregnet hat, es ist noch dunkel, aber man ahnt den Morgen Ich brauche erst unten auf der Hauptstraße das Licht anzumachen, die ersten Frühschichtler fahren vermutlich zum Dienst.

Ich muss gähnen, ich bin etwas steif.

Zu Hause parke ich den Wagen in der Einfahrt. Meine Hunde werden wach, und wie jeden Morgen jage ich mit ihnen durchs Dorf. Der Alltag hat mich zurück, die Kinder stehen auf, die Brote werden geschmiert, das Radio erzählt den Wetterbericht, heute wird es wieder warm ... Was haben Sie die Nacht über gemacht?

15. Oktober

Sonntag. Heute ist es ein Jahr her, dass Sie im Büro bei Sascha um die Ecke schauten, ich kenne Sie sie seit einem Jahr, aber ich kenne Sie nicht. Ich versuche, Sie zu verstehen.

Ich träume: Ich hole Sie mittags aus Ihrem Geschäft ab, ich habe ein paar Fischbrötchen, Cola, Bier und Sprite gekauft. Ich will Ihnen den Köterberg zeigen. Sie haben nichts anderes vor an Ihrem freien Nachmittag. Sie schauen ganz ungläubig mit Ihren sanften, traurigen Augen. Aber Sie kommen mit. Da Sie Ihre Achillessehne schonen müssen und sowieso nicht Fußball spielen können, fahren Sie ganz spontan mit. Es ist ein milder Oktobertag, es ist ungewöhnlich warm in diesem Herbst. Morgens ist es ziemlich nebelig, aber wenn sich gegen elf der Nebel verflüchtigt hat, ist die Sonne noch so warm wie im Sommer. Wir hören im Auto alle Kassetten, die Sie mir damals aufgenommen haben, Peter Gabriel, Troy Newman und andere.

Ich fahre wie auf Wolken durch den Raum, ich bin verliebt wie ein junges Mädchen. Sie glauben nicht, dass ich es wirklich bin, der Sie geholt hat. Sie klingen etwas pessimistisch, wenn Sie sagen, dass alle Frauen, die Sie kennen lernen, entweder verheiratet oder älter als Sie sind, es scheint für Sie nie die Passende zu geben. Natürlich kann ich es verstehen, dass Sie alles so eng und verkniffen sehen, Sie fühlen jetzt so eine Art Torschlusspanik, mit aller Macht suchen Sie eine Beziehung. Das Leben, das Sie sich in Ihrem Kopf vorstellen, ist aber anders als das richtige Leben, mit dem Sie hadern und das Sie unzufrieden macht. Den Schritt, einfach Sie selbst zu sein und nicht immer daran zu denken, was die anderen sagen könnten, haben Sie nie gewagt.

Wir fahren und fahren, ich erzähle und erzähle, ich kann nicht aufhören, ich möchte Sie von Ihren Problemen ablenken und muss mich unheimlich zusammennehmen, um Sie nicht in den Arm zu nehmen, fest zu drücken und nie wieder loszulassen. Ich zeige Ihnen die Strecke durch das kleine Köterbergdorf hoch bis auf den Turm und den Parkplatz dort oben.

Ich halte vorn an der Absperrung, wo im Winter die Skifahrer immer ihre Skier abstellen, bevor sie zum Lift gehen. Hier hat man den besten Blick über das ganze Weserbergland. Ich kann mich an viele Nächte erinnern, die ich hier gestanden und überlegt habe: an die Sylvesternacht, in der wir eingeschneit worden sind und das Feuerwerk vor Schneegestöber rundherum nicht sehen konnten. Mein Sohn musste das Auto für mich herunterfahren, weil ich mich nach Sekt und Bier nicht traute und es wirklich ziemlich glatt war.

Wir gehen zur nächsten Bank, um das mitgebrachte Essen zu verspeisen und uns zu stärken. Sie reden nicht viel, Sie lassen mich erzählen. Sie schauen ganz ungläubig, als ich Ihnen erzähle, dass ich Sie in der Nacht nach dem Marillion-Konzert auch schon abholen und mit Ihnen dort oben die Mondnacht verbringen wollte.

Hier hört mein Traum auf, weil ich nicht weiter weiß, weil ich Sie nicht verletzten möchte, weil ich Angst habe, Sie zu berühren, weil ich zittere bei dem Gedanken, mich in Ihre Augen zu vertiefen, ich kann nicht mehr wegschauen, meine Sinne verlassen mich, ich bin für mich selber unberechenbar und davor habe ich Angst. Ich möchte Ihnen Vertrauen schenken und habe selbst Skrupel, mich Ihnen anzuvertrauen. Sie sind so jung, so nett und lieb, Sie sind so wie meine Söhne, Sie sind viel zu schade dafür, um hierhergeschleppt zu werden. Ich schließe die Augen und denke über den Altersunterschied nach, ich sehe mich, wie ich vor zwanzig Jahren war, etwas spontaner, etwas mutiger und ungeduldig wie ein junger Hund, den man von der Leine nimmt. Ich wünsche mir zaubern und mich in Ihr Alter hineinversetzen zu können. Wenn ich so alt wie Sie wäre, hätte ich Sie auf der Stelle so geküsst, dass Sie den Boden unter den Füßen und die Bank unter Ihrem Hintern verloren hätten. Es ist eigentlich nicht richtig, was ich mache, denn das macht man nicht, man verliebt sich nicht einfach in einen so viel jüngeren Mann.

Wie soll ich Ihnen jemals sagen, wie gern ich Sie habe? Wenn ich wach werde, sind Sie verschwunden und ich kann mich nicht an Ihre Augen erinnern. Was soll bloß aus diesem herrlichen Gefühl, das ich für Sie habe, werden? Ich brauche Rat, ich brauche Hilfe, ich brauche Liebe, ich brauche Sie! Wärme und Geborgenheit, das Sichfallenlassen nach der ersten Offenbarung der Zuneigung, Hoffnung auf die Dauer dieser Gefühle, das alles sind Wunschträume. Sie dürfen nicht mein Geliebter werden, Sie müssen sich zurückziehen, Sie haben keine andere Wahl, da Sie so erzogen wurden, und ich muss verzichten, so hart es auch sein mag. Ich habe Angt Sie zu verlieren, obwohl ich Sie noch überhaupt nicht habe, ich habe Angst, dass Sie irgendwann von jemandem mitgenommen werden. Das Schweigen über die Gefühle ist der Feind der großen Erlebnisse. Das Schweigen hindert uns am Erleben, das Schweigen bringt mich noch um. In meinen Fantasien sind Sie längst in meinen Armen, in meinen Fantasien sind Sie mir so vertraut wie schon lange niemand mehr. Ob Sie jemals erfahren werden, wie gern ich Sie habe!?

Es gibt keine Tageszeit, zu der ich nicht an Sie denke. Manchmal meine ich, Sie mögen mich etwas, manchmal meine ich, Sie hassen mich, weil ich Sie durchschaue. Manchmal wünschte ich, ich hätte wieder meinen Seelenfrieden, wie in der Zeit, als ich Sie noch nicht kannte, aber wäre das so, wäre ich bereits tot.

Ich werde es wahr machen und werde Sie am Montag mitnehmen zum Köterberg, Sie werden sich nicht trauen, aber ich werde versuchen Sie zu überreden, es wird gut für Sie sein. Sie müssen tun, was Sie wollen, und ich glaube, Sie wollen mitfahren.

Ich freue mich über den Gedanken und Ideen, die ich habe, ich liebe Sie, Sie inspirieren mich.

19. Oktober

Ich darf Sie nicht mehr sehen, ich kann nicht mehr für meine Reaktionen garantieren. Ich rede wirres Zeug, ich fange an Sprüche zu sagen, Dinge, die ich nie sagen würde, wenn mein Kopf nicht durcheinander wäre. Sie fragen jedes Mal irgendwann nach meinem Mann, was soll ich Ihnen antworten? Die Wahrheit ist: Er ist nicht mehr der Mann, in den ich mich vor Jahren verliebte, er ist ein alter Mann, nicht vom Äußeren her, nein, da wird er oft für den Bruder meiner Söhne gehalten, nein, vom Kopf her ist er uralt geworden, leider. Alles, was ihn für mich damals so liebenswert machte, ist weg: das Spontane, die nächtlichen Ausflüge nach Hamburg, das Nichtstun am Strand, das Sitzen und Träumen, das Zelten bei Gewitter. Wir haben wilde Fahrradtouren zwischen Blomberg und Steinheim veranstaltet, als wir noch nicht verheiratet waren. Jeder hat den anderen zwanzigmal und öfter nach Hause begleitet, sodass wir manchmal die ganze Nacht nur Fahrrad fuhren, dann im Kornfeld schliefen, mit irgendwelchen Jacken oder Hemden als Unterlage, damit es nicht so stach, um einen herum die Ähren und der Geruch der Nacht, über einem der Sternenhimmel und kein Gedanke an die Zukunft oder den nächsten Tag. Solche verrückten Dinge mache ich inzwischen alleine. Im Sommer liege ich oft im Kornfeld, bei Vollmond fahre ich so oft auf den Köterberg, dass ich manchmal meine, ich müsste irgendwen dort treffen, der auch so bescheuert ist, aber die Leute sitzen dann höchstwahrscheinlich vor der Glotze. Mein Mann weiß, dass ich immer noch »so« bin, er lässt mich machen, er denkt höchstwahrscheinlich nicht darüber nach. Den Sinn für Romantik, das Gefühle für das Spontane, selbst die Erinnerung an die frühere Zeit hat er weggesteckt. So erlebe ich meine schönsten Träume immer allein, ich erzähle meinen Kindern davon und nehme sie manchmal mit. Meinen Sohn traf ich einmal auf dem Köterberg, aber selbst seine Freundin ist schon so angegraut im Hirn, dass sie es damals etwas merkwürdig fand. Ich kann nicht sagen, was seine jetzige Freundin sagt, ganz zu schweigen von meiner Schwiegertochter! Ulrich, seit drei Jahren verheiratet, macht auf mich jetzt schon manchmal den Eindruck, als sei er ein »alter« Mann, die Normalität klaut ihm seine Fantasien, seine Kreativität büßt er durch das ewig Normale ein, er lebt höchstwahrscheinlich auch insgeheim in einer Traumwelt. So ist das also, das Leben ist für Träumer und Spinner nicht so einfach, aber ich erlaube mir manchmal, meine Träume auszuleben – was der so gepriesenen Gemeinsamkeit in allen Dingen in der Ehe nicht förderlich ist, mich aber unheimlich frei macht. Ich habe mir z. B. Amerika immer nur dann erlaubt und gegönnt, wenn es hier für mich unerträglich wurde und ich sonst viel schlimmere Dinge getan hätte. Mein lieber Freund, Sie konnte ich nur so lieb gewinnen, weil ich mich in Ihre Gedankengänge eingeklickt habe, durch das Befassen mit Ihrer Schrift habe ich mich unheimlich in Sie verliebt, und ich weiß im Moment nicht, wie ich da hinauskommen soll und ob ich es überhaupt will. Es ist kein Zufall, dass ich mich in den langen Jahren immer in wesentlich jüngere Männer verguckt habe, alte Männer entsprechen überhaupt nicht meinen Träumen, ich denke immer noch so wie der kleine Teenager, der ich mal war, als mein Mann mir auf der Gitarre oder am Synthesizer Melodien vorspielte, während ich las oder nur zuhörte. Es kann schon sein, dass es eine Art Verrücktheit ist und deswegen muss ich unheimlich aufpassen, Sie nicht da hineinzuziehen, ich könnte es nicht ertragen, wenn Sie leiden müssten. Ich leide im Moment, die Gewalt, die mich immer wieder – auch ohne irgendeinen Grund – nach Bielefeld zieht, der Gedanke, Ihnen pausenlos etwas schenken zu wollen, ist ganz klar der Wunsch in mir, eigentlich mich selbst schenken zu wollen. Sie haben mich eigentlich schon, Sie wissen es nur nicht und ich darf Sie damit nicht belasten. Ich vermisse Sie schon in dem Moment, wenn ich an Sie denke, es hat wirklich nichts mehr mit meinem Mann zu tun, denn das Gefühl, dass er mich braucht, habe ich nicht mehr, ich habe das Gefühl, dass Sie irgendetwas brauchen, aber das darf ich nicht sein, ich bin zu alt und verheiratet, und ich kann ganz schlecht damit fertigwerden.

23. Oktober 1995

Ich träume, dass ein Mann mit seinem kleinen Sohn über ein Fußballfeld rennt und ihm zeigt, wie man den Ball am besten ganz weit schießen kann. Der Ball fliegt unheimlich hoch und weit, wenn der Mann schießt, der Kleine mit seinen kleinen Beinchen hat Spaß, hinterherzulaufen, er ist schon ganz außer Puste, sein kleines verschmitztes Gesicht ist leicht gerötet und er lacht dabei, der Mann tut so, als ob er auch hinter dem Ball her sei, sodass der Junge glaubt, er renne mit seinem Vater um die Wette. Der Mann lässt dem Kleinen natürlich die Freude, den Ball zuerst zu erreichen. Dann tritt der Junge zu, ab und zu trifft er sogar den Ball und voller Stolz schaut der Mann, mit welchem Eifer der Kleine spielt.

Die Sonne scheint, das Fußballfeld ist ziemlich groß und es braucht seine Zeit, von einem Ende zum anderen zu kommen. Der Kleine bleibt hin und wieder außer Atem stehen, der Mann lockt ihn aber sofort mit weiteren Rufen und leichten Pässen, so geht das Spiel eine wunderbare Zeit lang und nichts und niemand scheint den Eifer und die unbeschreibliche Vertrautheit der beiden zu stören. Der Mann hat ein unheimlich glückliches Gesicht, der Junge sieht ihm ähnlich, der Mann ist der Vater des Jungen, der Mann sind Sie, mein lieber Freund, und der Kleine ist Ihr Sohn, und ich träume von Ihrem Glück, so intensiv, dass ich meine, den Geruch eines Fußballrasens in der Nase zu haben, als ich erwache.

Ich wollte, in Wirklichkeit wäre es auch so. Sie brauchen den Kleinen dringend, das weiß ich, Sie brauchen einen Sinn in Ihrem Leben, ich wollte, ich könnte Ihnen den Kleinen schenken, statt Rosen und Gedanken.

Heute konnte ich mich nicht an Ihr Gesicht erinnern, ich musste erst ein paar Fotos herauskramen, ich schaue sie an, ich denke nach, Sie haben sich etwas verändert, Sie haben Ihre Haare jetzt kürzer. Sie haben wunderschöne Augen, das rechte ist ganz ernst, das linke manchmal etwas verschmitzt. Ich weiß nicht, ob ich überhaupt ein Kinderfoto von Ihnen brauche, um mir Sie als Kind vorstellen zu können, ich kann es auch ohne Bild.

Natürlich bringe ich Ihnen das andere »Braveheart«-Plakat auch noch, im Moment hängt es gerade im Schaukasten, ich glaube, danach kann ich es haben. Wem wollen Sie es schenken – oder wollen Sie es für sich haben? Ich würde es nur noch für Brenda besorgen, aber nicht für irgendeine andere Tussi, die es nicht wert ist, dass Sie sich mit ihr befassen, aber ich denke, das würden Sie sowieso nicht machen.

Der Tag geht zu Ende und ich denke an Ihre Stimme am Telefon, es ist mir manchmal unerträglich und es ist wie ein Schmerz, wenn ich nicht Ihre Stimme hören kann. Wie kann ich damit weiterleben, wenn ich manchmal nicht weiß, worüber ich mit Ihnen sprechen soll. Wenn ich Sie nicht höre, geht es mir dreckig und die Sehnsucht nach Ihnen wird so übermächtig, dass ich weinen muss, mir Ihr T-Shirt schnappe und es in den Arm nehme, als wären Sie es. Ich heule wie ein Baby, dem man das Liebste weggenommen hat. An manchen Tagen ist es ganz besonders schlimm und ich muss mich ablenken, wegfahren, Filme ansehen, trinken, Bücher durchstöbern und mit Leuten über das Leben diskutieren. Obwohl ich Sie nicht mehr – wie früher bei der Arbeit – täglich sehe, ist das Gefühl für Sie nur noch stärker geworden.

Gibt es in dieser Situation Alternativen? Ich, der Weltmeister in Lebensmeisterung, bin selbst in eine bald ausweglose Situation geraten. Viele Menschen sind mir gegenüber misstrauisch und gehen bald auf Distanz. Der Grund: Ich schaue den Leuten nach ganz kurzer Unterhaltung oder nach wenigen Momenten nach dem Kennenlernen sofort hinter die Stirn, es ist für mich genauso beängstigend wie für mein Gegenüber und ich muss mich, wenn ich jemanden vielleicht länger kennen und die Bekanntschaft nicht gleich wieder im Sande verlaufen lassen will, sofort verstellen und so tun, als hätte ich nicht meinem Gegenüber unter die Maske geschaut. Es ist schwer, ich bekomme das auch eine Weile hin, aber durch meine direkte Art wissen die Menschen, die ich kennen lerne, ziemlich schnell Bescheid und blocken. Das ist schade, denn so sieht man sie nie wieder. Meinem Mann geht es ähnlich, er weiß, dass ich ihn genau kenne und er kann mir überhaupt nie etwas vormachen. Das macht ihm Angst, er will seine Privatsphäre haben, er will etwas Eigenes in seinem Inneren. Ich aber entdecke es, er will das nicht, früher wollte er es, jetzt nicht mehr. Damals war es spannend und er hat sich immer gewundert, wenn ich schon vorher wusste, was er mir erzählen wollte. Jetzt kann er diese Durchsichtigkeit, die ich ihm durch meine Art vermittle, nicht mehr aushalten, auch das ist ein Zeichen seiner Angst vor dem Alter. Schade! Für mich bleibt oft nur die Lösung, blöd zu tun, obwohl ich innerlich dann trotzdem die Menschen sofort einordne. Ich weiß sofort, welche für mich interessant sind, ich erkenne Unsicherheiten und Ängste bei Menschen und wenn ich dann noch die Schrift sehe, gerate ich in einen Strudel. Ich analysiere alles an der Person, ich habe so oft Recht, dass ich mir selbst manchmal rätselhaft vorkomme.

Sehen Sie, mein lieber Mensch, und so kam ich auf Sie, ich weiß nicht, ob Sie mich verstehen, ich lerne durch Nachdenken und versetze mich in mein Gegenüber und dadurch habe ich mich in Sie verliebt. Nicht in viele Menschen habe ich mich verliebt, aber dann immer so heftig, dass mir jetzt selbst beim Schreiben fast der Atem wegbleibt und ich die Terrassentür öffnen muss, um Luft zu holen und tief durchzuatmen. Ich muss damit fertigwerden, ich schlafe nicht mehr und heule bei vielen Gelegenheiten. Ich muss ein gutes Vorbild für meine Kinder sein und treibe im Moment in einem Gefühlschaos ohne Ende.

25. Oktober

Herr Braunheim fährt mit mir nach Frankfurt, weil er den Stress im Job leid ist, er will mir einfach nur eine Freude machen, er will nur mal raus, die Messe ist ihm egal, er kauft nichts ein, er schaut mir beim Einkaufen zu, er gibt sich keine Mühe, mir etwas vorzumachen, er will lediglich einen schönen Tag in Frankfurt verbringen, in Erinnerung an die alten Zeiten. Wir schlendern die ganze Fußgängerzone rauf und runter, ich esse ein Fischbrötchen, ich trinke bei Eduscho einen Kaffee, ich schreibe Claudia eine Karte nach Slidell, ich klappere alle Musikläden ab, um meinen Kindern die CDs mitzubringen, die sie sich gewünscht haben. Er kauft nichts, schaut nur zu, ich mache Fotos von Frankfurt und vergleiche die Stadt mit New Orleans. Es ist eine komplett andere Stadt, sie ist ziemlich sauber, man versteckt die Armut, die Junkies sind vor die Stadt platziert worden, unter den Brücken am Main stehen nur noch einige wenige Bretterbuden, in denen die Obdachlosen wohnen, einige Matratzen und Margarinekartons liegen herum, aber die Leute sind nicht da. Ein ausländischer, slawisch sprechender Mann spricht Herrn Braunheim an, bittet ihn um Geld für Essen, Braunheim schüttelt nur den Kopf und geht weiter. An der alten Oper sitzen Menschen auf dem Brunnenrand, sie sehen traurig aus, obwohl sie alle gestylt sind und sehr businesslike aussehen, sie haben einen Job, sie tun unheimlich cool, alles ist sehr cool in Frankfurt, obwohl man doch in Deutschland ist, wirken die Menschen fremd auf mich. Der große CD-Laden an der Ecke an der Zeil hat geschlossen, es sind alle Fenster mit braunen Packpapier von innen verklebt. Ich frage nebenan in einem US-Shop nach, die sagen, er sei jetzt nur noch in London, Tokio und New York geöffnet. Am besten, ich buche gleich nach New York.

Ich bekomme alle CDs bei WOM und bei Hertie. Auch gut, den Kindern ist es gleich, wo ich einkaufe, Hauptsache, sie bekommen alle ihre Wunsch-CDs.

Wir sind uns begegnet unter Milliarden Menschen auf dieser Erde, es ist unvorstellbar schön, dass ich Sie getroffen habe, denn Sie haben mir von Louisiana erzählt. Wie konnte das passieren, was hat mir gesagt, dass ich jetzt und nicht später nach Amerika fliegen muss? Ich bin irgendwie zu neuem Leben erwacht durch diese Begegnung, aber ich kann es Ihnen nicht erklären, es ist eine andere Art von Wärme, die mich gepackt hat, es hat überhaupt nichts mit Sex oder irgendwelchen Besitzansprüchen zu tun, ich will nichts besitzen, ich möchte Sie nur gern haben dürfen, ohne dass Sie etwas für mich tun müssen, ich kann mich überhaupt nicht mehr an die Zeit erinnern, als ich Sie noch nicht kannte. Es gibt für mich gar keinen Ausdruck für die Gefühle, die ich habe, ich kann das nicht beschreiben und ich habe ganz fürchterliche Angst, Sie zu erschrecken oder einzuschüchtern. Ich könnte mich selbst dafür in den Hintern treten, dass ich Ihnen die Texte über »The Dreams« und »Self Esteem« gegeben habe, ich weiß nicht, ob es gut ist, dass Sie wissen, dass ich Sie so genau kenne. Mir haben diese paar Schriften sehr geholfen, mich selbst zu verstehen, weil ich vom Instinkt her oft genau so handle, wie es dort geraten wird. Um in dieser eisigen Welt zu überleben, ist es so wichtig, dass man sich selbst ernst nimmt und nicht aufgibt, egal, wie hart einem das Leben mitspielt. Ich konnte mir immer nur selbst helfen, wenn ich mich selbst ernst genommen habe und meinen Gefühlen und Neigungen nachgegangen bin. Mir fällt es mir im Moment sehr schwer, Ihnen das zu sagen, aber ich muss es, ich weiß nur noch nicht, wann ich Ihnen das alles zu lesen geben soll. Ich fürchte, Sie werden nicht verkraften, was eine ältere Frau Ihnen zu sagen hat. Es gibt so viel verrückte Dinge im Leben, eines davon ist, dass ich Sie nie wieder verlieren möchte, aber es wird Sie beengen und Sie müssen frei für Ihre Liebe zu Brenda sein, die bestimmt das Wichtigste in Ihrem Leben sein wird, egal, ob Sie Brenda wiedersehen oder ob Sie wirklich eine Gärtnerin heiraten werden. Sie werden selbst in den Augen Ihrer Kinder irgendwann Brendas Augen sehen, das ist so. Ich habe in Ihren Augen die Augen meines allerersten Freundes gesehen, Sie denken, ich möchte ein Kinderbild von Ihnen für irgendwelchen Voodoozauber, Unsinn, ich möchte Ihre Kinderaugen sehen. Bitte entschuldigen Sie diesen Wunsch, Sie brauchen mir kein Bild zu geben, ich habe kein Recht, diese Bitte zu äußern, ich wollte es auch nicht sagen, ich hatte nur die Vorstellung, dass man in den Augen der Menschen etwas von ihrem Wichtigsten sieht, von der Seele. Manchmal sage ich etwas und im nächsten Moment würde ich es am liebsten wieder ungesagt machen.

Ich habe die Zeit verpasst, gleich kommen meine Kinder und ich habe den Vormittag vergrübelt und vertrödelt.

30. Oktober 1995

In meiner Schublade stapeln sich die Briefe aus Ghana. Ich antworte nicht, weil ich Angst habe, zu antworten. Ich bin mir nicht sicher, wie meine Antwort ausfallen könnte, wenn ich so ins Grübeln gerate.

Meine Töchter müssen mich immer an allen Reisebüros vorbeilocken und -ziehen. Ich habe das Gefühl, ich muss wieder los.

Für das nächste Jahr habe ich mich für den Studiengang Produktmanagement, Betriebsinformatik und Controlling angemeldet, es ist ein Vollzeitstudium mit anschließender Prüfung und Betriebspraktikum – wie viel soll ich eigentlich noch lernen? Na ja, so rostet das Hirn jedenfalls nicht ganz, nur weiß man scheinbar in den Förderungsgremien nicht, dass schlaue Frauen überhaupt gar nicht gefragt sind, nicht mehr in der deutschen Wirtschaft. Man braucht Frauen eigentlich nur so als Zuarbeiterinnen für die blöden Manager. Dumme Frauen finden immer einen Job, vor zu cleveren Frauen hat die leitende Männerschicht leider Angst. Also warte ich ab, speichere weiter Wissen über Wissen und denke mir meinen Teil.

Letzte Woche, die Spätvorstellung ist fast ausverkauft. Mittlerweile kann ich die Projektoren abstellen, wenn der Film zu Ende ist, wie man einen neuen Film einlegt, lerne ich demnächst.

Das Publikum in der letzten Vorstellung ist nicht immer das Angenehmste, oft bestellen die »netten« Leute jede Menge Bier und machen sich einen Joke daraus, alle drei Minuten zu schellen.

Was solls, ich denke besser nur an das Geld, das ich verdiene, und ignoriere die plumpen Zweideutigkeiten einfach. Leider darf ich keine Gegenbemerkungen machen, das ist geschäftsschädigend, na ja, so manche Männer sind dann doch baff, wenn mir ab und zu eine treffende Antwort einfällt. So gesehen ist es eigentlich ein Scheißjob, aber im Normalfall geht es ziemlich glatt.

Geld ist wichtig zum Leben, leider, und ich muss es nun mal heranschaffen. Später werden meine Kinder mir mal dankbar sein, dass ich Ihnen gezeigt habe, wie man trotz schlechter Wirtschaftslage und allgemeinem Pessimismus immer die gute Laune behalten und alles im Griff haben kann. Hoffentlich geht ihnen das Licht auf.

Am Samstag haben Sonja und Bianca zum ersten Mal einen Liveauftritt ihrer Brüder hinter sich gebracht. Ihre Band »Hyena« spielte in den Klosterstuben in Lügde. Meine wilden Söhne haben die absolute Schau gebracht. Ungefähr 600 bis 700 junge Menschen hatten den Saal bevölkert, es war ein extremer Rauch in der Luft, die Jungens waren teilweise vollgekifft, es gingen diese komischen Pillen herum, Bianca tat ganz cool, na ja, das kenne ich doch, Ecstasy oder Ähnliches, sagte sie, sie hat in der Schule die absolute Drogenaufklärung genossen. Didi ist angeblich beim Singen über die Theke gesprungen, der Sound war schlecht abgemischt, trotzdem waren die Veranstalter und deswegen auch die Jungens selber sehr zufrieden. Ich weiß nicht, von wem meine Jungen diese Verrücktheit haben, sie sind absolut verrückt. Uli hatte bis fünf Uhr Prüfung, hat seine Gesellenprüfung mit 1 bestanden und stand dann zwei Stunden später auf der Bühne, er hat sich den ganzen Schulstress abgespielt und -gesungen.

Didi lief zu Hause herum und suchte nach Baldrian, um sich zu beruhigen. Obwohl er immer alles im Griff hat, hat er vor jedem Auftritt das absolute Lampenfieber. Er bringt dann aber während der Stücke immer den ganz großen Überraschungseffekt, wie eben am Samstag den Sprung auf die Theke.

Von wem haben meine Jungens diese Aktivität? Das Musikalische haben sie sicher von meinem Mann, die total wilde Art halb von mir, halb von meinem Mann.

Der Tag nach dem Auftritt: Alle sitzen bei uns im Wohnzimmer und bequatschen den Auftritt, trinken kannenweise Kaffee, eine Musikerfamilie wie im Bilderbuch. Ich wollte ein Gruppenbild von meinen Kindern machen, die Antwort war einstimmig: bloß nicht!! Das hat man nun von seinen Kindern: Wenn große Gefühle sie überrumpelt haben – wie das Erstaunen, dass der Auftritt so gut war – verschwinden sie danach wieder wochenlang in der Versenkung. Ich schätze mal, das nächste große Treffen wird das gemeinsame Weihnachtsessen sein, das wie immer ich zu kochen habe. Mutter ist die Beste, nach diesem Motto leben und handeln meine Kinder und wissen gar nicht, wie hilflos und gar nicht muttermäßig ich oft bin. Aber ich liebe meine Kinder, sie sind so spontan und toll und rücksichtslos, wie richtige Kinder zu ihren Eltern zu sein haben. Sie sind prima, ich überlege manchmal, welches meiner Kinder mir am ähnlichsten ist, ich weiß es nicht, alle haben sie meine braunen Augen, allerdings in unterschiedlichen Schattierungen. Uli hat meine Haarfarbe, Bianca meine Gedankenwelt, Didi hat etwas von meinem Hang zum Abenteuerlichen, Sonja hat meine Spontanität. Die Lebensfreude haben sie alle. Es ist herrlich, so viele Kinder zu haben. Was im Leben für dich selber weiterlebt und deine innersten Gefühle weiterleben lässt, sind deine Kinder. Die Gegenwart bist du, die Zukunft sind die Kinder, die Vergangenheit sind deine Eltern. Es gibt keine Zukunft ohne Kinder, du kannst malen, du kannst schreiben, du kannst ein Haus bauen und etwas erfinden, aber weiterleben kannst du nur in deinen Kindern. Sie, mein lieber Freund, müssen auf jeden Fall weiterleben, Sie sind so einzigartig und so prima, dass Sie weiterleben müssen. Ich wollte, ich werde einmal Ihren Eltern erzählen, was für einen tollen Sohn sie haben, weil Eltern ihre Kinder meistens unterschätzen. Stolz ist nicht alles, Vertrauen, absolutes Vertrauen ist das Wichtigste. Da Sie so weich und verletzlich sind, sich aber – meinen Sie – eine so harte Schale zugelegt haben, möchte ich manchmal wissen, wie Sie so werden konnten, aber es geht mich nichts an.

Ich habe Kopfschmerzen und muss dringend mal ausschlafen.

2. November

Zwei meilenweite Wege, rechtwinklig zueinander verlaufend, irgendwo in der wüsten Einöde eine Kreuzung. Eine imaginäre Ampel schaltet, von wahnwitzigen Mächten gesteuert, den Verkehr. Aus jeder Richtung kommen irgendwann zwei Fahrzeuge, eines ist schon ziemlich lange unterwegs, das andere erst seit kurzem.

Um die Eintönigkeit der sinnlosen Verkehrsregelung zu unterbrechen, lässt eine wahnwitzige Übermacht einen winzigen Schaltfehler zu, und beide Ampeln stehen für einen kurzen Moment auf Grün, gerade lange genug, um den Zusammenprall der Fahrzeuge zu verursachen.

Warum fährst du mir in die Karre, ich hatte Grün!

Ich hatte Grün, ich kann doch wohl die Farben erkennen! Du hast mich gesehen, warum hast du nicht gebremst?

Warum sollte ich, ich dachte, du bremst?

Beide Fahrzeuge sind leicht lädiert, jedoch nicht fahruntüchtig.

Die Debatte um Schuld und Ursache bringt nichts, jeder muss seine Fahrt fortsetzen.

Willst du bei mir mitfahren?

Ich kann dich auch mitnehmen!

Ich muss aber in diese Richtung.

Kann ich nicht, habe noch was anderes vor, muss los.

Aber pass nächstes Mal besser auf!

Gleichfalls, gute Fahrt weiterhin.

Die Ampel schaltet normal, als wäre nichts passiert, die Autos fahren weiter, quietschend das eine, etwas scheppernd das andere, das schon etwas länger fahrende ist noch langsamer geworden.

Sie werden sich nie wieder begegnen.

Was wäre gewesen, wenn die Ampel nicht diesen spukhaften Schaltfehler gehabt hätte?

Es hätte den Zwischenfall nie gegeben. Die Fahrzeuge wären aneinander vorbeigefahren und die Fahrer hätten nicht miteinander gesprochen.

Wäre das besser gewesen?

Das Beste wäre gewesen, wenn der Fahrer des etwas fahrtüchtigeren Autos den anderen Fahrer mitgenommen hätte. Es spielt keine Rolle, irgendwann werden sowieso alle Fahrzeuge verschrottet, eins früher, eins später.

Es dürfen eigentlich keine Schaltfehler passieren, aber sie passieren nun mal, durch jeden Schaltfehler lernst du dazu, vielleicht nimmt wirklich irgendwann einmal jemand dich mit – vorausgesetzt, du lässt dich mitnehmen. Spätestens dann, wenn dein Fahrzeug durch einen Zusammenprall so beschädigt wird, dass es fahruntüchtig ist, wirst du dich mitnehmen lassen. Ich hätte keinerlei Skrupel gehabt, jemanden mitzunehmen und sei es auch nur für eine kurze Wegstrecke.

Manchmal überlege ich, wie viele Menschen mich vermissen würden, wenn ich nie wieder mit meiner Schrottkiste auftauchen würde.

Du kannst sicher sein, dass dich mindestens ich vermissen werde, falls deine Schrottkiste am Horizont verschwindet und kleiner und kleiner wird und du nicht zurückkommst.

5. November

Morgens, 1.45 Uhr. Es ist fast Vollmond, es ist kalt, ungefähr drei Grad unter Null. Ich habe heute mit Sonja und Bianca die letzten Geranien in den Keller gesetzt, die in der Oktobersonne auf der Terrasse noch einmal so richtig schön geblüht haben. Die Yuccapalmen, die so leichten Frost vertragen können, werden wir sicher morgen in den Keller bringen müssen, der Sommer ist endgültig vorbei.

Als ich gestern nachts aus dem Kino kam, begann es bei null Grad leicht zu schneien, die acht Kilometer zwischen Lemgo und Donop waren sofort fast weiß und wurden glatt.

Der erste Schnee hat immer so etwas Besonderes, das rührt aus den Kinderzeiten her. Man freute sich schon auf Weihnachten, aufs Schlittenfahren, auf die gemütliche Vorlesezeit zu Hause. Märchen und geheimnisvolle Wintergeschichten hat uns unsere Mutter und ganz früher die Oma vorgelesen. Ich wüsste gern, ob Ihnen Ihre Mutter oder Oma auch Märchen erzählt oder vorgelesen hat. Ich habe manchmal, wenn ich mich richtig konzentriere, noch den Geruch von Bratäpfeln aus dem Küchenherd in der Nase. Das war ein Kohleherd mit Kohlewagen darunter, neben der Feuerstelle stand ein Backofen mit Klappe, die Herdplatten hatten Ringe, die einzeln je nach Topf- oder Kesselgröße abgenommen werden konnten. Es gab keine Heizung, es gab kein Fernsehen, es gab eigentlich nur die gemütliche Wohnküche und die Wintermärchen. Je dämmriger die Stube wurde, umso heimeliger wurde einem, man rückte zusammen, es wurden Kerzen angezündet und wenn das Märchen zu Ende war, kamen die Bratäpfel auf den Tisch, die vorher schon den süßen Zimtgeruch in der Küche verbreitet hatten. Was für ein Unterschied zu den heutigen Herbstabenden! Ich versuche oft, die Atmosphäre so hinzubekommen, mal mit mehr, mal mit weniger Erfolg. Die Reaktion der Kinder ist meistens so: Nein, jetzt wird Mama schon wieder romantisch, können wir nicht lieber im Fernsehen das und das und das sehen? Na ja, den Versuch ist es immer wert und manchmal tun die Mädchen mir den Gefallen und lassen mich von früher erzählen. Ich wüsste gerne, ob Sie Ihre gemütliche bunte Winterjacke noch haben. Ich finde, die sah immer so gemütlich aus. Ganz früher hatte ich mal eine ähnliche, die dann aber, als ich anfing zu studieren, meine Mutter in die Klamottensammlung gegeben hat. Tun Sie das bitte nicht mit Ihrer!

Heute Nacht, Samstag, ist im Metro wirklich was los. Die erste Vorstellung läuft noch und schon steht eine Schlange vor der Tür. Ich muss innerhalb kurzer Zeit den ganzen Abfall von Chips, Eis und Gummibären rausräumen, die leeren Bierflaschen und Gläser beseitigen, und schon läuft der Vorspann der nächsten Vorstellung, nachdem ich die Startknöpfe gedrückt habe. Eine Gruppe Männer läutet sofort nach Filmbeginn: mehrere Altschuss, ein paar Herforder, noch paar Zigaretten und zwei Whisky-Cola. Na, Kleine, kannst du dir das auch merken?, fragt so ein Schlauberger, jawohl, mein Herr, ich bin es gewohnt, mir ganz andere Dinge zu merken und nicht nur so eine lumpige Aufzählung von nichts sagenden Genussmitteln. Sehr überheblich, diese Jungs, aber wie gesagt, an den Wochenenden kann ich im Kino super verdienen.

Als ich endlich ziemlich verräuchert und kaputt zu Hause ankomme, erzählt Bianca mir, dass Papa meine kleine Voodoopuppe weggenommen habe. Ich weiß nicht, was ich dazu sagen soll, ich bin sprachlos. Bianca meint, er habe sie vernichtet, er meinte, sie sei jugendgefährdend, selbst meine Bücher aus New Orleans soll ich einschließen, soll sie mir ausrichten, sonst nehme er sie mir weg. Die Kinder sollen Anne Rice nicht mehr lesen und alle Bücher von Claudia soll ich wegpacken. Was soll das nun wieder bedeuten? Ich bin heute zu müde, um mich aufzuregen, nur dass die kleine Puppe fort ist, kann ich nicht begreifen: Sie war eine Erinnerung.

Es ist eigentlich eine Ungeheuerlichkeit, dass die kleine Puppe fort ist, gestern hatte ich sie noch über meinem Sekretär hängen und ich kann es nicht glauben, dass ein Mensch mir sie wegnehmen kann, ich kann es mir nicht vorstellen, weil ich nie jemandem eine Reiseerinnerung wegnehmen würde, ich glaube, ich träume. Aber es ist wahr und Bianca rät mir, die Bücher zu Uli zu bringen, sie meint, Papa sei es ernst. Das wäre doch das Allerschärfste, ich soll meine privaten Bücher bei meinem Sohn unterstellen und von dort holen, wenn ich etwas lesen will! Ich begreife es nicht und werde es auch nicht tun. Meine Töchter lernen das Leben kennen, es gibt überhaupt keine besseren Erfahrungen zu machen. Ich erkläre meinen Mädchen ruhig, dass ich mit Papa nach seinen nächsten Musikerreisen sprechen werde, ich versuche ruhig zu klingen, bin aber total aufgebracht, was meine Kinder auch merken, sie sind ja auch nicht mehr so klein. Außerdem ist der Zeitpunkt dafür jetzt ganz falsch, denn gerade war bei Bianca und auch bei Sonja das Interesse an dem ganzen

Themenkreis geweckt worden, sie fragen, ich spreche mit ihnen über den besonderen Reiz von New Orleans und Louisiana generell, und gerade dann nimmt mein Mann mir meine Erinnerung weg. Er hat Angst, es ist ihm alles zu mystisch, seine Kumpels haben ihn aufgestachelt, die sind eh zu simpel, um mir immer folgen zu können. Es wird sich nicht vermeiden lassen, dass wir uns unterhalten. Die Kinder suchen die Puppe im Mülleimer, sie wissen genau, was ich für eine Superlaune hatte und wie mir die Reise gefallen hat, irgendwie haben sie sehr daran teilgenommen und auch davon profitiert, aber es ist völlig idiotisch, mit der Vernichtung der kleinen Puppe etwas bewirken zu wollen, das Gegenteil von dem, was bezweckt werden soll, wird eintreten. Das Suchen ist umsonst, hat er den Kindern gesagt, ich glaube, ich bin im falschen Film, ich verstehe nichts mehr.

Claudia besorgt dir eine Neue, meint Sonja, ich liebe mein Kind für diesen Trost, ja sicher, sie wird mir eine neue besorgen, ohne Frage. Aber eigentlich muss ich sie selber kaufen, das ist das ja auch das Wichtige an der Puppe für mich gewesen und so ist in mir der Gedanke, den ich schon kurz nach der Rückkehr hatte, wieder total da: Ich bin nicht das letzte Mal in New Orleans gewesen, ich muss da wieder hin und das werde ich auch realisieren. Jetzt erst recht!

Ich weiß nicht mehr, ob ich wissen will, was in meinem Mann vorgeht, ich weiß nicht mehr, ob ich mich noch aufregen soll, ich will nichts mehr wissen über Beweggründe und Ursachen, ich denke an Louisiana und bin frei, es ist herrlich. Eigentlich ist es gut, dass das passiert ist, es befähigt mich, mir immer mehr darüber klar zu werden, was ich will. Ich werde immer freier und stärker, es ist einfach genial, nur werde ich wirklich meine Bücher in Sicherheit bringen müssen. Ich werde auch das schaffen, Bianca liebt meine Bücher auch, da sie schon ein paar kennt und ich freue mich insgeheim, wenn sie in dem kleinen Buchladen zwangsläufig zu den Büchern greift, die sie bei mir sieht, wie kann man nur etwas gegen Bücher haben, die man nicht kennt, wie ist das alles überhaupt denkbar? Ich nehme alles so, wie es kommt, mich schmeißt wirklich nicht viel um, aber im Moment kommt es etwas heftig. Meine Gedanken sind im Sommer, ich werde morgen anfangen, meine Briefpost zu erledigen. Meine Gedanken in ganz andere Bahnen zu lenken hilft mir dabei, um nicht auszuflippen und um mir und den Kindern wiederum zu zeigen, dass ich durch meine eigene Kraft alles hinkriegen kann, ich kann es, weil ich es will. Es ist verrückt, aber ich überwinde meine Wut, indem ich mich selbst wegbeame, ich bin fort und werde durch nichts aus der Fassung geraten. Eventuell brauche ich aber nur noch einen ganz kleinen Auslöser, um schon morgen ins Reisebüro zu gehen, ich bete darum, noch etwas Zeit zu haben.

Samstag, 11. November

1.45 Uhr, unwahrscheinlich gut verdient heute, auch die Spätvorstellung war ausverkauft, Sylvester Stallone ist gut für Spätvorstellungen. Ich hatte keine sauberen Altschuss-Gläser mehr, alle waren im Umlauf, wir mussten ins Lager und neue Kästen holen, ich musste natürlich nachher alle wieder spülen.

Die Strecke von Brake bis Donop ist wie immer um diese Zeit unbefahren, was mir das Fahren ohne Licht ermöglicht. Der Mond ist abnehmend, hinter den leichten Wolken kommt er manchmal hervor, wirft silbrig-fades Licht über die Felder, die Randstreifen der Straße erscheinen hell, obwohl ich keine Scheinwerfer anmache. Normalerweise könnte ich mir nächste Woche die Reise nach Afrika erlauben, genug nebenbei verdientes Geld habe ich jetzt reichlich. Dummer- oder glücklicherweise habe ich aber eine Stelle angeboten bekommen. Wenn ich richtig überlege, kann das nicht mit rechten Dingen zugehen, denn es gab keinerlei Diskussionen über mein Wunschgehalt. Wo andere Firmen immer von Gage sprachen, war bei diesem Unternehmen nur die Frage wichtig, wann ich anfangen könne. Je schneller desto besser, sagte ich, ich möchte alle Abteilungen im Betrieb kennen lernen, dann an entscheidende Positionen gesetzt werden, dann bestehende Arbeitsformen aufmischen und durch Neues ersetzen. Dazu habe ich Lust, offensichtlich hat meine schnoddrige Art mit Respektspersonen, sprich Chefs umzugehen, die Herren beeindruckt. In Wahrheit hatte ich gar nicht damit gerechnet, eingestellt zu werden, nachdem ich meine Gehaltsforderung angebracht hatte, aber eventuell hat gerade das die Männer verdattert. Auf jeden Fall rief der Chef persönlich noch am vergangenen Samstag an und bat, gleich am Montag, mitten im Monat, zu kommen. Über einige Lieferanten habe ich mich erkundigt, wie die Firma so zahlt und ob sie gesund ist, damit ich nicht in die nächste Pleite hineinrase. Anscheinend ist alles in bester Ordnung. Man freut sich schon auf mich, man meint, es wird jetzt aufwärts gehen – womit? Ich soll den Leuten meine Konsequenz anerziehen – ob das wohl klappt?

Als Erstes wird das Lager bereinigt, dann wird bei Null angefangen und richtig mit den Lieferanten verhandelt, nun denn, lassen wir die Dinge mal auf uns zu kommen, hoffentlich schlitzt mir nicht einer die Reifen auf! Leider, wirklich leider, müssen meine Reisepläne jetzt warten!

20. November

Schon eine Woche gearbeitet, keine Zeit mehr zu irgendetwas, nichts bleibt zum Überlegen und Lesen und Relaxen, kilometerlange Autoschlangen auf der A2 wegen einer Baustelle, dieser Abschnitt soll aber Ende Dezember fertig sein, dann fangen sie einen neuen an. An Montagen brauche ich für diese sechzig Kilometer fast zwei Stunden, ich muss noch einen Schleichweg herausfinden. Mittwochs und donnerstags fahre ich nach der Arbeit sofort ins Kino, so geht das dann rund um die Uhr, der Kinojob ist der Ausruhjob, der Ingenieurjob ist der Renommierjob, so hat das Leben endlich wieder Sinn, die Kinder können lachen, offensichtlich wird es ja jetzt doch Weihnachtsgeschenke geben und Mama regt sie tagsüber nicht mehr auf mit nervigen Anweisungen und Fragen. Papa kann in aller Ruhe wieder zu Hause Musik machen, die Welt ist für alle wieder in Ordnung. Das Konto ist wie immer ausgeglichen, es gibt keinerlei Bedenken, wenn man mal was außer der Reihe braucht, Mama hat ihre Arbeit und die Familie hat ihre Ruhe.

Mein Sohn hat mir eine neue Demo geschenkt. »Hyena« hat im Studio zwei neue Balladen aufgenommen, die Texte stammen von Dietmar und Ulrich. »Devil's Daughter« und »Don't leave me alone« heißen die Songs. Ich sage den beiden, dass die Musik gut sei, ich die Texte aber zu anspruchsvoll für das normale Heavymetal-Publikum fände. Ich bin erstaunt, dass meine Söhne solche poetischen Verse schreiben können.

5.30 Uhr, der Wecker schellt, ich brauche überhaupt keinen mehr, werde immer schon stundenlang vorher wach. Die Hunde müssen raus, der Mülleimer muss raus, die Woche fängt an.

Zweieinhalb Stunden Fahrt in Eis und Stau, bis alle Streuwagen durch sind, das dauert und dauert, ich fahre in Bielefeld ab, am Bielefelder Berg ist kein Weiterkommen, ich fahre die Straße bis Gütersloh, aber auch hier reichlich Stau. Ich habe viel Zeit, um im Auto zu lesen. Ulrich baut mir ein abschließbares Bücherregal. Ich bin wieder zu der Institution »Geld verdienende Mutter« geworden, ich weiß noch nicht, was ich besser finden soll: den ganzen Tag über weg zu sein, keine Zeit für mich zu haben und ausschließlich Firmeninteressen zu vertreten oder meine eigenen Interessen zu verfolgen. Sowieso haben alle irgendwie damit gerechnet, dass es so wie immer sein wird, nur ich selbst nicht, ich hatte ganz anderes im Kopf. Es ist für die Familie selbstverständlich, dass alles so läuft wie jahrelang zuvor auch, nur frage ich mich, ob ich das für immer so weitermachen soll. Ich fehle keinem, mich braucht niemand, solange nur genug unterschriebene Blankoschecks in der Schublade liegen. Ich glaube, wenn ich mal tot bin, werden es meine Leute daran merken, dass das Telefon abgeklemmt ist, weil niemand die Rechnung bezahlt hat und der Vorrat in Kühlschrank und Vorratskeller aufgebraucht ist. Noch nie ist mir das so richtig bewusst geworden, aber mich braucht wirklich niemand. Das hört sich schrecklich an, aber eigentlich habe ich mich auch nie dagegen gewehrt, es war eben immer so und was immer so war, bleibt auch so. Alle erzählen mir, was sie sich zu Weihnachten wünschen, Mama merkt sich das schon und sie schenkt meistens mehr, als man erwartet, aber niemand fragt, was ich mir wünsche. Vor Weihnachten habe ich richtig Angst, alle laden sich bei mir ein, zum Essen, zum Erzählen, zum – es ist ja auch schließlich so bequem, man kann sich bei Mama ausruhen, es gibt gutes Essen, Geschenke, Gemütlichkeit, Weihnachtsbaum, es ist alles für alle okay, ich sorge für alles und jeden und mache mir selber so viel Arbeit, dass ich nicht zum Überlegen komme. Wenn ich Weihnachten zu viel nachdenke, werde ich leicht sentimental und durch die viele Fürsorge für alle anderen versuche ich mich vor allen Gefühlen zu schützen.

26. November

23.55 Uhr. Kino war heute gut, Joschi (Kater) kam und hat während der gesamten Vorstellung auf meinem Schoß gesessen, ich saß auf einem umgestülpten Eimer, hoffentlich ist die Renovierung bald gegessen. Morgen geht der Stress weiter, wir haben an den PC gekoppelte Faxgeräte bekommen, damit die Lauferei zum Faxgerät aufhört, effektives Arbeiten ist gefragt.

Ich bin gespannt, wann Claudia das nächste Mal schreibt. Sie besucht im Moment über Thanksgiving ihre Schwiegereltern in Kalifornien, da hätte ich eigentlich mitsollen, nun ja, Truthahnessen kann ich mir gut vorstellen, vielleicht nächstes Mal.

Ich träume, dass ich unsichtbar bin. Ich sitze auf dem Rasen hinter Ihrer Terrasse im Garten. Auf einer Schaukel sitzt ein kleiner Junge und schaukelt. Sie stehen dahinter und geben ihm Schwung. Fester!, ruft der Junge, mach doller, Papa, Sie lachen und geben ihm mehr Schwung, sind aber darauf bedacht, nicht zu leichtsinnig zu sein. Der Kleine freut sich und juchzt jedes Mal laut, wenn die Schaukel die Richtung ändert, Sie sagen: Halt dich gut fest, und dann sehen Sie zur Terrassentür, da steht eine Frau und ruft sie beide zum Essen. Ich kann sie nicht erkennen, ich habe sie noch nie gesehen, ich möchte wissen, wie sie aussieht, aber es geht nicht. Sie sagen zu dem Jungen: So, jetzt müssen wir aufhören, Mama wartet mit dem Mittagessen! Der Kleine bettelt: Nein, noch nicht, Sie halten die Schaukel an, da springt er schnell ab und rennt so schnell ihn seine kleinen Beinchen tragen können fort, hinten im Garten sind hohe Bäume, und er versteckt sich. Sie tun, als ob Sie ihn nicht sehen und suchen und rufen ihn, ich kann den Namen nicht ganz verstehen. Irgendwann finden Sie ihn, schnappen ihn, heben ihn hoch, setzen ihn auf Ihre Schulter und laufen mit ihm über den Rasen ins Haus. Die Tür geht zu. Ich sitze noch eine Weile da, in Gedanken, ich freue mich, dass es Ihnen gut geht, der kleine Junge ist derselbe, der neulich mit Ihnen Fußball gespielt hat. Dann muss ich gehen, Kinder werden so schnell groß, ich muss heulen, weil es so ist, wie es ist. Der Traum ist aus.

Ich möchte wissen, warum Sie nie eine Uhr tragen, ich habe eine ganze Menge Fotos von Ihnen angesehen und kann mich auch nicht erinnern, dass ich Sie irgendwann einmal mit einer Uhr gesehen habe, warum?

Ich darf nicht so viel über Sie nachdenken, aber ich kann meinen Gedanken im Moment nichts befehlen, sie machen sich selbstständig.

4. Dezember 1995

Stress, Weihnachtsstress, Kerzen und Kekse in den Büros, die wie witzige Gags von der Arbeit ablenken sollen, keiner hat zu irgendetwas Zeit, selbst Frühstück findet kaum statt, mal im Stehen einen Schluck Kaffee in der Kantine, ein Butterbrot beim Arbeiten am Computer, es wird ein neues System installiert, nichts funktioniert, die Daten sind weg, müssen alle neu erfasst werden, der Tag verschwindet in nullkommanichts, man verpasst den Feierabend, die Kinder rufen an, es fehlen noch ein paar Schulhefte, aber leider sind die Geschäfte schon zu. Es war also doch kein Scherz, als man mir sagte, ich könne hier rund um die Uhr arbeiten. Von der Arbeit fahre ich ins Kino, dort ist der Job etwas weniger nervig. Privatleben gleich null, keine oder kaum Zeit zum Lesen. Claudia schreibt aus den Staaten, sie geht jetzt manchmal, oh Wunder, auch ins Kino, hat also doch etwas gebracht, mein Besuch. Sie rechnet mit mir spätestens im nächsten Sommer – dabei wollte ich eigentlich erstmal eine Reise nach Afrika machen, ich habe dreißig Tage Tarifurlaub – werde ich wohl Zeit haben, den zu nehmen?

Ich habe keine Zeit mehr zum Schreiben, ich kann an nichts mehr denken, Gott sei Dank.

5. Dezember

Heute der erste Schnee auf der Autobahn, endloser Stau, am Abend glatte Fahrbahn am Bielefelder Berg. In der Firma sind viele Leute krank, es herrscht ganz schön schlechte Arbeitsmoral vor Weihnachten, alle denken wie immer nur an die eigenen Dinge, die sie erledigen müssen. Ich sehe das sofort, obwohl ich noch ganz frisch dabei bin, ich möchte wissen, wieso so viele unproduktive Leute in dieser Firma beschäftigt sind, die nur Kosten verursachen! Im Einkauf sonst alles okay, neue Computeranlage wird installiert und dann sicher helfen, einige Leute einzusparen. Wareneingänge werden jetzt über meinen Tisch gemacht, Musterbestellungen auch, nichts wird mehr nur durch einfachen Zuruf disponiert, wie es früher so üblich war. Ich weiß nicht, ob die Leute sich dahin erziehen lassen, Lieferscheine zu prüfen und Rechnungen nachzurechnen, da ist wirklich noch unheimlich viel im Argen. Hier gibt es wirklich fast nur Leute, die einfach bloß auf den Feierabend warten. Sie übernehmen für nichts Verantwortung, irgendwie bin ich durch meine früheren Firmen ziemlich verwöhnt in der Hinsicht, dass Musterware richtig ausgezeichnet und kontrolliert wird, davon kann man hier nur träumen, obwohl die Maschinen spitzenmäßig dafür ausgerüstet wären, sie müssen nur genutzt werden! Die Männer in der Warenannahme und Bereitstellung haben eigentlich noch nie richtige Anweisungen erhalten, also ich warte mal ab, es wird schon alles klappen. Genau wie vor einem Jahr kommt hier jetzt die ganze Ware und alles muss noch im alten Jahr raus, sodass ich sicherlich wieder bis zum Mittag des Heiligen Abends und auch an den Feiertagen arbeiten werde. Aber Arbeit ist gut und lenkt von vielem ab.

In New Orleans ist nachts Frost, tagsüber steigen die Temperaturen so auf fünfzig und siebzig Grad Fahrenheit, schreibt Claudia. Es fallen kaum Blätter von den Bäumen, sie hat Sehnsucht danach, mal wieder durch hohe Laubberge zu laufen, wie es sie im Herbst in Deutschland gibt. Hätte ich den Job nicht angenommen, wäre ich eventuell noch mal runtergeflogen, so muss ich erst wieder Urlaubstage anarbeiten.

Claudia hat mir eine neue Voodoopuppe besorgt, ich wundere mich wirklich, dass sie sich neuerdings allein ins French Quarter wagt, das ist ein enormer Fortschritt für ihre Verhältnisse, das habe ich ihr auch geschrieben, worauf sie meint, sie hätte es für niemand anderen getan.

Manchmal wünsche ich mir, ich könnte ihr Haus kaufen, wenn sie da irgendwann wegzieht – was eigentlich schon feststeht, nur der Termin ist noch nicht fix. Ich brauche 120 000 Dollar, dann kaufe ich das Haus, okay, man kann ja wohl mal spinnen. Vielleicht suche ich mir jemanden, mit dem ich das zusammen mache. Aber wer will schon gern nach Louisiana!

Hätte ich die Kinder hier nicht, wäre ich schon weg. Das, was man am meisten liebt, ist das, was einen am meisten fesselt und nicht frei sein lässt. Wenn die Kinder endlich flügge und unabhängig sind, werde ich vermutlich schon zu alt sein, um mich noch mal zu verändern. Derzeit sieht jedenfalls alles so aus, als bliebe ich erst noch mal ein paar Jahre hier, um alles für die Familie im grünen Bereich zu halten.

Verantwortung kann ich eben doch nicht so leicht abgeben, ich bin die Sicherheit für die Familie und muss funktionieren, man duldet gnädig meine neuesten Urlaubspläne, sei es Afrika oder Amerika, wenn es auf ein paar Wochen im Jahr begrenzt bleibt.

Ich sehe mich manchmal in Gedanken mit dem dicken Kombi von Claudia in Slidell durch die Stadt kurven, einkaufen, tanken, im Schnellrestaurant (Selbstbedienung) essen, dann hinter dem Haus auf der Terrasse sitzen und lesen, die dicken Kakerlaken mit dem Wasserschlauch wegspritzen und dann, wenn es langsam dunkel wird, ins Haus gehen, lesen, fernsehen und niemanden um mich zu haben, der immer auf etwas wartet, was ich ihm aufdecken, herholen, nachtragen oder hinbringen soll. Die Erwartungshaltung der Mitmenschen dem gegenüber, was ich für andere mache, wird sich leider nie ändern, weil ich mich auch nicht ändern kann. Ich bin leider nicht so egoistisch und ich lasse mich eben ausnützen. Also, dieses Bier hier schmeckt vielleicht fade, einfach nicht bitter genug!

In diesem Jahr habe ich höchstwahrscheinlich dafür gesorgt, dass der durchschnittliche alkoholische Pro-Kopf-Verbrauch etwas in die Höhe geschnellt ist im Bundesgebiet, na ja, es geht gerade noch, manchmal muss man sich eben irgendwas wegtrinken, damit man am anderen Tag wieder Luft holen kann.

Claudia hat mir einen Auszug aus dem Internet geschickt, der Halloween genau erklärt – es kommt tatsächlich aus Irland. Ich glaube, ich werde an diesem Tag auch irgendwann einmal als Geist zurück auf die Erde kommen, um zu sehen, was so aus allen Leuten, die ich mal kannte, geworden ist. Ich sehe dann alles zeitversetzt, ich glaube, ich würde dann gerne wieder lebendig sein wollen, ich wäre kein Geist, vor dem man sich fürchten müsste, ich würde nur ein ganz klein wenig herumspuken, man müsste mich nicht mit ausgehöhlten Kürbismasken verjagen, ich würde mich niemandem zu erkennen geben, ich wäre einfach nur neugierig.

Es gibt in meinen Träumen manchmal eine Unterbrechung, was in dieser Unterbrechung ist, weiß ich am anderen Morgen meistens nicht mehr, so sehr ich mich auch zu erinnern versuche, es gelingt nicht. Manchmal möchte ich den Traum nach der Pause an der gleichen Stelle weiterträumen. Auch das geht nicht, unterbrochene Träume haben einfach keine Fortsetzung.

Draußen sechs Grad minus, Vollmond, auf unserer Straße liegt eine dünne Schneedecke, kein Streuwagen kommt hier den Berg hoch, es ist eigentlich weihnachtlich, aber ich habe keine Lust auf Weihnachten und möchte es eigentlich übergehen. Die vielen Kerzen in den Fenstern, leuchtende Sterne und Lichter an den Bäumen in den Vorgärten und jetzt der Schnee erinnern einen aber permanent daran.

Morgen ist Nikolaus, die Kinder wünschen sich schon nichts mehr in den Stiefel, aber sie wollen doch ein paar kleinere Geschenke, einen Wecker oder etwas Wäsche, einen Body vielleicht – inzwischen ist alles schon erledigt und der brave Nikolaus hat schon für alles gesorgt. Was bekommt eigentlich der Nikolaus?

Nichts, er darf sich freuen, andere beschenkt zu haben, so ist das hier. Er hat ja alles, er könnte sich ja eh alles selber kaufen, wenn er wollte, also lass ihn mal. Nikoläuse sind zu bedauern. Ich glaube, ich denke schon wieder zu viel Mist, mir geht es gut, ich weiß es nur nicht.

Mein lieber Freund da hinten in Quelle, ich weiß nicht mehr, wie Ihre Stimme sich anhört. Ich glaube, ich muss aufhören zu schreiben, ich muss heulen und kann durch so glasige Augen die Zeilen sowieso nicht mehr erkennen.

12. Dezember 1995

Geschäftsessen, Arbeitsessen, Vertreterbesuche. Wie immer vor Weihnachten kommen im Einkauf die Werbegeschenke an, Kalender, Wein, Sekt und Unmengen an Schreibtischunterlagen, selbst die Kinder zu Hause haben schon eine, alle Kollegen in der Etage sind ausgestattet, selbst der Hausmeister. Der Rest kommt in die Tombola für die Weihnachtsfeier am Nachmittag des 21. Dezember.

Hatte heute geschäftlich mit Familie Schubert zu tun. Herr Schubert, den ich schon über zwanzig Jahre kenne, schickte seinen Sohn, mit dem ich auch schon länger bekannt bin, wegen früheren Dingen bei Flick. Er erzählte mir begeistert von seinem Amerikaurlaub, ich wusste gar nicht, dass er auch bis nach New Orleans gekommen ist, wir kamen fast richtig ins Quatschen. Er hat ebenfalls Brenda besucht, er erzählte von seinem Hotel, in dem er mit seinen Kumpels ganz schön aufgefallen ist in den Motorradklamotten. Brenda erzählte den Jungens wohl auch von meinem Besuch im Juli. Also, ich finde es einfach toll: Wer Sie kennt und nach Louisiana kommt, besucht Brenda, ich finde es einfach prima und würde bei meinem nächsten Besuch sofort irgendwas für sie mitnehmen, wenn Sie es wollten.

Leider saß da schon wieder der nächste Vertreter und ich musste weiterarbeiten, sonst hätten wir noch länger erzählen können. Schubert erzählte mir noch, dass er im nächsten Jahr eventuell heiraten wolle, aber sich nicht ganz sicher sei, da so eine Hochzeit an die 25 Riesen koste, je nach Aufwand. Er wohnt jetzt mit Heike Roscha (hieß die so?) zusammen, die bei »Alba Moda« arbeitet, aber wohl nicht ganz glücklich in ihrem Job ist. Die Wohnung, die sie zusammen haben, sei auch schon teuer gewesen und Heiraten sei doch eigentlich heutzutage nur dann nötig, wenn man Kinder wolle. Er hat Recht. Außerdem lässt nach der Hochzeit bei den Frauen meistens die Arbeitslust nach und der Mechanismus »Mann versorgt Frau« setzt ein. Wohl dem, der das früh genug erkennt.

Die Welt ist klein, hoffentlich heiraten Sie mal eine Frau, die anders denkt und nicht nur auf Sicherheit aus ist. Wenn ich es mir so richtig überlege, habe ich es in meinem ganzen Leben nicht zugelassen, dass mir irgendjemand etwas schenkt, alles was ich erreicht habe, habe ich selbst verdient und eher andere versorgt, eigentlich immer, ehe ich mich habe versorgen lassen. Habe ich irgendetwas falsch gemacht? Ich könnte mir meine Hypothekenkosten nicht bezahlen lassen, nur weil ich jemandem die Wäsche wasche oder das Essen koche oder die Wohnung putze, ich fände diesen Deal schrecklich, ich brächte das nicht fertig. Früher mal hat mir meine Mutter gesagt, das ganze Leben sei ein einziger Kampf, selbst Ruhephasen seien erkämpft und ich habe das nie geglaubt, bis zu einem gewissen Alter glaubt man den Eltern nie, je länger ich lebe, umso mehr weiß ich, dass sie Recht hatte.

Kampf hin, Kampf her, das alles macht einen ziemlich hart und alles, was man sich erkämpfen musste, weiß man im Nachhinein unheimlich zu schätzen. Was einem leicht gemacht wird, nimmt man auch zu leicht, na ja, unseren Kindern mache ich somit alles zu leicht, aber die Zeiten sind auch für Kinder so hart, dass ich sie nie um irgendetwas lange bitten lassen will, vielleicht muss ich noch mal darüber nachdenken, ob das schon Verwöhnen ist oder nicht. Mann, ist das schon wieder spät, war ein guter Tag heute, weil ich an Amerika erinnert wurde, das ist immer gut.

Am Samstag werden Claudias Eltern aus Linderhof mich besuchen, sie kommen zu mir zum Kaffee, ich freue mich unheimlich, wir werden die Fotos aus Slidell noch einmal ansehen und mein Urlaub wird wieder voll in den Vordergrund rücken. Ich habe insgeheim schon die nächste USA-Reise geplant, weiß jedoch noch nicht, wie ich sie bezahlen soll. Ich muss mir eben ein paar Nebenjobs besorgen, vielleicht muss ich eine Putzstelle annehmen, das wäre egal, Hauptsache ich kann ein paar Scheinchen auf die Seite packen, um dieses herrliche Louisiana noch einmal zu sehen! Es wird so kommen: Eines Tages löse ich mein Konto auf, setze mich mit einem Minimalgepäck auf den Flughafen und warte den nächsten frei werdenden Flug nach New Orleans ab. Wer sollte mich daran hindern?

In der Zwischenzeit habe ich alle die Hexen- und Vampirgeschichten gelesen, die ich mir mitgebracht habe, ich werde zusätzlich Bücher gelesen haben, die ihren Anfang und ihr Ende in New Orleans nehmen, diese Stadt inspiriert so viele Menschen zu Romanen, sie lässt sie träumen, sie lässt Fantasien zu, die man sonst nirgendwo erlebt.

Wie könnte es sonst sein, dass selbst so ein nüchtern denkender Mensch wie ich – bin ich das? – sozusagen komplett umgekrempelt und neu geordnet im Kopf wiederkommt und Dinge auf einmal hier bei uns anders, abstoßend und kalt empfindet, die ich vor der Reise problemlos und ohne lange nachzudenken weggesteckt hätte? Was mich also am Leben gehalten hat die letzten Monate, das war der Gedanke und die Hoffnung, schnellstens, aber wirklich auf dem schnellsten Wege, wieder USA-Boden, möglichst in Louisiana, unter den Füßen zu spüren. Das herrliche, im Winde wehende Moos, das wie Engelshaar von den Bäumen weht, das aussieht wie hellgraugrüne Federenden, leicht und weich wie Feenhaar, habe ich über meinem Bett aufgehängt, und an diesem kleinen Stück Original-Moos freue ich mich täglich, auch wenn es Wehmut in mir erzeugt, eine Sehnsucht, die als ein ziehendes Gefühl im Hinterkopf ansetzt, dann die Wirbelsäule hinunterwandert, bis in die Magengrube, ein flaudumpfes Gefühl auslöst, das nicht aufhört, sich verstärkt und zum Schmerz wird. Ich werde wiederkommen, zum Lake Ponchartrain, nur wann?

Sonntag, 4. Advent

Regen, Regen, Regen, die Hunde haben keine Lust weiterzulaufen, also drehe ich um, es ist nicht kalt, aber sehr nass. Sie ziehen an der Leine nach Hause, sie wollen ins Haus. Ich brühe mir einen Kaffee auf, stelle alle Bonsais hinaus und lasse sie abregnen, es ist nicht zu kalt, die Heizungsluft lässt den Boden in den kleinen Schalen schnell trocken werden. Die Katze schleicht sich aus Sonjas Schlafzimmer und will etwas zu fressen, sie setzt sich vor ihren Teller in der Küche und mauzt. Ich schütte ihr von dem Trockenfutter etwas hinein, sie beginnt diese kleinen Stücke zu knacken, es hört sich an, als äße jemand Chips. Sie trinkt verdünnte Milch, springt dann auf die Fensterbank im Wohnzimmer und schaut in die Dunkelheit. Ich frage sie, ob sie mal raus möchte, sie dreht sich zu mir und wieder zurück und wackelt weiter mit ihrer Schwanzspitze, während sie für mich unsichtbare Dinge im Garten beobachtet. Ich denke über den Tag nach, Sonja muss heute in der Dorfkirche als Maria verkleidet und zusammen mit den anderen Konfirmanden etwas vortragen. Ich werde ein paar Fotos machen, die anderen Eltern sind immer ganz froh, wenn sie Abzüge erhalten. Bianca hat ihre Freundin zu Besuch und wie so oft sind sie mitten im Gespräch vor dem Fernseher eingeschlafen. Ich habe heute früh um sechs Uhr den Fernseher ausgemacht, sie alle zugedeckt, die Heizung heruntergedreht, das Fenster gekippt.

Heute Nachmittag werden Dietmar und seine Freundin höchstwahrscheinlich den neuen James Bond im Kino sehen wollen, aber weil der meistens ausverkauft ist, sieht es der Besitzer nicht so gerne, dass nicht zahlende Gäste kommen, also werde ich meinen Kindern ein paar Stühle hineinstellen, dann stimmen bei der Abrechnung die bezahlten Plätze.

Heute arbeite ich wieder mit Peter zusammen, er erzählt mir von Robert, seinem Lebenspartner, der ihm immer Butterbrote und warmes Essen einpackt, obwohl er viel lieber Essen vom Griechen gegenüber holen würde. Robert holt Peter abends immer ab und versucht mich auszufragen, ob Peter auch schön sein Essen gegessen habe und ob wir auch nichts getrunken haben, Peter soll nämlich nichts trinken. Robert ist jetzt in Rente und Peter gerade so 35, Peter tut mir Leid. Ich kann mit ihm stundenlang quatschen, zwischen den Vorstellungen ist dafür genug Zeit. Ich bin seine Verbündete gegen Robert, der penibel darauf achtet, dass Peter seine Brote isst. Peter ist lustig und lacht gerne, macht seine Witze über die Kinobesucher und errät genau, welche Filme die Gäste sehen wollen, wenn sie unentschlossen an der Kasse stehen. Wir schließen manchmal Wetten ab, wer verliert, spült die nächsten fünfzig Gläser. Mit Peter macht es Spaß zu arbeiten, er erinnert mich etwas an Thomas Rath, obwohl er dicker und nicht so ein Modegeck ist.

Ich habe ein langes Gespräch mit meinem Anwalt, der mich damals bei der Abfindungssache Flick gut beraten hat. Er nimmt sich lange Zeit für mich, wir trinken Kaffee und da er ja meine beruflichen Dinge von damals kennt, weiß er, was ich verdiene, er weiß Bescheid über alle finanziellen Dinge und hat mir vorsichtig die rechtliche Situation geschildert. Er fragte, ob mein Mann eigentlich so gut sei, dass eine Frau ein Leben lang für ihn bezahlt. Wahnsinn, meine Gegenfrage war, wieso machen das eigentlich Männer auch ihr Leben lang? Ja, da sind die Kinder, der Haushalt, die Verteilung ist bei Frauen doch gegeben, die Arbeit im Haus und Garten, Wäsche, täglicher Kleinkram, den ein Mann nicht sieht, wenn er im Beruf ist. So gesehen bin ich der Mann in der Familie und werde es auch bleiben, das ist deutsches Gesetz, ich zahle alles, würde bei Streitigkeiten alles zahlen, die Hälfte von allem, auch meiner Rente, gehört meinem Mann. Es hat keinen Zweck einen Schnitt zu machen, ich gebe nicht das auf, wofür ich jahrelang gearbeitet habe, ich verkaufe nicht das Haus, zahle nicht meinen Mann aus und lasse ihn dann das Geld mit einer netteren Frau ausgeben. Warum gewinnt eigentlich immer das Geld, wenn Liebe und Geld in Konflikt geraten? Herr

Sprengel fragte mich, wieso ich keinen Ehevertrag gemacht habe, wenn ich schon einen Musiker geheiratet hätte, von dem man hätte wissen müssen, wie locker er alles handhabt und sieht – tolle Frage, vor 35 Jahren hat die sich nicht gestellt. Ich muss natürlich Herrn Sprengel hoch anrechnen, dass er mich dahingehend beraten hat, keinen Rechtsstreit zu führen, er hätte ja auch an mir verdienen, einen »Fall« daraus machen können, bei dem nach Streitwert abgerechnet wird. Nach fast 32 Jahren Ehe weiß ich nun, dass ich den Männerpart übernommen habe, dass ich nie Angst davor haben werde, nicht »abgesichert« zu sein – im Gegenteil: Ich bin die Absicherung für meine Familie. Ich werde sicher meinen Mann wieder bei mir haben, wenn er krank wird, wenn er eventuell gepflegt werden muss, ich bin dazu vor dem Gesetz verpflichtet, in der Zwischenzeit ist es uninteressant, wo und wie er lebt, es gilt das Recht der Gewohnheit, gewöhnlich habe ich für alles gesorgt und sorge auch weiter.

Ulrich, mein ältester Sohn, kam ganz schön ins Grübeln, als wir uns neulich darüber unterhielten. Seine Frau, meine Schwiegertochter, macht es ihm nicht so einfach, sie besteht darauf, dass der Mann, also mein Sohn, die Familie ernährt. Warum hast du dich, liebe Mutter, dein Leben lang also so falsch verhalten? Diese Frage muss ich mir stellen lassen und fange bald selbst an mit mir zu hadern.

In der Zwischenzeit ist es hell geworden. Während ich so schreibe, danke ich innerlich meinem Anwalt dafür, dass er mir das deutsche Gesetz erklärt hat. Es mir schon wieder mehr und mehr egal ist, ob ich zahlen muss oder nicht, die wichtigen Dinge im Leben liegen woanders. Im Stillen sage ich mir, es war doch richtig, und was ich richtig finde, kann kein Gesetz mir vorschreiben. Mit Sicherheit habe ich in mir ein Gewissen, was mir verbietet, diese wundervollen deutschen Gesetze zum Tragen kommen zu lassen. Ich lache im Stillen darüber und bedauere alle diese kleinkarierten Tanten, die sich im Wohlstand ihrer Männer sonnen und nach der Trennung dicke Backen haben. Irgendwie glaube ich auch nicht, dass mein Mann mich so abzocken würde, ich bin sicher naiv, okay, aber er wird es nicht tun. Er brauchte mal was anderes, wer braucht das nicht. Ich habe Verständnis für das, was mein Mann tut, denn ich bin kein gemütliches Hausmütterchen, ich bin dauernd unterwegs, ich glaube, ab einem gewissen Alter braucht ein Mann einen ruhenden Pol in seinem Leben, eine Hand, die ihn hält, wenn er auf dem Sofa sitzt, das alles war ich noch nie. Es reichte gerade für das Kinderkriegen, und schon war ich wieder weiter am Planen und Tun.

Es regnet immer noch, ich muss meine Bonsais wieder reinholen.

18. November 1996

Nachts, 2.15 Uhr. Es gibt keine Möglichkeit für mich, Sie einfach zu vergessen.
Ich habe ganz bewusst nach dem letzten Amerikaurlaub mich von Ihnen ganz fern gehalten, ich kann es nicht, ich musste am Freitag zu Ihnen fahren, sonst wäre ich gestorben. Ich habe sicher nur Quatsch geredet, ich habe bestimmt nur durcheinander gesprochen, aber ich habe Sie endlich wieder mal gesehen. Es geht Ihnen gut, Sie können immer noch lachen, Sie können so herrlich lachen.
Es ist eine ganz absurde Situation, ich sitze bei Ihnen zu Hause am Tisch, ich unterhalte mich mehr mit Ihrer Mutter als mit Ihnen, aber es geht mir danach viel, viel besser, weil ich weiß, dass Sie noch da sind, dass Sie noch leben und atmen.
Heute Abend im Kino, als ich zwischen den Vorstellungen Zeit zum Denken hatte, fiel mir auf, dass Sie trotzdem schrecklich traurig sein müssen, ich hörte mir die Musik der »Counting Crows« an, alle CDs, die Sie mir empfehlen, sind unheimlich toll, diese besonders, und ich weiß auch, dass sie genau das wiedergibt, was Sie selber eventuell denken oder fühlen. Von wegen traurig, weil es zur Jahreszeit passt, ganz anders verhält sich das, die Texte, z.B. der von »Have you seen me lately?«, passen genau zu Ihnen und ich bekomme Angst, weil die Texte teilweise schlimmer sind als jedes gottverdammte Stephen-King-Buch. Ich habe sie mir genau angehört und mir die Texte durchgelesen, es steht ganz schön schlimm um Sie. Ich sitze jetzt hier an meiner Maschine und tippe in die Tasten Worte, die gar nichts ändern können. Irgendwie passen die Texte genauso gut zu mir, zum Beispiel »Good night, Elisabeth«. Wie oft habe ich Ihnen in Gedanken schon so gute Nacht gesagt, ich weiß es nicht mehr.
Ich wünschte, Brenda hätte den Flug jetzt gebucht und käme Sie besuchen. Sie würden mit Sicherheit ganz andere Musik hören.
Ich lese im Moment das Buch »Schnee, der auf Zedern fällt«, dieser Roman ist sehr tröstlich für mich, er zeigt mir, wie eine Liebe sein könnte, wenn man sie zuließe.
Sie sagen nie, was Sie denken, Sie sind wie die kleine Schildkröte in der Steinbox, was machen Sie, wenn Sie sie angeschaut haben? Bitte nicht wieder in die Kiste setzen, lassen Sie sie draußen sitzen, sie braucht Luft und Freiheit, das hat sie unter ihrem harten Panzer sowieso nicht und erst recht nicht in der kalten Behausung. Die Schildkröte ist wie ich, ich habe sie aus einem kleinen Laden aus New Orleans, Bourbon Street, mitgebracht
Ich glaube bestimmt, dass Brenda Sie genauso vermisst, wie Sie sie vermis-

sen, ich weiß es, und wenn Sie wollen, schenke ich Ihnen den Flug, Sie dürfen ganz einfach diese Liebe nicht so sterben lassen, Sie tun immer so, als gäbe es für das Leben eine Generalprobe oder so, aber das ist das Leben und Sie wissen das auch.

Als ich am Freitag bei Ihnen losfuhr, überlegte ich, ob es eventuell irgendwann mal möglich sein wird, dass ich mich mit Ihrer Mutter über das alles unterhalte. Ich könnte das, wissen Sie eigentlich, dass Sie für Ihre Eltern und auch für mich mit das Wichtigste auf der Welt sind?

Morgen werde ich mit Christiane Haase irgendwo was trinken oder essen gehen, sie will sich mal wieder mit mir unterhalten, mal sehen, wie es ihr so ergangen ist die letzten paar Monate. Ich wollte Ihnen eigentlich noch so viel von Amerika erzählen, auch noch von neuen Menschen, die ich kennen gelernt habe, auch noch von dem Besuch bei Brenda und was sie genau gesagt hat. Irgendwann werde ich in diesen endlosen Winternächten vielleicht Zeit haben, alles aufzuschreiben. Ihre Mutter hat schon Recht, ich sollte doch vielleicht mal meine Memoiren schreiben ...

Je öfter ich drüben bin, desto schwerer fällt es mir, wieder hier zu sein, spätestens wenn ich Rente bekomme, bin ich weg. Manche Dinge lassen sich nicht sagen, nur aufschreiben, ich bin froh, dass es Sie gibt, immer noch.

Ich träume in der letzten Zeit nicht mehr so extrem schlimm, nicht mehr von Rattenköpfen und weißen Laken, ich habe auch schon längere Zeit nicht mehr meine eigene Todesanzeige in der Zeitung im Traum gelesen. Meine Träume werden harmonischer, ich möchte am liebsten nicht erwachen. Soll ich Ihnen von meinem letzten Traum erzählen, ehe ich ihn im Stress des Alltags wegstecke und vergesse?

Ich hatte ein Haus, einen großen Wintergarten mit einer Menge Pflanzen und Blumen. Durch den Wintergarten ging man von der einen Seite aus in den Garten, über Holzstufen aus Brettern, über die andere Seite ins Haus. Das Haus kannte ich nicht, den Garten draußen schon. Zwischen den Pflanzen und Töpfen mit großen und kleinen Blumen gab es Sitzgruppen, Tische, Liegen zum Relaxen, das Licht kam durch ein Glasdach und die große offene Front zum Garten hin. Ich hörte Musik. Ich weiß nicht, ob Sie Gitarre spielen können, im Traum konnten Sie, Sie saßen auf einer Bank und spielten und sangen. Auf dem Tisch rauchte eine angefangene Zigarette im Aschenbecher vor sich hin, der Rauch stieg kräuselnd hoch, das passte nicht, Sie rauchen nicht! An einem Blumenstock war eine ziemlich lange elastische Kordel angebunden, die meine Kinder stramm hielten und mit der sie durch Anschlagen immer wieder andere Töne erzeugten, die zu Ihrer Musik passten. Die Kordel vibrierte bei jedem Ton, der mal höher, mal tiefer war, je nachdem, wie stramm daran gezogen wurde. Ich beobachtete eine ganze Zeit das Spiel, hörte zu, freute mich, wie Sie da so gemütlich musizierten, bis nach einer Zeit meine Kinder extra Töne anschlugen, die schief waren. Ich bin zu Ihnen gegangen, habe Sie in den Arm genommen und bin dann aufgewacht. Da musste ich lachen, sehen Sie, es war alles perfekt, bis auf die Zigarette, bei dem Gedanken daran muss ich jetzt schon wieder lachen.

Ich mag diese Musik, die Sie mir aufgenommen haben, ich höre sie laut, denke nach und bin fern jeder Realität. Musik ist wie Liebe, Liebe ist irgendwie Musik, es bedeutet mir eine ganze Menge, dass Sie mir diese Stücke aufgenommen haben.

Hey, jetzt stellen Sie sich mal vor den Spiegel, sehen Sie sich in die Augen und lachen Sie! So, und jetzt wissen Sie, warum ich Sie gerne ansehe, Sie können schön lachen. Mir ist immer ganz schlecht, wenn ich Sie gehen sehe, ich kann Sie schlecht weggehen sehen, aber ich kann Sie leider nicht festhalten. Und ansonsten finde ich es gut, dass es Ihnen gut geht. Meine Katze rast schon wieder durchs Zimmer, springt mit einem Satz so ungefähr zwei Meter weit auf die Fensterbank, schaut interessiert in die Nacht hinaus. Obwohl draußen alles ruhig im gelblichen Mondlicht liegt, scheint sie immer krampfhaft Dinge zu beobachten, die ein Menschenauge nicht wahrnimmt. Wenn sie meine Bonsais ausgräbt oder runterschmeißt, wird sie zur Adoption freigegeben.

Meine Güte, was bin ich froh, dass ich Sie irgendwann vor ein paar Jahren getroffen habe, aus welchem Grund auch immer, es scheint in Ordnung zu sein, ich bin froh, dass es Sie gibt.

23. November 1997, Totensonntag

Mein Vater, der vor 32 Jahren, am 3. Dezember, durch einen Autounfall starb, würde das wollen, was ich im nächsten Jahr tun will. Ich will der schon seit sieben bis acht Jahren gelebten Trennung den gesetzlichen Hintergrund geben. Meine Söhne, die das Trauerspiel, das sich Ehe nennt, jetzt schon seit Jahren mitkriegen, möchten, dass ich im Alter abgesichert bin, dass ich das, was ich mit meiner jahrelangen Arbeit geschaffen habe, nicht später teilen muss mit der langjährigen Lebensgefährtin meines Mannes, bei der er Strom und Wasser zahlen muss, die nicht aus Liebe alles durchgehen lässt, die ihr Konto nicht abräumen lässt für Musikgeräte und die nicht Tag und Nacht arbeitet, um die Bedüfnisse des täglichen Lebens zu erfüllen. Ich habe höchstwahrscheinlich alles falsch gemacht, ich habe nie etwas gefordert und mich immer dem Wahn hingegeben, das sei richtig. Ich weiß nicht, wie ich die notwendigen Gespräche beim Anwalt durchstehen soll, ich kann nicht hart sein, aber meine Söhne, die mir behutsam versuchen die »Augen zu öffnen«, werden mir helfen. Es gibt einige Gefühle in mir, die es mir verbieten, hart gegen meinen Mann vorzugehen. Neulich bin ich morgens heulend zur Arbeit gefahren, als ich ihn in seinem VW-Bus in Lemgo an der Ampelkreuzung traf. Seltsam, da sitzt dein Mann im Auto hinter der Scheibe, hebt vorsichtig die Hand zum Gruß und fährt in irgendeine Richtung. Du hast vier Kinder mit ihm, du hast alle Höhen und Tiefen einer Beziehung mit ihm durchlebt, du schaust ihm hinterher und weißt, dass du nicht weißt, was er den ganzen Tag macht. Du hörst dir an, was deine Söhne erzählen, angeblich arbeitet er jetzt und du fragst dich, wie konnte es die andere Frau schaffen, ihn zur Arbeit zu bewegen, wieso habe ich das nie geschafft? Ich kenne diese Frau nicht, sie ist, so sagen meine Kinder, sehr nett, blond, pummelig, ein Muttertyp, wie ich es nie war, sie fragt nicht so viel, aber sie lässt ihn arbeiten. Dreißig Jahre Leben ziehen an dir vorbei, und dreißig Jahre Liebe zerrinnen wie ein magerer Fluss im Sand der Zeit. Du traust dich kaum mit den Nachbarn zu reden, weil du Fragen fürchtest, du meidest Gartengespräche am Zaun und du marterst dich selber mit Fragen nach dem Warum, denn alle haben schon lange Bescheid gewusst.

Ich werde wie immer alles in den Griff bekommen, ich werde versuchen, knallhart zu sein, ich werde höchstwahrscheinlich abhauen, meine Seele ist mittlerweile woanders. Es fragt kein Mensch nach zerbrochenen Dingen, es geht immer alles weiter, meine Töchter wollen mir demnächst zeigen, wie man sich schminkt, Bianca hat irgendwelche Kosmetikproben besorgt, aber ich lese lieber. Sonja spielt mir auf dem Klavier vor, sie macht das jetzt schon sehr gut, auch ohne Noten. Sie spielt Melodien, die ihr gerade so einfallen. Während ich so schreibe und denke und grübele, stelle ich mir mein Leben in circa zehn Jahren vor: Wenn ich dann noch lebe und gesund bin und alle Veränderungen heil überstanden habe und dem Arbeitsleben ade gesagt habe, werde ich wohl dann irgendwann glücklich sein, werde ich dann wohl zufrieden sein mit dem, was ich gemacht habe, oder werde ich mich dann immer noch mit Selbstvorwürfen plagen? Ich kann niemandem erzählen, welche Menschen ich in Amerika getroffen habe, niemand weiß etwas über meinen Freund aus Ghana, aber ich kann nicht immer nur meinen Apfelbaum in den Arm nehmen und Selbstgespräche auf dem Köterberg führen. Diese schreckliche Erkenntnis, dass ich jahrelang anderen eine Bilderbuchfamilie vorgegaukelt habe, dass niemand weiß, wie es mir wirklich geht, ist manchmal erschreckend für mich, umso mehr, wenn mir bewusst wird, dass ich dieses Gebilde, das sich Familie nennt, zusammenzuhalten versuchte, aber leider gescheitert bin. Vor mir auf dem Tisch steht die vergessene Rose von dem Tisch bei dem Italiener, sie ist noch fast frisch, die Ränder der Blütenblätter rollen sich nach außen und trocknen ein, die grünen Blätter am Stiel sind noch ganz frisch, ich gebe ihr alle zwei Tage frisches Wasser, ich will nicht, dass sie eingeht, wenn sie wirklich welk wird, werde ich sie trocknen. Ich weiß jetzt, warum ich Bonsais so mag. Im übertragen Sinn bin ich auch einer, immer wieder bin ich beschnitten worden, nie so gewachsen, wie ich mochte, trotzdem habe ich immer wieder versucht, mit einem grünen Trieb durchzukommen, nie habe ich aufgeben, wie trocken die Erde auch war, der Stamm war verkrüppelt und gedrahtet, in äußere Formen gepresst, aber innerlich voller Leben.

Ich muss ins Kino, das bringt mich auf andere Gedanken.

Sonntag, 30. November 1997

In Hope, wo ein Ausläufer des Nenana River sich von sehr steilen Hängen in ein weites Tal schlängelt, Sand, Steine, Geröll und Holzstücke mit sich reißt, ist an einer der nie enden wollenden Straßen eine Ansammlung von etwa fünf bis sechs Häusern, es sind Holzhäuser aus halben Baumstämmen, Brettern, Wellblechen als Dach. Ein verwinkelt zusammengenageltes Gebäude ist das »Discovery Café«, das innen so gemütlich ist wie früher die Sofaecke in unserer Wohnküche. Die Theke ist nicht lang, die Hocker sind alle unterschiedlich, krumm und schief stehen davor die Tische, stehen entlang der Fensterrreihe. An einer kurzen Wand ragt bis unter die niedrige Decke ein Bücherregal, vollgestellt mit Büchern, die alle zerlesen aussehen. Große, dünne, dicke, zerfledderte und gebundene Bände stapeln sich neben- und übereinander.

Die erste Raftinggruppe ist zurück, wir sind kaputt, spüren unsere Arme vom Rudern nicht mehr, die Neoprenanzüge haben wir abgegeben, die Knie zittern. Die zweite Gruppe ist noch unterwegs, wir sitzen schon hier, trinken Kaffee, erzählen von dem wahnsinnigen Erlebnis und entspannen mit einem Stück Kuchen in der Hand, von Kuchen von dieser zuckersüßen Sorte, die die Frauen selbst backen, klebrig und ziemlich kalorienreich, aber man kann die Augen dabei schließen, langsam kauen, den Kaffee hinterhertrinken und sich vollkommen zufrieden fühlen.

Die Wirtin hinter dem Tresen ist so füllig wie viele Wirtsfrauen hier, sie schüttet Kaffee nach, ohne einen Aufpreis zu verlangen, sie lacht und fragt nach unseren weiteren Urlaubsplänen.

Auf einer Eckbank, gepolstert mit dunkelrotem Kunstleder, bei dem die Sprungfedern fast durch die Sitzfläche hindurchstoßen, sitzt ein sehr alter Mann, ein Chinese, er hat fast keine Haare mehr auf dem Kopf, sein Gesicht sieht wie ganz narbiges Leder aus. Er beobachtet mit seinen kleinen schmalen Augen die Menschen in diesem Café, seine Lider bedecken seine Augen fast ganz, man meint, er schläft, aber an seinen Kopfbewegungen erkennt man, dass er wach ist. Seine Hände hält er gefaltet auf dem Schoß, er ist sicher klein, denn seine Füße in bräunlichen Schlappen berühren gerade so den Boden. Eine junge Frau, sicher erst so um die zwanzig, hält ihr Baby auf dem Arm, während sie mit der freien Hand ein Nudelgericht isst, an der Theke, hinter der man in die Küche blicken kann, sitzt ein Schwarzer in blauen Arbeitshosen. Nur wir Touristen wirken wie Außenstehende in der familiären Atmosphäre. Das ändert sich, als die ältere Frau mit einer Platte dampfender Pfannkuchen aus der Küche kommt, damit von Tisch zu Tisch geht und allen welche anbietet. Zusammen mit dem Geruch geht ein »Ah!« und ein »Oh!« durch den kleinen Raum, die Menschen nehmen wie selbstverständlich vom Teller, was ihnen so freundlich angeboten wird. Es ist eine große Familie, die da einen kurzen Moment zusammen verbringt und ich bin froh, mitten unter diesen Leuten sitzen zu dürfen. Dann steht der Chinese auf, greift sich die Kaffekanne und schenkt pausenlos allen, die möchten, weiter Kaffee ein – kostenlos, was in Deutschland unmöglich wäre. Ich nehme mir ein Taschenbuch aus dem Regal – »Lonesome Dove«, den Film habe ich irgendwo schon mal gesehen – und fange an zu lesen.

Ich sitze mitten in Hope in Alaska, trinke Kaffee, habe angenehme Leute um mich herum, lese und warte auf den Rest der Truppe. Für solche Momente im Leben lohnt es sich zu leben. Die Wirtin spricht mit dem Chinesen, der schlurft zu einem alten Radio, wie es hier nur noch auf Flohmärkten zu finden ist, dreht ein paar Knöpfe und eine scheppernde Musik ertönt aus der Ecke hinter der Eckbank. Ich lese und vergesse die Zeit. Als nach einiger Zeit endlich unsere Restgruppe eintrudelt, in der Zwischenzeit Leute gekommen und andere gegangen sind, Pfannkuchen und Kaffe ununterbrochen gereicht worden sind, will ich das Buch zurückstellen, denn wir müssen aufbrechen zu unserem Camp. Da reicht mir der Chinese die Hand und erklärt mir, ich könne das Buch mitnehmen, wenn ich wollte. Es ist unglaublich, aber bei mir zu Hause habe ich jetzt das Taschenbuch des Chinesen stehen, es sei seines, hatte er mir erklärt, alles das seien seine Bücher.

So etwas ist mir in Deutschland noch nie passiert. Ich sehe das Lächeln des alten Mannes immer noch vor mir.

17. Dezember 1997

Ich habe im September in einem kleinen Andenkenladen im Anschluss an die Hallen des »French Market« ein Miniaturschlagzeug gefunden und mit der Chinesin, die dort verkaufte, der der Laden aber nicht zu gehören schien, lange gehandelt. Sie müsse ihren Chef anrufen, sie könne selber keine Preise festlegen, sie habe viele Kunden und ich solle später wiederkommen. Mit später konnte alles gemeint sein, sie meinte es auch irgendwie nicht ernst, glaubte nicht, dass ich das Ding kaufen wollte.

Nicht dass ich den Preis nicht bezahlen hätte können, aber einfach etwas auszuhandeln, das macht mir schon Spaß.

Ich kaufte mir an einem Stand im Markt ein paar Pfirsiche, trank irgendwo eine Cola und beobachtete die Clowns, die für Touristen und deren Kinder aus Luftballons Tiere drehten und sich damit etwas Geld verdienten. Vor dem »Café du Monde« stand wie immer ein Trompeter und unterhielt mit Sprüchen und seiner Musik die Leute, die da saßen und redeten und aßen und tranken. Während ich so darüber schreibe, kommt es mir vor, als würde ich von einer mir sehr vertrauten Stadt sprechen. Ich habe an diesem Platz schon so oft gestanden, gesessen, ich bin am Mississippi entlang bis zum Riverwalk-Einkaufszentrum spaziert, ich habe richtig Sehnsucht dorthin, Heimweh. Ich suchte den Laden wieder, die Chinesin war offensichtlich erstaunt, dass ich wieder da war. Sie hatte noch nicht telefoniert, versprach aber, es bald zu tun.

Das kleine Schlagzeug sieht ganz gut aus. Ich hatte früher schon mal eins gesehen, nicht so schwarz, eher messingfarben. Ich feilschte nicht mehr lange herum, ich nahm für meine Söhne noch solche kleine E-Gitarren mit, diese Kästen in Schwarz mit den Beschlägen sehen total echt aus. Irgendwie mögen die Jungens die ganz gern, obwohl das alles Asienimport zu sein scheint. Die Verkäuferin gab mir noch ein paar Tüten und Duftkräuter ein paar gute Wünsche mit, sie sagte, ich solle wiederkommen, wenn ich wieder mal in New Orleans sei. Meistens sind im Folgejahr in denselben Läden andere Besitzer, Pächter, Verkäufer oder sogar ganz andere Läden. Das wechselt so schnell, die alte Dame, die mir damals den Ring verkauft hat, lebt nicht mehr, ich war im Sommer da und wollte sie besuchen, aber die Nachmieter haben den Laden umgeändert, renoviert, dieser alte verstaubte Geruch war weg, die Leute waren sehr nett, konnten sich erinnern, hatten alles übernommen, verkauft und boten jetzt unter anderem mehr Modeschmuck an.

Ich habe im Reisegepäck dieses Schlagzeug mitgebracht, ich habe keine Ahnung, ob es vollständig ist, es gibt keinen Hocker dazu und was das Allerschärfste ist: Die Stöcke fehlen.

Ich wollte Anfang Dezember im Reisebüro für Sie einen Flug nach New Orleans buchen – über Weihnachten – und Ihnen schenken, aber es war alles ausgebucht, es gab ellenlange Wartelisten. Dann wusste ich nicht, ob Sie fliegen würden, wie es Ihrem Vater bis dahin gehen würde und überhaupt. Ich könnte Ihnen meine sämtlichen Meilen schenken, ich weiß gar nicht, wie viel ich habe, es reicht auf jeden Fall für mindestens einen Hin- und Rückflug, aber vielleicht kommen Sie ja im Februar mit.

Mittlerweile habe ich meinen dauernden Arbeitsstress wieder, ich arbeite, um nicht zu lange grübeln zu müssen, irgendwann werde ich es schaffen, Weihnachten mal nicht wie üblich zu feiern, ein paar Jahre muss ich noch durchhalten. Wenn Sie an Ihrem Geburtstag das kleine Schlagzeug anschauen, denken Sie an die Hitze in New Orleans, an diese unbeschreibliche Luft, diesen modrigen Geruch, diese Feuchtigkeit, die in allen Räumen, Geschäften, Häusern ist, wo die Klimaanlage nicht so stark läuft, ich würde diese Stadt am Geruch erkennen, ich glaube, ich könnte mit verbundenen Augen auf dem Flughafen von New Orleans landen und würde sofort wissen, wo ich bin.

Gleich schellt mein Wecker, ich bin schon wach, sehr wach sogar. Morgens zwischen vier und fünf habe ich die dollsten Einfälle, nur das Klappern der Maschine stört die Kinder oft im Schlaf, auch bei geschlossenen Türen ist das Haus hellhörig. Meine Katze beobachtet mich wie üblich, sie kennt meine Gedanken.

22. Dezember 97

Da ich Weihnachten an einem der Feiertage wieder arbeiten werde, habe ich mir einige Bücher zum Lesen zurechtgelegt, die ich dann in den Pausen, wenn alle Filme laufen, lesen werde.

An Ihrem Geburtstag war es schön, danke, dass ich vorbeikommen durfte, aber ich merke es Ihnen an, wenn irgendetwas fehlt, Ihre Sprüche sagen dann alles.

Ich habe mich eine ganze Zeit mit Ihrer Mutter unterhalten. Ihre Eltern machen sich ganz schön Sorgen um Sie, über alles, Ihre Zukunft, über die Zeit, wenn Sie mal älter werden, wenn Sie allein sind, ich glaube sogar, dass Ihre Mutter meint, dass ich Sie eher von Brenda abbringen könnte, sie hat ziemliche Bedenken, auch wegen des Altersunterschiedes. Die Befürchtungen sind die üblichen Sorgen von Eltern, aber ich sehe vieles ganz anders, was nutzt die ganze Schau, was nutzt alles, Haus, Hof, Garten, selbst Freunde können den Menschen, den man mag, nicht ersetzen. Ich weiß, dass Brenda genau die Erwartungen, die Ihre Eltern an Sie und Ihre Zukunft stellen, nicht erfüllt, und Brenda weiß das auch, im Sommer haben wir lange darüber gesprochen, es ist schrecklich, dass Liebe immer auf der Strecke bleibt, wenn es um Geld oder irgendwelche materiellen Dinge geht. Ich habe mir noch nie über jemanden so viele Gedanken gemacht wie über Sie, ich würde jedoch an Ihrer Mutter Stelle mehr Ihr Glück in den Vordergrund stellen. Ich glaube, Sie nehmen eine ganze Menge Rücksicht auf Ihre Eltern. Ich habe Sie beobachtet, als Ihr Daddy abends zurückkam, in der Garage und mit den Gästen sprach. Ihr Lächeln und Ihr Gesichtsausdruck sagten alles, es ist toll, dass Sie ein solches Verhältnis zu Ihren Eltern haben, aber Sie müssen auf Ihr Herz achten und das tun, was Ihr Herz Ihnen sagt. Alles andere ist nur äußerlicher Kram. Brenda hätte Sie gerne für immer in New Orleans, aber sie weiß auch, dass Sie das aus Rücksicht auf Ihre Eltern nicht machen können. Ich finde sie sehr sympathisch und verstehe sie gut – auch wenn mein Englisch nicht für alles ausreicht –, und Sie werden in Deutschland diese so wenig fordernden Frauen nicht finden, entweder sind sie lieb und nett bis zur Hochzeit und werden dann fordernd, oder sie wollen ihre Männer umkrempeln, beeinflussen, verändern oder abzocken. Schlimm, meine Meinung über mein eigenes Supergeschlecht, aber meine Söhne haben mir zu oft ihre Freundinnen vorgestellt und ich hoffe nur, dass Ulrich sich nicht vertan hat.

Am 24. Dezember werde ich wie immer mit der ganzen Familie essen, alle werden um den Weihnachtsbaum sitzen, nach dem Essen werden die Geschenke verteilt und ich werde es wieder nicht geschafft haben, mal an Weihnachten was anderes zu machen, weil die Erwartungshaltung eben so wie in den Jahren davor war. Man kann nach den ganzen Jahren dann niemanden mehr enttäuschen.

Machen Sie es anders als ich! Denken Sie lieber an sich, wenn Sie glücklich sein wollen. Ich werde auf jeden Fall Kerzen an meinem Baum für Sie anstecken, das tue ich eigentlich auch immer in New Orleans, wenn ich in eine der Kathedralen dort gehe, ich zünde immer eine für Sie und Brenda und eine für meine Kinder an, ich packe dann eine Menge Wünsche in meine Gedanken und manchmal wird irgendetwas wahr. Höchstwahrscheinlich sitze ich Weihnachten inmitten meiner Familie und bin in Gedanken ziemlich weit weg. Zu machen, was ich wirklich selber will, habe ich erst sehr spät gelernt. Ich bin ganz froh, dass ich Sie kennen gelernt habe, es gibt wenige Menschen, die so sind wie Sie, das sollte eigentlich ein Weihnachtsbrief werden, ist es auch in gewisser Weise, ich hoffe, dass Ihr Vater im nächsten Jahr wieder ganz gesund wird, dass auch Ihre Mutter gesund bleibt und dass Sie auf Ihr Herz hören. Irgendwie sind Sie sowieso ein ganz besonderer Mensch, noch nie habe ich irgendjemandem so viel über mich selbst erzählt, über mein halbes Leben und die letzten Jahre, ich vertraue wenigen Menschen.

16. Dezember 1997

Claudias Eltern sind zurück aus den USA. Sie riefen an, um mir zu sagen, dass sie für mich alles Mögliche mitgebracht hätten. Ich fahre hin und stöbere in Ansichtskarten, Stadtplänen, Fotos, Prospekten von Sightseeing-Touren und Museumsöffnungszeiten, alles Dinge, die ich kenne und selber mitgebracht habe, die mich so schnell wieder in Gedanken zurück nach New Orleans bringen. Zum Schluss, als sie sich endlich an das Klima gewöhnt hatten – es war jetzt so 28 bis 32 Grad warm –, hat es ihnen teilweise doch gefallen. Auf den Fotos vom Dezember ist immer noch alles grün, die Rankenpflanzen an den Balkonen blühen, der Himmel ist blau und die Luft scheint klarer zu sein als im Sommer. Im Dezember war ich noch nie da unten, selbst Gewitter hätten sie gehabt. Claudias Vater hat das ganze Haus gestrichen, den Garten durchgearbeitet, die Garage aufgeräumt, mit den Kindern Einkäufe gemacht und den deutschen Opa gespielt. Die Kinder können jetzt angeblich »Guten Morgen« und »Gute Nacht« sagen, aber sonst leben sie nach wie vor auf ihre amerikanische Art: Der Fernseher ist den ganzen Tag an, die Klimaanlage läuft, jeden Tag gibt es ein paar Waschgänge, und vor jedem Haus in der Siedlung stehen mindestens zwei bis drei Autos. Jede zweite Bemerkung von Claudias Eltern ist: Ja, ja, diese Amerikaner! In der Zeitung, die er wegen seiner mangelnden Englischkenntnisse nicht lesen konnte, hat Claudias Vater sich von seiner Tochter einiges übersetzen lassen. Warum da so wenig von Deutschland geschrieben wird, hat er sich gefragt und warum die ganze Werbung, die Hälfte ist Müll. Michael hat ihm erklärt, dass man hinter vorgehaltener Hand über Europa lacht, über den Euro und den sterbenden Adler auf der deutschen Mark. Außerdem versteht man nicht, warum so viele Russlanddeutsche ins Land geholt werden, aber das verstehen wir ja selber nicht, hat Opa Kuppe ihm erklärt. Das Büro eines »majors« bei der Army findet er etwas klein und armselig, da haben hier ja schon die Unteroffiziere ein besseres! Und alles wäre so dreckig, sagt Oma. Wenn die wüssten, wie es in anderen Teilen Deutschlands aussieht. Sie kennen nur ihre Siedlung hier in Linderhof und wissen nichts von Frankfurt, Berlin und Hamburg.

Claudia hat mir das neue Buch von Anne Rice mitgeschickt, wieder signiert in dieser kleinen Bücherei im Garden District, wo Anne auch ihr Haus hat. Ich nehme an, sie fängt an sich an die Stadt zu gewöhnen, sollte mich freuen, denn als wir damals so an die vier bis fünf Stunden in der Schlange standen, um die signierten Ausgaben von »Memnoch the Devil« zu ergattern, hatte ich erst das Gefühl, dass es ihr zu viel wurde. »Violin« heißt das neue Buch, ich werde es sofort lesen, heute Nachmittag im Kino fange ich an. Essenszeit, Tischdecken, die Pflicht ruft.

19. September

Ich habe Holger inzwischen das »Du« angeboten, endlich!

Es ist mal wieder so weit, dass die alte Schreibmaschine aus der Ecke geholt werden muss, damit ich mir Luft mache und nicht irgendwie andere Dummheiten. Gestern, als meine Kinder von ihrer Einkaufstour zurück waren, mussten sie mir genau beschreiben, wie du ausgesehen hast, was du gesagt und was du angehabt hast, sie denken, ich bin nicht ganz frisch, richtig, ich hätte ja auch mitkommen können, aber ich musste heute, am Sonntag, die restlichen Baum- und Sträucherabschnitte auf die grüne Müllkippe im Dorf bringen, das geht nur schubkarrenweise und dauert, aber es muss weg, der Garten ist inzwischen fast herbstfertig. Holger, ich hatte versucht, Brenda zu dir zu bringen, ich hatte geredet und auch geschrieben, ich hätte vielleicht nichts machen sollen, aber nachdem du jahrelang traurig und verzweifelt warst, wollte ich irgendwas tun. Was mich dazu bewegt hat, weiß ich immer noch nicht.

Richtig, ich verstehe meine eigenen Gefühle nicht und ich habe Brenda nie gesagt, dass ich dich sehr sehr gern habe, ich kann es einfach nicht beeinflussen und ich kann nicht dagegen antrinken oder was weiß ich, im Nachhinein finde ich, dass einem Gefühle ganz schöne Streiche im Leben spielen können. Am Geburtstag deines Vaters habe ich mich mit ihm unterhalten, er meinte, Männer würden sich Frauen suchen, die eben anders sind als ich, die Ruhe, Ordnung, Harmonie und alles, was so die Bequemlichkeit zu Hause ausmacht, arrangieren, dafür arbeiten sie und das ist einfach der normale Weg. So wirst du auch irgendwann leben und wie konnte ich nur so wahnwitzig sein zu glauben, dass ich irgendwie in das Strickmuster hineinpasse. Ich denke anders und es tut mir Leid, dass deine Eltern befürchten, ich würde mich zu sehr um dich kümmern. Liebe hat bei mir nichts mit diesem ganzen Kram zu tun, ich liebe dich dafür, dass du da bist. Seit ich damals erfahren habe, dass mein Mann sich von mir löst und auch in den Sog dieser Ernährungs-Versorgungs-Scheinliebe gerät, bist du der Strohhalm gewesen, an den ich mich geklammert habe und eigentlich bist du dann der Baumstamm geworden, an dem ich weitergeschwommen bin.

Hey, davon weißt du gar nichts, oder? Macht nichts, ich habe auch keine Ahnung von irgendwelchen Sachen, die weitestgehend mit Sex zu tun haben, ich kenne mich nicht aus mit diesen Sachen wie Vorspiel und Nachspiel, so gesehen bin ich da als Frau höchstwahrscheinlich unbrauchbar, daran ging letztlich auch meine Ehe kaputt. Nicht dass ich nicht kochen, putzen, waschen oder Kinder kriegen konnte, das ist alles mit links zu machen, nein, ich suchte nach irgendeiner Erfüllung, die mir noch nicht widerfahren ist. Manchmal, wenn ich vor deiner Tür stehe und dir Brötchen bringe, denke ich, was wäre, wenn du gerade in dem Moment deine Zeitung aus dem Kasten nehmen würdest, wenn ich da bin, ich würde weglaufen, ich laufe immer weg, ich habe Angst, dass ich der Lage nicht gewachsen bin, weil ich dich liebe und daher alles immer verkehrt mache.

An dem Wochenende in Bad Kreuznach, wo unsere Flickmannschaft gelinde gesagt versagt hat, bin ich mit einem Firmenwagen gefahren, ich musste am Sonnntag Mittag im Kino arbeiten. Bei Morgengrauen musste ich los und habe den Sonnenaufgang zwischen den Weinbergen beobachtet, in solchen Momenten denke ich, es wäre schön, wenn Holger jetzt da wäre, wenn er dies auch sehen könnte, irgendwie gönne ich niemandem das Neben-mir-sein außer dir. Für irgendwas muss es auch richtig gewesen sein, dass ich dir begegnet bin. Am 1. Oktober ist es fünf Jahre her und damals hast du mir mit sämtlichen CDs, die du von zu Hause mitgebracht hattest, das Leben gerettet, weil damals für mich nach der ganzen Arbeitsmisere fast alles zu Ende war. Beim Tischtennisspielen in der alten Zuschnitthalle hast du erzählt, dass dein Daddy mit dir früher auch Tischtennis gespielt hat, du hast gelacht, genau das Lachen ist es, was ich so liebe. Danke für das Bruce-Springsteen-Konzert in Köln, es war so schön, als du zum Schluss die Arme hochgerissen hast vor Begeisterung, ich danke dir, dass ich das erleben durfte. Was Menschen glücklich macht, ist so unterschiedlich, aber mich macht es froh zu wissen, dass es dir gut geht, ich glaube manchmal in deinen Augen lesen zu können, ich kann mich auch täuschen, ich bin schon etwas älter und trotzdem immer noch auf der Suche nach dem wirklichen Sinn im Leben. Meine Kinder sind so nüchtern und viel reifer als ich, sie lassen mich gewähren und lächeln in der Zwischenzeit, ältere Leute werden häufig belächelt, aber bitte beruhige deine Eltern, ich kann eine ganze Menge ab, ich bin der Meister im Schmerzenertragen, ich verstelle mich wie ein Schauspieler, niemand kennt meine wirklichen Gefühle und ich würde nie irgendwas tun, was deinen Eltern weh tun würde, ich schätze sie sehr, du bist für sie das Leben und ich bin dankbar und glücklich, dass es dich gibt und hoffe, dass du auch glücklich bist. Ich habe neulich mal wieder Jackson Browne gehört, ich wünschte, es gäbe eine neue CD von ihm, Holger, wenn du Urlaub machst, pass auf dich auf, ich wünschte, ich könnte deine Begleitung sein, aber man kann nicht alles haben im Leben, danke, dass du überhaupt mit mit sprichst. Hey, nimm bitte Lefty mit, der hat mir in den USA eine Menge von dir erzählt, der gehört dir und mir zusammen, okay? Mit einem lachenden und einem weinenden Auge denke ich an dich, egal, was du auch machst, ich liebe dich, freiwillig, von alleine, ohne Gegenleistung, wider alle Vernunft und trotz aller lachender Dritter, es kam einfach so und ich erwarte nichts und staune nur, ich schlafe mit dir, obwohl ich noch nie mit dir geschlafen habe, du geisterst durch meine Nächte, aber ich kriege das schon hin, mach dir keine Gedanken, ich wollte bei dir bleiben nach dem Eric-Clapton-Konzert, aber wie kann ich nur annehmen, dass du überhaupt nur einmal über mich als Frau nachgedacht hast. Es muss eben alles passen in den Vorstellungen der Leute, aber mein Inneres geht andere Wege. Du hast auf der Terrasse bei euch, abends, als ich dir deine Fischsuppe weggegessen habe, in den Himmel geschaut, als es schon dunkel war, ich wünschte, ich hätte deine Gedanken lesen können! Sorry, dass ich so bin, aber der Abend war schön, da war ich glücklich. Nachdem ich alles aufgeschrieben habe, geht es mir besser. Holger, ich hoffe, du hast einen tollen, schönen Urlaub, hoffentlich schickst du mir eine Karte, denn dann weiß ich, dass du eine Minute an mich gedacht hast, hoffnungslos romantisch wie ich bin, schleppe ich immer noch die eine Karte aus Texas mit mir rum, die Ecken sind schon ganz abgestoßen, aber ich habe sie in meiner Handtasche.

Holger, ich gebe dir den Brief, eine Kopie, leg ihn zu Brendas Brief, ich glaube jetzt, nach den vielen Gesprächen, die ich mit ihr hatte, dass sie doch Recht hatte, als sie mir mal sagte, sie fühlt sich bei deinen Eltern nicht erwünscht, es ist so, sagte sie, ein Mann kann im Leben viele Frauen haben, er hat aber nur eine Mutter. So sieht sie das und ich finde das sehr schrecklich. Eltern wollen immer das Beste für die Kinder und das Beste in den Augen der Eltern akzeptiert man als artiges »Kind«, man meint, alles sei okay, damit die heile Welt nach außen hin okay scheint. Alles ist richtig und entspricht den Traditionen und Konventionen und so verbringt man sein Leben in einem Kreis von Gleichgesinnten und nach demselben Schema Lebenden und irgendwann – so war es bei mir jedenfalls – kommt die Einsicht, dass die ganze schöne Schau es nicht gebracht hat, I was a happy idiot, so gesehen hatte meine Mutter, die ich jetzt nicht mehr dazu fragen kann, die aber alles in wohl geordneten Verhältnissen wissen wollte, mein ganzes Leben bestimmt, indem sie damals für mich wegen des guten Rufes und der »Leute« mein Aufgebot bestellt hatte. Wenn du bloß nicht auch diese Fehler machst! Eigentlich konnte ich danach nicht mehr viel machen, wegen der Kinder, der Verantwortung und dem ganzen Stress. Alles, was du in jungen Jahren so hoffst und wünschst, bleibt auf der Strecke und ich versuche auf die Schnelle noch irgendetwas aufzuholen. Was an Elan übrig bleibt, ist meistens sehr wenig und es wird einem beigebracht, dass das allein Seligmachende der Schoß der Familie ist, Pustekuchen! Es gibt sicherlich auch Ausnahmen und hoffentlich hast du deine Ausnahme gefunden, ich wünsche es dir. Überleg: Würdest du mit dem Menschen, den du meinst, mitten durch ein Rockkonzert, eine Fußballveranstaltung, eine Kirmes oder über den Broadway laufen, wenn er stirbt, ihm die Hand halten, ihn füttern, auch wenn er im Rollstuhl sitzt und leidet, wenn er krank ist? Und wenn du auf einem Berg stehst und beobachtest die Sterne, wen stellst du dir dann an deiner Seite vor? Für jeden auf der Welt gibt es bestimmt so einen Menschen, aber nicht immer treffen sich diese Menschen und woran erkennt man überhaupt schnell genug, dass es derjenige ist? In manchen Momenten glaube ich, dass du an mich denkst, auch nachts, vielleicht ist da der Wunsch der Vater des Gedanken, ich bin eine Märchentante und lebe in der Fantasiewelt, aber sonst könnte ich nicht hier sein und am Schreibtisch sitzen und Futterstoffe disponieren. Liebe Zeit, was muss dich das nerven, schmeiß es weg, damit nicht jemand das liest.

4. Oktober 1999

Sonntag. Bianca weilt seit Freitag mit ihrer Clique auf Mallorca, Herbstferien, Sonja übernachtet bei ihrer Freundin in Istrup, sie schauen Videos und hören Musik und rekapitulieren den Musikabend in Bielefeld. Die »Fantastischen Vier« sollen wirklich fantastisch gewesen sein. Als ich die Mädchen um viertel vor zwölf endlich einladen und nach Hause fahren konnte, waren sie noch ganz aufgedreht, verschwitzt vom »Jumpen«, wie sie sagen. Die Musik muss gut gewesen sein, wenn sie meine Kinder so begeistert hat. Ich mache alles, um meinen Kids solche Konzerte zu ermöglichen. Bianca wird irgendwann im Herbst Bryan Adams sehen, jedem das Seine!

Meine Scheidung ist in einer Sackgasse, nicht dass ich nicht endlich alles hinter mir haben möchte, aber mein Mann lässt alles schleifen. Wie immer hat er den Zeitaufwand für die Sitzungen beim Anwalt und die Fahrten zu Terminen unterschätzt. Er konnte noch nie eine Sache durchstehen und zu Ende bringen, er sucht den Weg des geringsten Widerstandes und seitdem ich nicht zahle – nicht dass ich es nicht könnte, aber ich sehe es nicht ein, das traute neue Verhältnis zu finanzieren, im Gegenteil, ich verlange Beteiligung an allen Hauskosten, Kinderunterhalt, Reparaturrechnungen, Zeit für die Töchter, wenn ich im Urlaub bin. Ob er sich wohl manchmal fragt, alles richtig gemacht zu haben – schließlich scheint sein neues Verhältnis am Abkühlen zu sein, da die Frau kein Geld (von mir) sieht. Ich würde gerne endlich einen Schlussstrich unter alles ziehen, aber meine Kinder meinen, ich würde spinnen, wenn ich jetzt einfach alles übernehmen würde, nur um Ruhe zu haben. Ich will für die Kinder ein Vorbild sein, wie soll ich das, wenn ich nicht nach Gefühl, sondern nach Recht und Gesetz gehen muss?

Am Wochenende hatte ich mit einem Banker eine Unterredung, mit ihm habe ich beruflich manchmal zu tun, er gab mir ein paar Tipps, was meine Hausbelastung, Steuern, Bausparsachen angeht. Danach habe ich einen entsprechenden Brief an meine Hausbank geschrieben und den kleinkarierten Leiter der Darlehensabteilung bei seinem Chef infrage gestellt. Der versuchte mir allen Ernstes schon längere Zeit so eine Art Moralpredigt zu halten, so nach dem Motto: Also, hätten Sie sich besser um Ihren Mann gekümmert – sprich: mehr mit ihm gefickt –, wäre es nicht so weit gekommen und er hätte sich nicht eine so junge Frau genommen. Sicherlich muss dieser Spießer zu Hause jede Woche oder jeden Monat seiner Frau das Geld vorrechnen und kann es nicht fassen, dass wirklich und wahrhaftig eine Frau mal auf der Kohle sitzt. Wie sonst sind seine blöden Sprüche über mein Einkommen zu erklären! Ich habe davon jetzt mal die Schnauze voll – sein Chef (Bankleiter) hat am Montag den Brief. Ich weiß sowieso nicht, ob er mich nicht ohnehin falsch beraten hat, zuzutrauen wäre es ihm, genau wie dem Richter, bei dem ich alles beweisen muss. Mein Mann muss nur behaupten, Männern wird ohne Beweise geglaubt, und Frauen müssen beweisen und beweisen. Gott sei Dank wissen meine Kinder, wie alles gelaufen ist, in Deutschland gibt es keine Gleichberechtigung, irgendwo sitzen die Machos und alle Frauen haben irgendwo das Kopftuch um und müssen fünf Schritte hinter dem Mann herhumpeln, ich nicht!

Ich überlege, ob ich Sylvester in New Orleans verbringen soll, ich will das, es gibt keine bessere Stadt oder keinen besseren Platz, um das neue Jahrtausend zu begrüßen, ich schaffe das! Habe ich noch Urlaub, Himmel, was bin ich froh, das Ende der Leibeigenschaft bald erreicht zu haben. Während in dem kleinen Recorder von Sonja die Tapes von dir laufen – Troy Newman, erinnerst du dich? –, sitze ich hier und haue in die Tasten und schreibe mir die Wut von der Seele, ich werde ruhig, weil ich weiß, dass ich stark bin. Gestern arbeitete ich im Kino, es liefen die Filme »Runaway Bride« – lieb und witzig –, seit sieben Wochen »Star Wars«, dann noch »Werner« – verrückt und eigentlich blöde – und in der Spätvorstellung immer noch die »Message in a Bottle«. Irgendwann im Leben treffe ich noch einen Mann, der Liebesbriefe schreiben kann, oh je, ich fange schon wieder an zu spinnen, es ist immer alles anders als in den Filmen, man träumt und träumt und wie so viele, die sich den Film ansahen, habe auch ich den klitzekleinen Wunsch, so wie diese tote Frau geliebt zu werden!

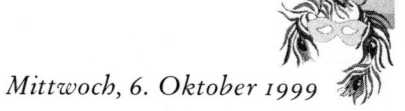

Mittwoch, 6. Oktober 1999

Okay, ich habe wieder mal meinen Frust runtergspült, solche Trinkorgien tun meiner Leber nicht gut, beruhigen aber für eine kurze Weile meine angekratzte Psyche. Eine Arbeitskollegin gab den Anstoß, ein Schluck folgte dem nächsten, im Gespräch schaukelten sich die Emotionen hoch – man wagt mehr zu sagen, wenn die innere Hemmschwelle unter den Alkoholspiegel gesunken ist. Ich denke zu viel, zu lange und hole vergessene Dinge an die Oberfläche des Bewusstseins, Dinge, über die ich nie wieder nachdenken und aus der Erinnerung streichen wollte. Meine Güte, was machen einen ein paar Schluck Weinbrand sentimental!

Aber ich habe es geschafft! Ich habe drei Tage New Orleans gebucht, der Flug geht über Amsterdam und Memphis! Yeah, ich werde das neue Jahrtausend in New Orleans begrüßen! Nirgendwo anders möchte ich sein, wenn es 24.00 Uhr ist. Ich rief Brenda an und bat sie, einen Platz im World Trade Center in der Bar »Top of the Mart« zu buchen, ja, für mich allein. Frei und unabhängig werde ich da lachend meinen Schampus trinken. Da stoßen sowieso alle mit allen an, da reden sowieso alle mit dir, die gute Laune wird von einem lachenden Menschen zum anderen übergehen wie bei einer Kettenreaktion. Ich werde hoffentlich im Avenue Plaza wohnen, sollte es ausgebucht sein, muss ich auf einen Dampfer, das sehe ich ja dann.

Meine Kinder werden irgendwo irgendwelche Partys feiern, sicher, sie hätten es gerne gehabt, mich dabei zu haben, aber ich gehöre hier irgendwie nicht hin, nicht an solchen Tagen. Es ist grässlich genug, die Weihnachtstage traditionell und mit »Oh du fröhliche« zu begehen, diese Geschenkorgien sind grässlich, diese scheinheiligen Besuche schlimm, zeig mir deinen Weihnachtsbaum, dann zeig ich dir meinen. Alle tauschen gute Wünsche aus und ich muss kochen und kochen und die gute Mutti sein, weil es schon immer so war und so sein muss. Nicht mehr lange und diese Tortur ist Vergangenheit. Oh je, ich bin mit Menschen zusammen, die den Zwängen genauso entkommen sind, ich habe aber, glaube ich, einen kleinen Schaden davongetragen, ich habe mich verliebt und segele emotional von einem wirklichen reellen Zwang in einen neuen, den ich mir selber zuzuschreiben habe.

Um Mitternacht stehe ich dort oben im Drehrestaurant, schaue auf die Stadt und den Fluss mit den erleuchteten Brücken und denke an dich und an Deutschland, wo es jetzt schon 6.00 Uhr morgens ist. Meine Gedanken fliegen über das Meer, dahin, wo du gerade bist. Hoffentlich sind alle meine Kinder auch gut in das neue Jahr gekommen, hoffentlich hat um 24 Uhr in Deutschland auch jemand an mich gedacht, Prost, alte Mama am Mississippi, machs gut und komm noch mal zurück! Meine kleine Sonja, die vermutet schon lange, dass ich irgendwann weg bin, deswegen will sie eigentlich immer mitkommen und aufpassen, dass ich wiederkomme. Ich komme wieder, aber die Abstände zwischen den Reisen werden kürzer werden! Ich tanke Freiheit auf, ich tanke Unabhängigkeit auf, um später meinen Alltag möglichst mit etwas Würde durchzustehen und nicht gleich in diese kleinkarierten Schriftsätze und Paragrafen eintauchen zu müssen. Ich komme am Gesetz leider nicht vorbei, ich muss damit fertig werden. Und es wird mir sicher nicht wie Thomas Dargel gehen, der sich, um keine Entscheidung treffen zu müssen, hat treiben lassen und – höchstwahrscheinlich selbstverschuldet – in den Tod gefahren hat. Ich überlege oft, dass das doch für die Übrigen eigentlich das Beste ist, der Tod ist immer endgültig und unanfechtbar – so sind Urteile, die Menschen treffen, leider nicht. Urteile, die Menschen treffen, können Fehlurteile sein, der Tod fehlt nie. Hey, lass dir nie solche Zwänge auferlegen, mach alles freiwillig und lass dein Herz dich irgendwo hinführen. Mein Herz ist bei dir, du kannst es nicht ändern, es ist frei und fröhlich und gerne bei dir.

Meine Katze schaut zum Fenster herein. Komisch, so ein Tier: Im Sommer ist es tagsüber in der Wohnung und geht nachts auf Tour, im Winter ist es genau umgekehrt. Neuerdings sitzt sie im Flur auf dem Stuhl neben dem Telefon. Wenn es klingelt, schaut sie hoch und mauzt, irgendwann lernt sie sicher, den Hörer abzunehmen. Manchmal rufe ich tagsüber kurz zu Hause an, weil ich weiß, sie wird dort sitzen und hochsehen.

Katzen haben eine empfindsame Seele, sagt man, Antennen, mit denen sie die Gefühlslage ihrer Leute erkennen. Katzen sind unabhängig und freiwillig bei einem, manchmal verschwinden sie ein paar Tage, dann sind sie ganz selbstverständlich wieder da und schnurren wie eh und je, so, als wären sie nie weg gewesen! Falls ich nochmal auf die Welt komme, dann als Katze, denn unabhängig bin ich eigentlich schon in diesem Leben.

Holger, ich freue mich für dich, dass du jemanden gefunden hast, mit dem du Urlaub und Lebenszeit verbringst, ich bin schrecklich neidisch auf diese Frau, jeder ist unendlich zu beneiden, der mit dir zusammen sein darf, weißt du das? Ich bin dabei, meine kleinkarierte Eifersucht zu besiegen, ich will nicht so sein, es fällt mir aber sehr sehr schwer. Ich kriege es aber geregelt, weil ich es will. Bitte nicht böse auf mich sein, je besser meine Maschine hier klappert, desto eher komme ich klar.

Dieser Herbst wird lang werden, aber das nächste Ziel ist für mich Sylvester in New Orleans, jeder durchlebte Tag ist ein Schritt dorthin.

Ich will nicht mehr egoistisch sein, ich will versuchen mich auf dich zu konzentrieren, ohne dabei an mich zu denken. Das ist schwer, das kann man aber üben, zum Beispiel heute im Kino: Ich saß an der Kasse, der Kinderfilm »Tobias Totz und sein Löwe« fing um 14.30 Uhr an, es kamen viele Mütter und Väter mit ihren Kindern, manche brachten sie nur, kauften Popcorn und Getränke und holten sie dann später wieder ab. Die ganz Kleinen wurden begleitet, Väter nahmen sich ein Bier mit hinein, Mütter fragten nach dem weiteren Programm und aßen Chips. Die Kleinen dürfen manchmal selber kommen und sich was holen, stolz verfolgt von den Blicken der Väter, die sich über die fortschreitende Selbstständigkeit ihrer Süßen freuen. Oh je, was ist das bei mir schon lange her. Als die Vorstellung lief, wollte ich den Hörer nehmen und dich anrufen. Ich wollte dir sagen: Wenn du mal später Kinder hast, wäre es sehr schön, wenn du mit ihnen und deiner Frau in die Vorstellung kämst, ich würde euch umsonst reinlassen, ich würde euch alles mitgeben, was ihr wollt, vielleicht Popcorn für dich, ein Herforder für deine Frau oder eventuell Piccolo-Sekt, für deinen Sohn – ich sehe dich immer nur mit einem Sohn, wenn ich an dich mit Kind denk – hätte ich Salzstangen, Gummibären, Erdnüsse, Fanta, alles, was das Kino nebenbei so interessant für die Kleinen macht. Ich beobachte die Väter gerne, die ihre Kinder ins Kino bringen. Ich konnte den Hörer auf einmal nicht mehr abnehmen, Holger, ich musste und muss jetzt schon wieder weinen, ich denke über dich nach und ich wünsche dir eine Familie, genauso stark wie ich es bedauere, dass ich nicht dazugehören kann. Deswegen saß ich da, grübelte und dachte über dich nach. Holger, wenn du dir sicher bist, dass sie deine große Liebe ist und die Mutter deiner Kinder sein will und du es auch willst, dann schenk ihr den Ring, den ich dir damals gegeben habe, du wirst wissen, was du machst, wenn du sie so gern hast wie ich dich, dann tu es. Ich bin dabei, mich in den Griff zu bekommen, ich versuche es mit autogenem Training und beame mich dabei fort, um nicht auszuflippen. Meine beste Arbeitskollegin, Frau Spisla, meint, ich hätte eine unwahrscheinliche mentale Stärke, ich wünschte, das stimmte, ich weine innerlich und lache nach außen, niemand weiß, wie es sich drinnen anfühlt, ich sehe mir Liebesfilme an, weil mich niemand liebt. Aber ich will von niemandem geliebt werden, ich will ganz, ganz frei sein, ich versuche es wenigstens, die Liebe hemmt das Herz und die Seele, wenn sie nicht erwidert wird.

So ging der Nachmittag weiter. In der nächsten Vorstellung lief »Werner«, dann »Star Wars«. Im anderen Saal immer die »Runaway Bride«. Die ist immer ausverkauft, die letzte Zeit, ich hatte später noch mal die Hand am Telefon, aber du hast bestimmt die Sonntage jetzt immer viel vor, Frauen planen immer, das wirst du schon merken, komisch, ich habe meinen Mann nie verplant, das war alles falsch. Egal, mit wem ich mich auch vergleiche, immer mache ich alles anders, ich bin immer anders und deswegen auch nicht interessant für Männer, ist ja jetzt sowieso auch egal, das kleine dumme Herz meint nur manchmal, etwas hüpfen zu müssen, dann denkt es an dich und dann geht es wieder eine Weile. Bitte nicht böse sein, ich wollte nicht mehr egoistisch sein, ich glaube, ich schaffe das und ich liebe dich immer und immer weiter. Du weißt es nicht, du machst deine Sachen und ich kaufe ein, arbeite, esse, spaziere mit den Hunden, lese, fahre Auto, höre Musik, jobbe im Kino, plane Klassenfahrten der Kinder, gehe mit meinen Enkeln spazieren, Anwälte, Banken, Schriftsätze und großer, großer Mist und du bist dabei, obwohl du in Quelle sitzt und fernsiehst oder frühstückst. Wie in aller Welt kann irgendwer glauben, ich hätte mentale Stärke, schwach bin ich und naiv! Meine verrückten Gedanken befreien sich und entkommen immer wieder, ich lache und freue mich darüber, dass irgendetwas stärker ist, als ich mit dem Willen beeinflussen kann, ja!

11. Oktober 1999

Eine Frage: Bist du mit der Planung deiner Hochzeit beschäftigt? Ich sah dich in der vergangenen Nacht, in einem grau-rosa-beige-karierten Anzug, in Krawatte und hellem Hemd. Deine dunkel gelockte Frau trug ein weißes, bauschiges, dekoltiertes Brautkleid, einen wehenden Spitzenschleier, weiße Handschuhe aus Satin, weiße, flache Schuhe und einen bunten Blumenstrauß mit grünen Ranken. So einen realen Traum hatte ich schon lange nicht mehr gehabt. Du hast gelacht, sie winkte mit einer Hand den Zuschauern am Kirchenausgang zu. Menschen formten mit ein paar Tennisschlägern einen Torbogen, am Straßenrand versammelten sich Kinder in der weißblauen Fußballkluft von Arminia (?), sie hielten ein Netz, ihr musstet Süßigkeiten werfen, um weiterzukommen. Ich hörte leise Musik, die durch die offene Kirchentür nach draußen drang. Leute in Festtagskleidung standen herum, gratulierten und küssten euch. Ich war unsichtbar, ich war Zuschauer, ich kannte niemanden außer dir, ich sah deine Frau an, sie sah mich nicht, wie auch, ich war in Wirklichkeit nicht dabei.

Glücklich schien die ganze Gesellschaft zu sein, einem Anfang und einem Ende von etwas beizuwohnen. Heiraten ist so ähnlich wie sterben, genauso endgültig, unwiderruflich festgelegt, bis dass der Tod dich scheidet, du versprichst es und in dem Moment glaubst du daran, weil es so üblich ist, weil das Gesetz es so vorschreibt und der überlieferte Text noch immer so vorgelesen wird. Und die Trauzeugen unterschreiben, sie bezeugen dein Versprechen, und du musst es halten, auf Biegen und Brechen, und deine Liebe lässt es dir ganz einfach vorkommen, denn du bist freiwillig dabei und das Jawort kommt dir mit Freude über die Lippen.

Was meinst du, warum alle Mütter und Großmütter bei jeder Hochzeit so weinen, die Väter und Großväter sich schnäuzen, die Freunde und Geschwister hüsteln, die wissenden Anverwandten mit dem Kopf nicken und gratulieren? Die Tragweite dieses Schrittes ist so weit reichend und ernst wie keine einzige andere Entscheidung in deinem ganzen Leben.

Ich habe dich heute Nachmittag versucht anzurufen und wollte dir meinen Traum erzählen, du warst nicht zu Hause, obwohl du eigentlich Montag Nachmittag manchmal da bist. Du wirst bestimmt heiraten, warum auch nicht, das ist der Lauf der Zeit, und du wirst Babys bekommen, warum auch nicht, das ist auch okay, deine Eltern werden Großeltern sein, und sie wollen das so sehr, und du wirst wissen, dass du den Generationenvertrag erfüllt hast, und die Familie wird weiterexistieren, alle werden glücklich sein. In irgendwelchen, Lichtjahre entfernten Galaxien schwebt deine Zukunft, die Familie, auf dich zu. Sie wird dich vollends vereinnahmen, du wirst in ihr aufgehen, das ist immer so. Kannst du dir einen Bruchteil einer Sekunde vorstellen, ich wäre deine Frau gewesen, ich meine, wenn ich zu einer anderen Zeit geboren wäre, wenn ich lieber, anpassungsfähiger, netter, nicht so besserwisserisch, etwas ruhiger und nicht so schrecklich unternehmungslustig, nicht so leichtsinnig, etwas häuslicher und gemütlicher, auch hübscher gewesen wäre? Was werde ich machen, wenn du dann wirklich heiratest?

Ich liebe dann einen verheirateten Mann, das ist so sträflich wie verachtungswürdig, es ist verboten und aussichtslos, ich muss es abstellen. Tief in meinem Herzen wünsche ich dir Eheglück, tief in meinem Herzen sitzt die Trauer, die große Freude immer mitbringt, als wehmütige Wolke am weiten Horizont, langsam schwebend, nicht näher kommend, aber sichtbar und wahrnehmbar, wie als Warnung.

Kannst du dir vorstellen, dass auch ich vor Millionen von Jahren diesen Ehemut gehabt habe? Natürlich beeinflusst von meiner überweisen Mutter, die die Bande zu binden wusste, ohne die eigentlich Beteiligten wirklich zu fragen. Ich habe das alles mit mir machen lassen, ich habe geliebt und das Rundherum war mir egal, lass die mal ruhig alles planen, habe ich gedacht. Es war meine Gleichgültigkeit, die mich jahrelang in dieser Ehe verharren hat lassen, ich hatte es eben versprochen und musste dieses Versprechen auch bis über den Tod hinaus halten. In dem ganzen wunderbaren Zweisamkeitsdasein ist mir erst, als ich mich in dich verliebte, bewusst geworden, dass ich eine Lüge gelebt habe, ich verdrängte dieses Bewusstsein und ließ mir nichts anmerken, ich verwirklichte meine Vision von einer großen Familie und hätte es auch fast geschafft, wenn du mir nicht über den Weg gelaufen wärst. Du hast mich wachgerüttelt, ich fiel und fiel und segelte und taumelte und der glückliche Zufall wollte es, dass ich auf einmal ein weitaus innigeres Verhältnis zu meiner Gefühlswelt verspürte. Ungeahnte Blödsinnigkeiten, Leichtsinn und Spinnereien spukten und spuken noch immer durch meinen Kopf, du hast mir meine wunderbaren Träume zurückgegeben, meine Unbedarftheit und Spontanität, die noch nicht ganz totgemachte Fantasie und Lockerheit kam wieder, wie dankbar bin ich dir! Und jetzt fange ich an zu träumen, du heiratest! Du überlegst jeden Schritt genau, den du machst, du bist nicht leichtsinnig, du bist sicher froh, in festen Händen zu sein, du wirst dir sicher eine hübsche Frau ausgesucht haben, was muss die glücklich sein, dich erobert zu haben! Ich wollte es vermeiden, mich von Eifersucht leiten zu lassen, ich will nicht eifersüchtig sein, wieso auch, ich war eh nie in deinen Gedanken, aber ich wäre es gern gewesen, komm, Holger, sei glücklich, was kümmert dich das, was ich denke. Aber pass auf: Solange du liebst und geliebt wirst, ist alles rosig. Ich denke, dass du treu bist, du wirst es versprechen und halten, ich konnte unter den Umständen meiner Ehe nicht treu sein, ich habe das Versprechen schon ziemlich früh erst im Traum und dann wirklich gebrochen, somit kann die Liebe nicht groß genug gewesen sein, vermute ich im Nachhinein. Nachdem ich oft mit mir selbst haderte, erkannte ich aber, dass ich nur so überleben konnte, mein armes Herz wäre sonst versteinert und erkaltet. Irgendwie hast du es befreit, ich hoffe für dich, dass dein Herz frei bleibt, auch in einer Ehe, es muss freiwillig bei deiner Frau sein, es muss ihrem Herzen ganz nahe sein wollen, das wäre richtig. Irgendwie habe ich das Gefühl, du machst alles richtig im Leben.

Auf der Autobahn nach Hause hörte ich heute Sting, das Stück: »Let your soul be your Pilot« ist wunderbar. Auf der CD sind Stücke, die einem Mut machen, Mut, den eigenen Weg zu wählen, »I'm so glad« und »I can't stop crying« z. B.

Holger, du hast mir mal Troy Newman aufgenommen, erinnerst du dich? Weißt du was, das war eine schöne Zeit in meinem Leben. Es ist dir jetzt ganz sicher gleichgültig, aber damals in dem Keller bei Sacha Fontaine, im Rohwarenlager, als wir Inventur machen mussten, lief deine CD, irgendwie war das eine herrliche Zeit, ich denke oft daran zurück. Kann man die Zeit nicht zurückkurbeln?

14. Oktober 1999

Ich bekam deine Postkarte aus Kreta, ich bin so nervös wie ein Teenager am ersten Tanzstundentag. Ich liebe deine zittrige Schrift, sie ist immer gleich, auf den Beschriftungen der Tonbänder oder deinen Zetteln. Und nun deine Grüße – das kleine o sieht aus wie ein schräges Herz, immer gleich, schade, dass du nicht von allein geschrieben hast, schade, dass du meine Anschrift verloren hast, schade, dass ich dir die Firmenanschrift mitteilen musste. Aber das alles verdränge ich in meiner unbändigen Freude. Worte, die von dir zu mir über das Meer flogen, befinden sich jetzt für ewig im Reißverschlussfach meiner Tasche. Ich lese sie oft, ohne die Worte aufzunehmen, mit zu einem Schlitz zusammengekniffenen Augen, die Worte verschwimmen, es zählt einfach nur der Fakt, dass ich eine Karte von dir habe! Ich bin wirklich verrückt, ich weiß, lächle, bin glücklich, ich liebe und liebe und liebe ins Leere, in die Unendlichkeit hinein, ohne Bremse, nichts stellt sich dagegen, niemanden kümmert das.

Im Fernsehen läuft im Moment ein Werbespot mit Harrison Ford. Er fährt mit einem Bonsai (!) im Lancia, der so sachte fährt, dass der Bonsai nicht darunter zu leiden hat, sondern regelrecht ausschlägt. Ich versuche an die Werbeagentur in Frankfurt zu kommen und das Video für dich zum Geburtstag zu kaufen, aber ich befürchte, ich werde keinen Erfolg haben – aber immerhin will sich die Agentur morgen melden.

Ich sehe eine TV-Sendung über Neufundland, dort es gibt Schwarzbären, es gibt Fjorde, Wasserfelsen, Elche. Die Bilder ähneln Alaska, nur sieht alles wärmer aus. Fischerei, Rentiere, davon leben die Neufundländer. Da könnte man leben, abseits von Stress und Sorgen, es liegen große Distanzen zwischen den Häusern, Einsamkeit pur, man benützt Wasserflugzeuge, um die nächsten Nachbarn zu besuchen! Siedlungen sind manchmal nur auf dem Wasserweg oder durch die Luft zu erreichen, herrlich! Neufundland gehört zu Nordamerika, Indianer und Eskimos wurden damals von Europäern vertrieben. Die Ureinwohner sind in wenige Siedlungen abgedrängt worden, das Sagen hatten die Neuen, schade, dass so etwas passiert, dass ein Nebeneinander nicht möglich ist, dass es immer Sieger und Besiegte gibt, auch in einer solchen Weite! Die Einfachheit der Häuser und Hütten, die gewaltige Schönheit des Landes, das ist atemberaubend und faszinierend. Es gibt ähnliche Probleme wie in Alaska, Alkohol, Arbeitslosigkeit, Verwahrlosung der Jugend und der ausgegrenzten Ureinwohner. Die endlose Weite ist trotzdem beeindruckend, die zerklüfteten Küsten und die Verschlafenheit der kleinen Gehöfte! Ich wünschte, ich könnte da sein und vergessen, vergessen, vergessen ...

Wale werden wohl auch dort gefangen, verbotenerweise. Mücken, Möwen, die schwarzen Neufundländerhunde, arme Kinder, die lachend im Wasser spielen, glücklich, auf der Welt zu sein – der Film ist wahnsinnig beeindruckend.

Meine Fotos aus Alaska, von meiner Tour, sehen ganz ähnlich aus! Ich werde irgendwann noch einmal Alaska besuchen, Neufundland hat ganz ganz ähnliche Landschaften und Gegenden, Küsten und Klimazonen.

Auf der Weltkugel liegt Neufundland ein paar Breitengrade südlicher als Alaska, daher sind die Winter dort nicht so lang! Die Vegetation ist trotzdem spärlich, riesige Landstriche sind tundraartig. Triniti ist ein Ort, von dem aus viele Exursionen gemacht werden, aber richtige Touristen gibt es dort nicht, zum Vorteil der Natur und zum Leidwesen der Einwohner.

Ich betrachte diese herrlichen Landschaftsaufnahmen, ich bin weit fort und sitze nicht hier auf dem Sofa und warte auf den nächsten Arbeitstag, ich überlege mir, was wäre, wenn ich dort in der Einsamkeit leben würde? Ich käme ganz sicher klar, ich wäre ganz sicher glücklich, ich hätte die Natur als meinen Kompagnon, die starke, riesige Weite als meine Umgebung, ich wäre klein und winzig, ein winziges Körnchen Mensch in dieser gewaltigen Einöde, niemand könnte dich unglücklich machen, weil wirklich niemand da wäre!

Meine Töchter fangen an zu nerven, ich habe keine Ruhe hier! Sie wollen wissen, was ich dauernd schreibe, neugierig und vorwitzig, wie sie sind. Mama schreibt sicher ihren Frust von der Seele, lass sie in Ruhe! (Sonja) Mama hat in der Firma nicht genug zu tun, höchstwahrscheinlich ist sie nicht ganz ausgelastet! (Bianca)

Ich lese John Grishams »The Testament«, in Englisch, da noch keine deutsche Übersetzung vorliegt, danach werde ich mir »Atlantis« (Stephen King, neu!) vornehmen und es dann dir schenken. Du bekommst das Buch nächste

Woche, ich bringe es dir in den Laden, ich musste mich schon die ganze Zeit zusammenreißen, dich nicht dort zu besuchen, ich versuche, mich zu entlieben, vergeblich, umsonst, aussichtslos, schrecklich zwecklos, verzweifelte Versuche ohne jegliches Ergebnis! Hast du dich auf Kreta gut erholt? Bist du braun? Wie siehst du überhaupt noch aus? Ich weiß es nicht, ich komme bei Gelegenheit mal rein, gute Nacht für heute und träume gut, mein Liebling, so, wie ich es tue.

Ich bin aufgewacht, auf dem Sofa, Decke weg, verschlafen, ich sitze, schaue herum, wo bin ich? Meine Tochter hat mich schlafen lassen, mir nur die Decke lose übergelegt. Es ist erst 4.20 Uhr, zu früh! Der Wecker steht auf dem Tisch, damit ich auch wirklich nicht verschlafe. Ich gehe auf die Terrasse und ins nasse Gras, es ist kühl, bald wird es den ersten Frost geben und ich muss aufpassen, um meine Palmen und Trompetenblumen nicht zu gefährden – ich werde sie früh zum Überwintern in den Keller stellen müssen. Ein klarer, schwarzer Himmel und Sterne über Sterne, ich sehe den Orion, zwischen den gelben Blättern des Essigbaums sehe ich den Großen Wagen – und wo ist der Morgenstern? Am Osthimmel steht er, ziemlich niedrig, hell blinkend – ja, das muss er sein! Ich strecke mich, Sterne haben etwas sehr Beruhigendes, Tröstliches an sich. Ich warte auf eine Sternschnuppe, ich schaue in viele Richtungen gleichzeitig, den Kopf weit nach hinten, nur nicht schwindlig werden! Aber Sternschnuppen erscheinen vorwiegend im August, ich weiß das, trotzdem, vielleicht doch? Nein. Es wird ein klarer Herbsttag werden: Auf mich warten Treffen mit den Auszubildenden, Computerlisten, Termine, Telefonate, Vertreterbesuche, der ganz normale Wahnsinn eben.

Der Morgentau ist empfindlich kalt. Ich trockne meine Füße mit einem Handtuch ab und gehe hinein. Die Katze räkelt sich im Sessel, es ist ihr zu früh heute, sie rollt sich wieder ein. Ich schalte den Fernseher an, mal sehen was CNN-Morning bringt. Auf vielen Sendern laufen noch die Wiederholungen sämtlicher idiotischer Talkshows, die es so gibt, angefangen bei »Arabella« bis hin zu »Fliege«. Später dann »Hallo Deutschland«, danach das Frühstücksfernsehen. Alles nicht besonders unterhaltsam, mir sind die Sterne lieber.

Der Morgen graut. Während Ehemänner sich nochmal liebevoll ihren Frauen zuwenden, während du sicher deine neue Freundin in den Arm nimmst, verdränge ich alle Sehnsüchte dieser Art und wende mich meinen täglichen Pflichten zu: Hunde an die Leinen, Wasser aufgesetzt, Heizung? Na ja, erstmal nur das Badezimmer, sparen, sparen, der Katze verdünnte Milch in die Schale geben, Tür einen Spalt auflassen, sie wird gleich gehen. Guten Morgen, ich habe eine Nacht verbracht ohne einen schlimmen Traum, ich bin da! Ich lebe und bin relativ glücklich, soll ich dir Brötchen bringen, auf meinem Weg zur Arbeit? Mein Herz sagt ja, ich muss es aber lassen, ich kann dein Auto nicht da stehen sehen ohne Wehmut, irgendwann bin ich mal mit dir nach Köln zum Konzert gefahren, wenn das Auto nicht da steht, schläfst du bei deiner Freundin, lieber will ich es nicht sehen.

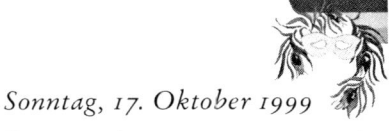

Sonntag, 17. Oktober 1999

Das Formel-1-Rennen in Malaysia haben die Ferraris gewonnen, unten im Dorf feiern die Fans, die rote Fahne mit dem schwarzen Pferd ist vor viele Balkone gespannt, selbst hier im lippischen Osten, wo sonst nichts passiert, hat Schumacher seine Anhänger – die kleine Dorfkneipe profitiert davon.

Nach einem ganz verbummelten Samstag – Shopping mit den Kindern, Sauna, Schwimmen, Salat essen und Relaxen in einem wunderschönen Detmolder Bistro – bin ich vor dem Fernseher sanft und fest eingeschlafen. Ich bin von meinen Töchtern wirklich überallhin mitgenommen worden, die haben ein ganz schönes Tempo drauf, sie machen nie schlapp, sie haben die Welt in ihrer Hand, sie bestimmen und ich sage: ja. Der große Vorteil von jungen Menschen ist, dass sie bestimmen, entscheiden und alles in Beschlag nehmen, einschließlich ihrer Mutter, die atemlos und locker (machmal Lockerheit vortäuschend!) hinter ihnen herläuft und im Fitnesscenter mal eben drei mal zehn Liegestütze macht, danach Aerobic mit Gummiband und Ball und auf der Matte die Stretchübungen macht und zum Abschluss noch 15 Minuten Rad fährt. Wenn andere mit der Waschmaschine und dem Staubsauger kämpfen, bin ich am freien Samstag lieber mit meinen Töchtern unterwegs.

Um sechs Uhr morgens werde ich wie immer wach, ich hatte einen eigenartigen Traum, ich träumte, ich sitze in deiner Wohnung, sie ist irgendwie anders, umkonstruiert, sie ist weitläufiger, weiß, andere Möbel, aber die blaue Sitzgruppe ist da, Tisch und CDs sind da, an der einen Wand ist eine breite Tür, diese öffnet sich, eine Gruppe Kinder, im Kindergartenalter, sich an den Händen haltend und im Kreis laufend, kommt singend herein. Die Leiterin ist eine dunkelhaarige, vollschlanke junge Frau. Sie lächelt, sagt den Kindern, wo sie zu gehen haben, sie singt mit, schaut dich an, du bist irgendwo im Raum. Ich sehe dich nicht, ich bin auch irgendwo, ich glaube, auf dem Sofa. An das Aussehen der Frau, ihr glückliches Lächeln, erinnere ich mich besonders. Sie hat in der oberen Zahnreihe eine kleine Lücke, das sieht ganz witzig aus. Plötzlich tritt ein Kind mit einem Zettel in der Hand auf mich zu und fragt nach dem Telefon, es müsste dringend in den Staaten anrufen. Ich zögere und antworte, meiner Ansicht nach hätte ich gar nicht anders antworen können: Du kannst hier nicht telefonieren, das ist ein privates Telefon hier! Jetzt kommt die für mich erstaunlichste Stelle des Traumes: Du kommst dazu, fällst mir ins Wort, und ziemlich eindringlich, fast erzürnt antwortest du dem Kind: Hier ist das Telefon, sicher darfst du hier telefonieren, auch in die USA, warum denn nicht? Ich bin ganz irritiert, ich werde ernst, fühle mich missverstanden, während die Kinderfrau lächelt und auf dich zugeht. Du nimmst sie in den Arm und sie lässt die Kinder eine kurze Zeit allein, ihr verschwindet in einem Nebenzimmer, was ich nicht kenne. Wer bin ich überhaupt in dieser Szene? Wer könnte ich sein? Ich stehe am Rand des Geschehens und beobachte doch sehr genau, ich bin nicht wirklich eifersüchtig, ich sehe die Vertrautheit, mit der du mit der Frau umgehst, ich werde traurig und wache auf. Wie oft ich in den letzten Jahren im Traum geweint habe, weiß ich nicht, ich glaube ziemlich oft, der Morgen ist tröstlich, denn der Morgen ist die Wirklichkeit. Der Garten ist mit Raureif bedeckt, das Gras raschelt, wenn die Hunde hindurch laufen, die Gräser scheinen härter in der Kälte.

Ich denke nach und komme zu dem Punkt, an dem ich zugeben muss, dass alle meine Gedanken um dich kreisen und alles sinnlos zu sein scheint. Das Warten auf nichts ist wie ein Schweben zwischen Himmel und Erde, bei dem man nirgends ankommt.

Nach dem frühen Spaziergang im feuchten Gras, nach dem Rascheln mit den Füßen im Laub, nach einer Tasse Tee denke ich noch mal nach, ich möchte den Sinn des Traumes erfahren oder weiterträumen – weißt du was passiert? Ich schlafe fast übergangslos und schnell wieder ein, sehe noch vor meinem Fenster die beiden großen Trompetenbäume mit ihren letzten Blüten, geschützt zwar noch, aber wenn die Nächte weiter so kalt sind, muss ich sie auch in den Keller zum Überwintern stellen. Das sind meine Gedanken und schon dusele ich weg, lasse den Sonntag Sonntag sein und träume und träume! Ich habe nicht die seltene Gabe, einen Traum da fortsetzen zu können, wo er aufgehört hat. In der nächsten Stunde lande ich auf einer Baustelle, treffe auf deinen Vater im blauem Kittel, überall sind Staub, Sand, Mörtel, eine Karre steht vor der offenen Wohnungstür, Krach und Hämmern ertönt im Hintergrund, vielleicht bist du das, ich kann es nicht sehen. Ja, wir vergößern Holgers Wohnung, wir bauen um!, ruft dein Daddy mir zu, dann lässt der Geruch nach Maurerarbeit und Steinen mich erwachen. Träume dauern nur Sekunden, sagt man, dieser eben auch. Ich glaube, du wirst Vater und brauchst mehr Platz, ich hatte es früher schon mal geträumt und dich mit einem Kind Fußball spielen sehen. Jetzt ist es sicher so weit, ich fühle es.

Nein, stell mir nicht deine neue Freundin vor, noch nicht, vielleicht später, ich habe Angst davor dich mit ihr zu sehen, ich kann nicht.

Am Ende einer einsamen Nacht steht die Gewissheit, dass man im Traum Dinge verarbeitet, die einem Probleme machen. Ich träume mir alles ins Reine und setzte mich mit mir auseinander, ich will mich alleine in den Griff bekommen und ich glaube, ich kann es schaffen. Du äußerst dich am Telefon sehr vorsichtig und diplomatisch, du könntest ja auch ausrasten und gar nicht da sein, du bräuchtest überhaupt nicht mit mir zu sprechen, warum auch. Danke, dass du so bist und sagst, wir telefonieren, wenn ich dir anbiete, deinen Oleander umzutopfen oder deine Bonsais zur Pflege zu bringen. Ich wüsste gerne, ob deine Freundin Bonsais auch gerne hat und ob du andere Gemeinsamkeiten mit ihr hast, Hobbys, ich glaube deine Ma erwähnte irgendwann, sie spiele auch Tennis. Ich hatte nie das Geld für solchen Sport und auch nicht die Zeit für irgendwelche Vereine, die fordern schon eine ganze Menge Einsatz, glaube ich. Ich bin auch nicht der lustige Vereinskumpel, ich bin eher eigenwillig und könnte nie so ein Cliquenmensch sein. Ich bin ziemlich gerne alleine und sehr mit mir selber beschäftigt. Trotz meines Alters weiß ich manchmal immer noch nicht genau, wer ich bin, ich weiß nur, dass ich manchmal glaube, dass du ähnlich bist, weit entfernt zwar, aber ähnlich, auch so scheu und irgendetwas überspielend, was im Inneren schlummert und niemand kennt.

Gedankensprung, das muss ich dir erzählen: Ich hatte einen Termin beim Bankdirektor meiner Hausbank und seinem Assistenten, Freitag um 17.00 Uhr, Geschäftszeit war schon beendet, Kaffee, Kekse und meine Akte auf dem langen polierten Tisch.

So circa zehn Stühle im Oval, ich durfte mir den Platz aussuchen, heller Teppich, Kirschholzmöbel, Fenster mit hellen Jalousien, Wände cremefarben. Ich wie immer ohne vorherigen Friseurbesuch, nur kurz gekämmt, meine Unterlagen in meiner Aktentasche, mein alter Citroën vor dem Hintereingang. Dieses Gespräch hätte nicht besser sein und zu keinem besseren Zeitpunkt stattfinden können, ich sage dir, der Bankdirektor und sein Assistent haben sich für das Verhalten dieses miesen kleinen Kreditleiters – du weißt, wie blöd er mir kam mit seinen Moralpredigten über meine Verhalten als Frau – in aller Form entschuldigt. Sie boten mir gute Zinssätze an, falls ich wirklich meinen Mann auszahlen wolle, sie rieten mir außerdem, in die Offensive zu gehen und den einen Kredit voll meinem Mann im Zugewinn zuzuschreiben, da er ja voll von ihm genutzt wurde. Du siehst, das hatte ich in den langen Jahren total vergessen, das wusste ich nicht, dass ich Summen abzahle, die das Haus gar nicht betreffen, Gott sei Dank hatte ich den Einfall, den Bankleiter einmal zu kontaktieren! Nicht, dass ich jetzt schon besonders aufgebracht war, beide Chefs boten mir an, mit einer entsprechenden Vollmacht bei der Vermögensauseinandersetzung für mich alles offen zu legen und von der Bankseite her auszusagen! Herrlich! Gerechtigkeit und Wahrheit werden jetzt vielleicht doch ans Licht kommen.

Das Gespräch war sehr positiv für mich und im Auto überlegte ich mir sofort, zu meinem Anwalt zu fahren. Ohne Termin zwar, aber es war notwendig! Ich stellte seine Arbeit infrage, denn er hätte mir, da er mich vertritt und mein Geld bekommt, diesen Tipp schon früher geben können! Er war ganz klein mit Hut und der Spruch mit der Offensive setze ihm sichtlich zu! Sicher ist es ja auch verkehrt, ich habe immer alles bezahlt und soll jetzt weiterzahlen, wieso?

Ich muss Geld rausbekommen, aber klar! Ich fragte ihn, ob er die Gesetze vielleicht nochmals nachlesen wolle vor den nächsten Verhandlungen, ich bin mir nicht sicher, ob ich nicht den Anwalt wechseln muss, ich werde es mir überlegen. Schnell schob er mir so ein Formular hin, mit dem ich ihn bevollmächtigte, von der Bank Erkundigungen über Kredite einzuholen. Dank meines Bankleiters bin ich in der Position, es richtig gemacht zu haben und nichts an meinen Mann zu zahlen. Meine Güte, was ich diesen Quatsch hasse und endlich fertig damit sein möchte.

Holger, du hast mit dem ganzen Scheiß nichts am Hut, mach bitte niemals Fehler aus Liebe! Wenn du viel hast, musst du aufpassen, und auch wenn du jemanden liebst, musst du Gütertrennung vereinbaren. Wenn eine Frau dich liebt, nimmt sie dich, auch wenn du mittellos und arm, arbeitslos und obdachlos bist. Weißt du was, ich würde dich unter allen Umständen nehmen und ich liebe dich mit jeder deiner Schwächen, die ich gar nicht kenne, ich liebe deine Schrift und deine Stimme und dein Lachen, ich muss in den Laden, die Zeit ohne dein Lachen ist schon zu lange gewesen. Hey, ich habe bei »Musikharke« in Detmold am Samstag über Kopfhörer Sting gehört, weißt du, welches Stück ich gut finde? »Ghost Song« oder so, der Text ist stark, die ganze CD ist super, ich habe sie nicht gekauft, vielleicht schenkt sie mir jemand zu Weihnachten, du vielleicht? Nein, du musst deine Freundin und deine Eltern beschenken! In der vergangenen Woche habe ich sie mir schon mal angehört, und es gibt auch, glaube ich, ein neues Album der Counting Crows. »Recovering Satellites« und als Doppelalbum, willst du das zum Geburtstag?

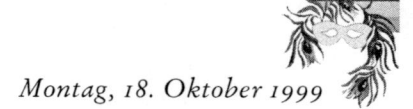

Montag, 18. Oktober 1999

Ich ertappe mich dabei, auf dem Nachhauseweg über die A2 den Kondensstreifen der Flugzeuge am Abendhimmel nachzuschauen. 18.30 Uhr, Sonnenuntergang, fast klarer, orangefarbener Himmel, die Sonne als roter Ball, halb verschwunden und immer weiter fort, fast nur noch ein kleines halbes Oval, dann weg! Der Abendhimmel ist graugelb, noch dem Tage nachtrauernd. Ich bin unterwegs nach Hause, ich fahre jeden Abend etwa 52 Kilometer über die Autobahn. Manche Autos haben schon Scheinwerfer an, ich zögere das hinaus, ich fahre gerne ohne Licht. Zwei Flugzeuge ziehen fast parallel Kondensstreifen, ich möchte in diesen Fliegern sitzen, ich schaue so lange, zu lange fast, hinterher, bis die Streifen verwischen, ich lande fast an den Leitplanken, aber das Bild ist eben einfach traumhaft! Ich hatte nach dem Einkaufen eine Dose Karlsquell Edelpils zu mir genommen, ich muss sagen, damit geht alles viel leichter. Die Kinder haben einen Zettel auf den Tisch gelegt, sie werden erst gegen neun zu Hause sein, ich soll Abendbrot machen! Klar, ich mache Abendbrot, ich habe selber Hunger, ich glaube, ich werde mir eine Pfanne Zwiebeln braten, zu Graubrot, herrlich! Ich esse immer unkompliziert und deftig, die Kinder wollen immer eher etwas Feineres.

Die Tagesarbeit ging mir heute am Montag erstaunlich gut von der Hand, ich war wunderbar gelaunt, fit und gut drauf, eine Arbeitskollegin hatte Geburtstag, wir hatten eine kurze Feier am Morgen und nachmittags Kekse und Kuchen. Unsere Abteilung besteht mit den Auszubildenden aus zehn bis zwölf Personen, die Auszubildenden wechseln ständig. Neulich musste leider ein junger Mann die Firma verlassen, er war vormittags am Schreibtisch – den Kopf auf der Tischplatte – fest eingeschlafen, so etwas geht natürlich nicht, das ist auch wirklich unmöglich, das hätte man sich früher nicht getraut. Ich musste diesen Auszubildenden beurteilen und leider muss ich in solchen Fällen die Wahrheit sagen.

Holger, es geht dir sicherlich super, ich habe versucht, dich zu erreichen, du wirst aber mit deiner Freundin beschäftigt sein oder beim Tennis oder im Kino. Ich würde gerne deinen Oleander umpflanzen und pflegen, so, wie ich meinen jetzt für das Überwintern fertig gemacht habe. Ich gab ihm einen größeren Topf und neue Erde, das braucht er, um die Zimmerzeit gut zu überstehen, er muss eventuell auch etwas kühler stehen.

Im Radio läuft »Landslide« von Fleetwood Mac, wahnsinnig, ich stelle es lauter, ich habe das Stück auch auf Band, von dir. Draußen ist ein klarer Sternenhimmel, die Blätter meines Essigbaumes sind fast alle abgefallen, ich habe klare Sicht vom Sofa zum Himmel, ich sehe den Halbmond und Sterne über Sterne. Ich bin zufrieden und froh, den Wochenanfang einigermaßen stressfrei überstanden zu haben, es gab keine Hiobsbotschaften über falsche Produktionsteile, keine Mängel bei der Einrichtung. Die Zwischenmeister scheinen zufrieden zu sein, dieses Abhängigsein von der Auslandsproduktion ist Bestandteil des Arbeitsalltages, das ist normal, aus Deutschland kommen allenfalls die Zutaten und unsere Arbeitskraft, alles andere ist von den umliegenden Ostblockländern oder unseren europäischen Nachbarn. Wir sind nicht mehr wichtig, da hier die Löhne zu hoch sind, wird aus den Billiglohnländern importiert. Man muss mitmachen, es hat keinen Sinn, was zu ändern, unsere Regierung stellt die Weichen, die Wirtschaft funktioniert nur so!

Zeit zu kochen, gleich kommen die Kinder, ich muss mich beeilen. Meine Güte, warum konnte ich dich nicht erreichen und warum konntest du mir nicht den Oleander vorbeibringen, ich hätte ihn so gerne mitgenommen zum Umtopfen.

20. Oktober 1999

Kennst du den Film »Die Katze« mit Kim Basinger und Val Kilmer? Er lief gerade auf Pro 7, super, Kim Basinger magst du gerne, ich weiß, sie ist noch sehr jung in diesem Film! Was machst du jetzt gerade? Ich kam soeben von der Firma, ich musste wie immer länger als sonst arbeiten, im Moment ist viel los, Produktion, Bestellungsanmahnungen, wer am lautesten schreit, bekommt die Ware zuerst, das ist schon immer so gewesen, ich kann gut mit den Lieferanten handeln, unsere Firma hat immer gute Karten. Ich bin einigermaßen gut im Job, ich komme gut klar und verdiene mein Geld. Meinen Kindern habe ich erzählt, dass sie viel, viel lernen sollen (vor allem die Mädchen!). Sie müssen im Leben immer einen Tick besser sein als ein Mann, sie müssen auf eigenen Beinen stehen können, sie sollen nicht auf andere, speziell auf Männer, angewiesen sein. Ich habe ihnen das ganz brutal erklärt: Du musst im Leben clever und schlau und fitter und schneller als ein Mann sein und wenn das nicht machbar ist, dann musst du unschlagbar im Bett sein, gut bumsen können. Dann kommst du als Frau auf jeden Fall weiter. Wenn du beides bist, clever und auch noch gut im Bett, glaubt das kein Mann, du musst dich entscheiden! Clevere Frauen sind erst gut im Bett, dann sahnen sie ab, dann haben sie den Mann in der Tasche und können sich eine Menge leisten. Nichts von allem habe ich geschafft, ich hatte irgendwie an die Liebe geglaubt, immer und immer wieder, ich hatte versucht, alles aus Liebe zu tun, das glaubt dir kein Mann, du wirst als dumm und unnormal und ganz schön blöd angesehen (alles gehört!), und fast alles stimmt auch, nur vor meinem Gewissen konnte ich nie anders sein, tief in mir drin verurteile ich viele meiner Bekannten, die mir im Moment gut zureden und sagen, ich hätte schon viel früher ... usw., usw.

Männer muss man kontrollieren, Männer wollen bevormundet werden, Männer brauchen den Druck, Männer sind wie kleine Kinder und man muss sie an der Leine führen (an der Hand halten!), Männer haben keine Ahnung von Geld, Männer darf man nie entscheiden lassen, alles hat die Frau zu sagen – so und noch viel schlimmer reden meine Kolleginnen, jede weiß von ihrem Mann, was er verdient, jede bestimmt über Anschaffungen und Urlaub, jede erhält Wirtschaftsgeld, auf ein Konto oder bar. Ich hatte sowas nicht, ich wollte sowas nicht, ich bin keine richtige Frau gewesen. Oh Gott, ich gerate manchmal mit den Kolleginnen richtig in die Wolle, denn ich denke so ganz in die andere Richtung, Liebe fragt nicht nach Geld und Kontoständen, der Liebe ist das Haushaltsgeld egal, wenn die Planung erst einsetzt, ist die Liebe meistens schon vorbei. Die Zahlen besiegen das Gefühl. Geld gewinnt immer, wenn es mit Liebe in einen Topf geworfen wird. Ich hatte das nicht zugelassen und geliebt und bezahlt. Ich verstehe Liebe ohne den Hintergedanken an Geld, wie er bei meinen netten Genossinnen so drin sitzt. Schade eigentlich, ich möchte gerne manchmal anders denken können, es geht nicht.

Ich muss da eine Geschichte vom Shanondoah-Nationalpark erzählen, Shanondoah heißt »Tochter der Sterne«, das ist Indianersprache. Der Hauptdarsteller in Grishams »The Testament« war in dem Park zur Alkoholentwöhnungskur, in einem Heim hoch in den Blue Ridge Mountains.

Als ich mir im August hinter der Rangerhütte (wo man den Eintritt zahlt und die Prospekte bekommt) die Strecke auf der Karte anschaute, wusste ich noch nicht, welch herrlichen Tag ich erleben würde. Dieses Gebiet (Neider sagen hier, alles was die USA nicht anders nutzen können, was groß und leer ist, wird zu einem Nationalpark –wie blöde solche Meinungen sind!) war mit Abstand das einsamste, was ich bis jetzt in den Staaten bereist habe.

Am Morgen hing der Nebel in den Wiesen, die Bäume waren noch sommerlich grün, die Frauen in der braunen Rangeruniform freundlich, über den flachen runden Bergkuppen begaben sich die ersten großen Vögel, vielleicht Bussarde, auf Jagd, die Sonnenstrahlen verirrten sich zwischen den Baumstämmen und ließen den Morgentau eine märchenhafte Glitzerschicht auf die moosigen Ebenen zaubern. Ich hatte wahnsinnig gute Laune, ich fühlte das Glück des Morgens, die herrliche Genugtuung, hier mit meinem Leihwagen fahren zu können, das erleben zu dürfen, was ich mir beim Betrachten der Landkarte in Deutschland vorgestellt hatte.

Ich hatte einfach nur meine Schlappen und dünne Sommersachen mit. Das gemäßigte Klima Virginias – ganz anders als die tropisch feuchte Hitze Louisianas – bekam mir sehr gut. Ich suchte mir einen Musiksender, ich goss mir einen Becher Kaffee ein, legte meinen Fotoapparat zurecht und erwartete einen weiteren Urlaubstraumtag. Ich wollte die 125 Meilen auf dem Skyline Drive an einem Tag fahren, die wichtigsten Aussichtspunkte und die Wasserfälle sehen, eventuell da anhalten, wo ich es schön fände, etwas essen, mir selber das schenken, was ich gut finde, Natur und Einsamkeit ohne Ende. Auf der ganzen Strecke ist eine Geschwindigkeitsbegrenzung von 25 Meilen, an engen Stellen oder bei steilen Kurven sogar von 15 Meilen.

Ich wollte nachts zurück sein, Claudia wollte mir Ratschläge geben, ich fuhr aber ohne ihre Ratschläge los, sie hatte mit dem neuen Haus zu tun, wenn sie frei gehabt hätte, hätte ich sie mitgenommen, ich bin aber ebenso gern allein unterwegs, weil ich mich in den Staaten sicherer fühle als irgendwo sonst.

Serpentinen, Kurven, Steigungen, kein Verkehr am Wochenanfang, gut ausgesuchter Tag! Einige Motorradfahrer, sehr diszipliniert fahrend! Ich gab mir selber den Mut, immer weiterzufahren, die Straße war so leer, aber trotzdem fühlte ich mich gut, Claudias Befürchtung, dass ich eine Panne haben könnte, vergaß ich. Die Sonne stieg höher, mal hatte ich sie vor mir, bald von der Seite, je nach Lage der Straße, die wirklich immer auf der höchsten Stelle der Hügel gebaut war. An den Rändern säumten kleine, niedrige Bruchsteinmauern fast die gesamte Strecke, in der Mitte teilte ein gelber Streifen die schmale Straße in zwei gleich breite Streifen.

Der Himmel wurde blauer, die Sonne wärmer, die Sender gingen ständig weg, hinter jeder Kurve stellte ich neu ein und erfuhr irgendwann, dass es der Todestag von Elvis war – deswegen spielten sie den ganzen Tag Stücke von ihm. Irgendwann hielt ich hinter einem Tunnel an und trank meinen Kaffee aus. Eine Gruppe Biker wollte ein Gruppenfoto – okay, ich machte es. Ich setzte mich auf die Mauer, der Blick war einmalig, ich überlegte, wie wunderbar die Welt war, welch herrliche Orte es gab und ich wünschte mir, du wärst auch dort gewesen. Ich konnte mir niemand anderen an meiner Seite vorstellen als dich. Höchstwahrscheinlich werde ich diese Strecke – genau wie die Brücke über den Pontchartrain – noch mehrmals im Leben fahren. Im Nationalpark soll es Bären geben, aber ich sah nur Rehe, Bussarde, Füchse, einige Bisamratten. Bären kommen erst, wenn es kühler wird, erzählten die Ranger.

Ich hielt an der Raststätte »Big Meadows«, wollte etwas essen und die Dark Hollow Falls ansehen, Wasserfälle aus denen die Indianer und später die Siedler in diesem Gebiet ihr Wasser holten. In der Gastwirtschaft füllten mir die Besitzer neuen Kaffee in meine Thermoskanne, ich aß ein Baguette, machte mich frisch und ging noch in den Andenkenshop. Eine alte Indianerin bediente in freundlichem Englisch und mit sehr dunkler Stimme die wenigen Touristen. Zwei ältere Männer schauten sich bemalte Töpferwaren an. Die Indianerin in ihrer dunklen Garderobe, den Perlen um den Hals, im dunklen Haar und um die Füße, beriet mich, als ich für meine Töchter silberne Fingerringe aussuchte. Claudia nahm ich eine Vase aus bemaltem Ton mit und dann fragte ich die Alte nach einem T-Shirt, weil da nirgends welche hingen oder lagen. Sie hatte ein putziges Englisch, fragte mich, für wen das Shirt sein sollte, ich sagte, für einen Freund, und sie erwiderte, dass T-Shirts kein Geschäft für diesen Laden seien, die Leute suchten Shirts in den billigeren Malls in den Städten. Diese Preise könne man hier oben nicht machen und daher verkauften sie nur Leuchter, Handarbeiten, Schmuck und spezielle Folkloreartikel, die sie, die wenigen übrig gebliebenen Indianernachkommen, noch selber herstellten. Sie wollte wissen, wo ich herkam. Kunden aus Deutschland – sie sagte »Schermanie« (Germany) – hatte sie noch nie bedient! Sie zeigte mir wollene Pullover, dann holte sie aus der letzten Schublade drei oder vier Shirts, das eine blaue hast du jetzt, eigentlich waren das nur Reste ihrer Vorgängerin, die nicht verkauft werden sollten, es könne sein, dass es einläuft, es könne sein, dass der schlafende Bär beim Waschen abgeht, auch die Farbe könne verschwinden, so alt seien die schon. Ich weiß nicht, ob du das Shirt zum Schlafen trägst, es sah so gemütlich aus und die Frau gab es mir so preiswert, dass es ruhig einlaufen darf. Sie erklärte mir das Wort Shenandoah – »Tochter der Sterne« –, sie war froh, jemanden getroffen zu haben, der nachfragte. Ich erzählte ihr, dass ich den Hollow Fall besuchen wolle, sie aber sagte, dass er aufgrund der Trockenheit in Virginia momentan kein Wasser habe. Ich wollte trotzdem runtersteigen, aber sie riet mir ab wegen meinen Schlappen. Ich lachte, sie ging in einen Hinterraum und holte braune Wildlederschuhe und Socken, ich sollte die zum Steigen über den Apalachentrail anziehen, so ginge es besser. Ich ließ alle meine Taschen und die Autoschlüssel bei ihr im Laden, nahm den Fotoapparat und ging die circa zwei Meilen bergab, um feststellen zu müssen, dass die Frau wusste, wovon sie sprach: Der Wasserfall – auf der Ansichtskarte wirklich romantisch – war ein Rinnsal, fast ausgetrocknet. Ich hätte der Alten glauben sollen, ich gab ihr die Schuhe und Socken zurück, sie gab mir jeweils einen flüchtigen Kuss auf jede Backe und sagte irgendeinen Spruch auf indianisch, ich konnte nur leise Thank you sagen und winken, sie blickte ernst, irgendetwas Mystisches lag in ihren Augen, ich wünschte, ich könnte die Frau noch einmal besuchen.

Ich brach bald auf und fuhr weiter.

Der höchste Punkt von Skyline liegt circa 3550 Feet, nicht so sehr hoch, aber du merkst es, wenn die Strecke wieder bergab geht. Ich hätte eigentlich tanken müssen, aber ich rechnete mir aus, noch bis Charlottesville zu kommen und das klappte auch. Menschen zu begegnen, Menschen, die etwas Besonderes sind, das empfinde ich als unheimliche Bereicherung in meinem Leben. Ich lachte und sang auf dem Nachhauseweg (ich sage wirklich Nachhauseweg!!), ich war überglücklich, ich freute mich über den Tag, es wurde kühler, die Sonne sank, der Himmel und die Sicht wurden diesiger, mein Film in der Kamera war voll.

Holger, ich weiß, dass du da auch gerne langfahren würdest, ich weiß das. Ich war so froh, das gemacht zu haben, ich hätte die Welt umarmen können, ich könnte dir die Welt schenken, es gibt nichts, was in dem Sommer für mich eindrucksvoller war, die Musik, das Licht da oben, die ganze Strecke, das war Glück in seiner reinsten Form.

Herzrasen, klare Nächte, schlaflos, ruhelos, Sterne am Himmel, unendlich viele. Ich mache mir keine Sorgen über das Morgen, ich bin glücklich und zufrieden mit mir selber, ich denke an früher, an meine Angespanntheit. Was werden wir morgen essen, sind die Kinder gesund oder krank, was werde ich verdienen, welchen Job brauche ich überhaupt noch und wo schläft mein Mann und mit wem? Kein Gedanke mehr an solchen Quatsch, ich bin froh, dass ich an dich denken darf, egal, was du machst und wo du bist, ich bin bei dir, in Gedanken.

Filmschnitt: Ich erinnere mich an die Sache mit meiner Hepatitis. Ich hatte mich irgendwo – auf Geschäftsreise in Frankreich oder Italien – angesteckt. Es war 1973, das Jahr, in dem Uli eingeschult werden sollte, leider habe ich seine Einschulung im August nicht mehr mitbekommen, denn ich kam sofort in Detmold auf die Isolierstation. Gelbsucht war damals meldepflichtig, es kam der Desinfektor ins Haus, alle Räume wurden abgeklebt und ausgesprüht, sodass sämtliche Grünpflanzen eingingen, alles tot. Alle wurden vorsorglich gespritzt und ich lag den ganzen Sommer im Krankenhaus. Kein Besuch, nur Diät, jeden Tag an den Tropf, alle Venen zerstochen und danach eine Dauerkanüle in der Hand, jeden Tag Blutkontrolle, kein Besuch im Zimmer, auf einem langen Gang vor der Fensterreihe Telefone für die Besucher, kein Händeschütteln. Ich kam mir vor wie in einer eigenartigen Peepshow. Meine damaligen Firmenchefs standen täglich mit Aktenordnern vor meinem Fenster, hatten den Hörer in der Hand und empfingen Anweisungen von mir – auch durch einen Hörer. Ich war nie krank, das kannte man nicht, und so hatten sie alle Hände voll zu tun. Die Ärzte beschwerten sich über die vielen Besucher, danach wurde es ruhiger.

Ich war quittengelb, das ansonsten Weiße in den Augen, die Kopfhaut, die Fingernägel, die Haut – alles gelb, stärker getönt als bei Chinesen. Die Blutwerte sanken allmählich, Transaminasen und Bilirubin (ich werde es nie vergessen!) verbesserten sich sehr langsam und ich nahm immer mehr ab. Nach zwei Monaten wog ich nur noch so um die achtzig Pfund. Es war stinklangweilig in dem Zimmer, alle Bücher, die ich mitgebracht hatte, wurden wegen der Infektionsgefahr weggeworfen. Auch alle meine anderen Sachen wurden vernichtet: die Pflegeutensilien, Zahncreme, Schuhe. Die Antibabypille wurde für immer verboten – danach ging das Verhütungsproblem draußen los!

In dieser Zeit verliebte ich mich – weil es nichts und niemanden sonst gab – für drei Monate in den Chefarzt dieser Abteilung, Dr. Dees, und erwartete täglich mit Aufregung die Visiten – und verschlief die Wochenenden ohne Visite. Mein Mann verbrachte einen herrlichen Sommer ohne mich, schulte Ulrich ein, drehte darüber einen Film, weil ich so heulte – mein erstes Kind und ich sehe seine Schultüte nicht! Kein Kuss, kein Händedruck, nichts, drei lange Monate.

Meine Kinder, vier und sechs Jahre, malten mir Bilder von Rockbands, sie durften für drei Tage mit in die Lüneburger Heide zu einem Open-Air-Konzert, für drei Tage. Sie überlebten das, wo sie wohl schliefen und was sie wohl aßen? Ob ich es guthieß oder nicht, ich saß sowieso fest und mein Mann sah alles ganz locker, es war die Flower-Power-Fleetwood-Mac-Zeit, Kinder waren super, jeder liebte sie und jeder nahm sie mit und gab ihnen zu trinken und zu essen, sie schliefen im Pkw, in der Rockerszene war nichts easier als das, sie waren süß und fanden alles toll, sie malten Hunde. Ich starb vor Angst, während sie Abenteuer pur hatten.

Meine Gelbsucht war Ende Oktober kuriert, Ende Oktober, Ulrich konnte schon bis zehn zählen und einige Buchstaben. Der Sommer war vorbei, ich war bleich und dünn, ich schenkte dem Arzt ein Buch über die Phönizier. Am Tage meiner Entlassung konnte ich ihn endlich in den Arm nehmen, er lachte nur, er wusste Bescheid – Frauen in Isolationskrankenhäusern verliebten sich wohl immer in ihn. Ich hatte die allergrößten Sorgen um meine Kinder, den Kontostand, den Zustand der Wohnung und überhaupt. Mein Mann holte mich ab, ich weiß noch dass der Tag etwas sonnig, aber kühl war. Meine Klamotten schlotterten mir am Leib, ich war extrem dünn geworden, ich war dem Tod sozusagen von der Schippe gesprungen, das hatte der Arzt meinem Mann gesagt. Ich sollte noch zur Kur, bevor ich wieder arbeiten würde. Ich ging wackelig, der Kreislauf versagte und ich konnte mir nicht vorstellen, den weiten Weg zum Parkplatz zu schaffen, nach drei Monaten Bettruhe.

Aber ich schaffte den Weg! Im Spiegel sah ich mich an, ich sah wieder halbwegs normal aus, hatte aber Augenschatten, fahle Haut und blasse Lippen. Ich musste mir neue Schminksachen zulegen, weil alles weggeschmissen war.

Diät sollte ich noch halten und alles, was mit »A« anfängt, lassen: Arbeit, Alkohol, Aufregung – leicht gesagt! Gute Vorsätze und Wünsche von allen begleiteten mich und ich wollte weitermachen, wo ich aufgehört hatte.

Auf der Fahrt nach Hause bog mein Mann in einen Waldweg ab, er trug keine Unterwäsche, er wollte Sex. Er habe nun lange genug gewartet, sagte er, und wollte seine lange Enthaltsamkeitsphase – ich glaube ohnehein nicht, dass er eine hatte – beenden. Toll, ich war kaum fähig, mich auf den Beinen zu halten, er dagegen fit und gesund und so supergeil wie nie. Ich hatte keine Zeit, groß nachzudenken, es war mir egal, ich wollte nur schnell nach Hause.

Die Kinder hatten ein Schild mit »Willkommen zu Hause« gemalt, die Wohnung war relativ sauber und ich konnte sie endlich in den Arm nehmen. Ich weinte, die Kleinen wussten nicht, wieso, ich schob die Freude vor, ja klar, ich freute mich auch, überhaupt zurück zu sein. Mein Mann ging seinen Dingen weiter nach, ich rief die Firma an, meldete mich für den nächsten Tag zurück zum Job. Ich rief den Arzt später noch manchmal an und als ich mein Gewicht und meine Fassung wieder hatte, besuchte ich die Station und brachte selbst gebackenen Kuchen mit und alle freuten sich daüber und über meine Genesung.

26. Oktober 1999

Holger, woher kommt das, dass du so ruhig da beim Abwaschbecken stehen kannst, dass dir mein Gelaber nicht zu viel wird und du mich einfach vor die Tür setzt, dass du spülst, während ich wirres Zeug rede, weil ich mich freue, dich nach langer Zeit wiederzusehen. Du bist so sanft und so ruhig und so nett wie immer, reichst mir eine Flasche Bier aus dem Kühlschrank. Du hörst mir zu, obwohl es für dich belanglos ist, aber du tust es. Ich verstehe nicht, wieso du so sein kannst. Du hast das T-Shirt mit dem schlafenden Bären an, ich wusste, dass du das gut findest. Ich liebe die laute Musik, die du da laufen hast, ich kenne sie nicht, aber sie gefällt mir, unglaublich, dass es so jemanden wie dich gibt. Ich sehe deine Wohnung an, das kleine Foto von dir als Kind steht da noch, ich finde das gut, du hattest eine Stupsnase als kleiner Junge.

Ich sehe mir deine Bonsais an, der Jadebaum muss beschnitten werden, ein bisschen feuchter müsste der Topf mit den beiden chinesischen Ulmen eigentlich gehalten werden, dann würden die Blätter nicht abfallen, glaube ich, aber es sind deine Bäumchen, ich wollte mich nicht einmischen. Richtig, deine Mutter hat Recht, den Oleander sollte man den Herbst über nicht umtopfen, aber er braucht dann wenigstens im Frühjahr neue Erde, wenn auch keinen größeren Topf. Ich freue mich, dass du alles noch so hast wie früher, ich habe deine Räume in mir drin. In Gedanken bin ich oft bei dir. Ich weiß, dass ich nicht bei dir bleiben kann, aber auf der Fahrt nach Hause denke ich daran, was ich wohl machen würde, wenn du irgendwann einmal fragen würdest, ob ich nicht doch vielleicht dableiben könnte. Warum kann ich nicht deine Freundin sein? Dieses Gefühl, wenn ich in deiner Wohnung bin, kann eigentlich nicht verkehrt sein, ich fühle mich da richtig gut. Holger, sorry, ganz bestimmt nervt dich das. Ich sehe die Rose in der Flasche, die du auf deinem Tisch stehen hast, und ich wüsste manchmal gerne, was du wirklich denkst.

Ich schaue in die Nacht hinaus, aus deinem Fenster und weiß nicht mehr, wo ich gerne zu Hause sein will. Wo ist mein Zuhause?

Ist es da, wo ich koche, Wäsche bügele, wo meine Katze schläft und meine Kinder mit ihren Freundinnen Musik hören, Kuchen backen, Schularbeiten machen und der Fernseher Tag und Nacht läuft, wo das Laub auf dem Rasen darauf wartet, zusammengeharkt zu werden, und die Geschirrberge in die Spülmaschine geräumt werden müssen oder ist es da, wo ich dir gestern zwanzig Minuten beim Abwaschen zugesehen habe, dich telefonieren gehört habe, deine Bücher und Bilder angeschaut habe, deine Musik gehört habe und für einen Moment lang vergessen habe, dass mich Welten von dir trennen? Ich wage nicht, meinem Herzen zu trauen, aber es war diesen kleinen Moment zu

Hause. Okay, du hast es nicht bemerkt, dein Herz ist woanders zu Hause. Es muss toll sein, wenn ein Herz ein anderes erkennt und sich fast darin wiederfindet, es scheint mir manchmal kurz davor zu sein, aber jemand anderes hat dein Herz bekommen.

Verzicht will gelernt sein und durch Übung wird man Meister, auch im Verzichten. Wie muss ein Mensch sein, den du lieben kannst? Ich möchte so sein, aber ich bin schon so lange so, wie ich bin, weil das Leben mich so hat werden lassen. Nur meinem Herzen zu folgen, auf nichts anderes zu hören, habe ich noch nicht so oft zugelassen. Ich habe mir alle Zwänge auferlegt und mich nach der Decke gestreckt, so sagt man im Sprichwort. Zu den Merkwürdigkeiten in meinem Leben gehört, dass ich in den langen Jahren meiner Ehe nie irgendeinen Liebesbeweis von meinem Mann bekommen habe. Egal – mir gibt ohnehin ein nur kurzes Gespräch mit dir, wenn du es auch höchstwahrscheinlich überhaupt nicht so siehst, viel, viel mehr, und ich bin so froh, dass du mich kurz zu dir hereingebeten hast.

Meinen Kindern gegenüber verhält sich mein Mann meiner Meinung nach ungerecht. Verantwortung und finanzielle Unterstützung, das lehnt er ab, aber er sagt, er liebt sie, okay, ich kann auch den ganzen Tag lang lieben, wenn ich nicht noch nebenbei das gesamte Leben erarbeiten muss. Holger, weißt du was, ich wünsche mir manchmal, ich könnte meine gesamte Vergangenheit streichen und ganz neu anfangen, einfach alles vergessen und abhaken, aber mich wird noch eine ganze Zeit meine missglückte Ehe verfolgen. Ich will dich nicht damit konfrontieren, du hättest mich mal kennen lernen sollen, als ich 19, 20 war, du hättest sicher Spaß mit mir gehabt, so unbefangen, spontan und witzig wie ich war. So voller Lebensfreude und mit so viel Humor habe ich gelebt, manchmal erlange ich diese Unbefangenheit wieder, eine ganze Menge hilfst du mir dabei, einfach nur dadurch, dass du so bist wie du bist. Von wie vielen Frauen hast du dir eigentlich schon ihre kaputte Vergangenheit anhören müssen? Ojemine, wenn ich bedenke, wie viele Frauen du kennst, die dir alle das Herz ausschütten! Ich wünschte, ich wäre neu und einmalig für dich, ich habe aber dieses lange Leben schon hinter mir, ich wünschte, ich könnte dir meine Freude darüber, dass du manchmal mit mir sprichst, anders als durch Blumen, Bücher oder Brötchen ausdrücken. Wenn es aber nicht sein soll, ist es auch so okay für mich. Wenn du in dem Shirt schläfst, das ich dir geschenkt habe, bedeutet das schon eine ganze Menge mehr Liebe, als ich je von einem Mann erfahren habe. Im nächsten Leben wird das Shirt der Anfang sein, glaube ich, an irgendetwas muss man ja glauben, um über die Runden zu kommen. Warum fliegst du nicht mal mit mir in die USA, warum träume ich das nur manchmal? Komm doch einfach mit an Sylvester! Das neue Jahrtausend so weit wie möglich fort von allem fast überstandenen Ärger zu begrüßen, das wäre traumhaft! Warum geht das nicht, du und ich im »Top of the Mart«? Ich weiß es, du liebst Brenda.

10. November 1999

Heute am Martinstag stromern aufgeregte Mütter mit ihren dem Babyalter entwachsenen Kindern und selbst gebastelten Laternen durch die Straßen und betteln sich Süßigkeiten zusammen, die in Taschen durch die Stadt getragen, dann zu Hause auf dem Küchentisch sortiert werden – in »brauchbar« oder »nicht brauchbar«. Wenn mehrere Kinder da sind, wird immer alles schwieriger und es gibt einen regelrechten Sammelnachfolgestress in der Familie. Ich hatte das in den letzten zehn Jahren nicht mehr, weil meine Kinder nach der Einschulung nicht mehr singen gehen wollten, sie fanden, das sei zu babyhaft, sie machten auch kaum die Tür mehr auf, sondern ließen mich immer alles verteilen. Sie standen im Dunkel des Hausflures und lachten sich über die mehr schlecht als recht vorgetragenen Stücke kaputt. Einmal stand ein Duo vor der Tür, das mir mangels Laterne eine angeschaltete Taschenlampe vor die Nase hielt, sehr einfallsreich! Na ja, Kinder sind eben so! Holger, hast du deinen Stutenkerl heute früh gemocht?

Oh je, was war die Zeit mit den Babys doch toll, so viele kleine Freuden, so viele Überraschungen, so viele Abende im Advent mit Spaß und Vorfreude auf Weihnachten, Weihnachten ohne Kinder ist langweilig, jetzt, da alle groß sind, ist alles so nüchtern, niemand glaubt mehr an den Weihnachtsmann oder das Christkind, alles wird von den Erwachsenen vorbereitet, die Überraschungen sind vom Geld abhängig, das einer ausgeben möchte, ich aber liebe die kleinen Überraschungen und möchte auch welche bereiten. Hier im Wohnzimmer sitzen heute meine beiden Mädchen, die noch zu Hause leben und sich freuen über die mitgebrachten Stutenmänner, sie lachen, sie hatten überhaupt nicht an den Tag gedacht, da die Schule sie ziemlich fordert, Bianca ist mit Abivorbereitungen beschäftigt, Sonja mit den letzten Arbeiten vor dem Zwischenzeugnis und vor dem Elternsprechtag. Sie schaffen es gut, sie machen es alles allein und ohne irgendwelche Hilfe, sie sind sehr eigenwillig und selbstständig, Gott sei Dank! Manchmal schmeißt Bianca mitten in der Arbeit den Stift weg und ruft: Mann, ich habe keinen Bock mehr, dann setzt sie sich auf den Boden und krault die Katze eine Weile, dann macht sie weiter. Sonja lacht dann immer, sie sieht alles sowieso nicht ganz so verkniffen, ist aber trotzdem gut in der Schule. Alle Kinder sind anders, alle schaffen es auf ihre eigene spezifische Art und Weise, aber ohne mein besonderes Einschreiten.

Holger, ich habe heute den ganzen Tag versucht, Fassung zu bewahren, ich bin die Ausbildungstante von zwölf Lehrlingen, ich bin sozusagen eine Vorgesetzte, aber im Grunde bin ich schwach, manchmal möchte ich ganz klein und schwach sein und mich irgendwo verkriechen können, unter einem starken Arm einfach einschlafen können, einfach an nichts mehr denken, mir nie wieder Gedanken über das Morgen machen, einfach nur alles laufen lassen können und nicht über das Morgen nachdenken müssen: Was wäre, wenn ich einen starken Mann an meiner Seite hätte, der mir endlich mal, endlich mal in meinem Leben und wirklich zum ersten Mal alles abnehmen würde?

Nie hat es bei mir einen Mann gegeben, der sich meiner Belange annahm, dem ich so vertraute, dass ich mal wirklich alles vergessen und die Sorgen jemandem überlassen konnte, der stark war. Eine Schulter zum Anlehnen hat es bei mir nie gegeben.

Ich habe in der ersten Phase der blöden Scheidungsformalitäten der Anwältin meines Mannes, die ihn ja überhaupt nicht kennt, einen handschriftlichen Brief übermittelt, der sie zum Stutzen gebracht hat, der sie dann aber nicht aufgehalten hat, weiter zu klagen und zu prozessieren. Ich hatte das Gefühl, sie musste kurz schlucken und ging dann wieder zur Tagesordnung über. Sie erkundigte sich nach einigen Worten, da sie meine Schrift nicht lesen konnte, dann arbeitete sie weiter. Der Brief ging in etwa so, ich habe keine Kopie, aber er kam aus dem Herzen, deshalb könnte ich ihn jederzeit wieder schreiben:

»Liebe Frau Mikliss, es schreibt Ihnen hier die Ehefrau von Herrn Hartmut Kemena, den Sie ja vertreten. Bevor Sie Ihre Paragrafen einsetzen und alles ins Rollen bringen, nehmen Sie bitte Folgendes zur Kenntnis und denken Sie darüber nach: Auch Sie sind eine Frau, die einen Mann liebt – oder auch nicht, auf jeden Fall sind Sie verheiratet. Sie werden meinen Mann kennen lernen, Sie werden Dinge erfahren, die Sie schockieren werden, Sie werden sehen, wie ich jahrelang einen sehr schwachen Mann geliebt, unterhalten, verköstigt und bei mir habe wohnen lassen. Das Einzige, was mein Mann in seinem ganzen Leben geschafft hat, sind seine Kinder, ansonsten ist er ein Weichling, ein Drückeberger, er hat kein Durchhaltevermögen und er bringt nie eine Sache zu Ende. Er ist schwach und kann nichts durchziehen, er ist labil und er ist unzuverlässig, aber ich habe ihn jahrelang geliebt und das weiß er auch. Er hat mich immer nur ausgenutzt, das war seine Art, Liebe zu zeigen, er war kein schlechter Liebhaber, vier Kinder und drei Abtreibungen sprechen ihre eigene Sprache, ich war ihm jahrelang hörig und konnte nicht ohne ihn leben, das wusste er, und ich wusste mir nicht zu helfen, wie viele Freunde mir auch zur Trennung rieten. Ich dachte, ich gehe sonst drauf, ich bleibe auf der Strecke usw. Ich bin nicht auf der Strecke geblieben, sondern er. Er war ein toller Liebhaber, ist es wohl immer noch, das ist aber auch alles. Den ganzen anderen Mist musste ich als Frau selber machen. Ich konnte das, nun aber ziehen Sie ruhig Ihre Paragrafen durch, Sie werden schon sehen, wie mein Mann reagiert, er wird sich drücken, wo er kann, vor Verhandlungen,

Terminen, Entscheidungen und vor Zahlungen sowieso! Viel Spaß bei der Vertretung meines Mannes.«

Dieser Brief blieb von der Anwältin meines Mannes erwartungsgemäß unbeantwortet, sie hat inzwischen sicher erkannt, dass ich wirklich Recht hatte, denn es passiert nichts, er macht nicht weiter – aber ich mache jetzt weiter!

Mein Mann hätte es sich früher überlegen sollen, was eine Scheidung mit sich bringt.

Viele Wege wäre ich gegangen, um eine in der Sackgasse steckende Beziehung zu beenden, aber die Scheidung, die er will, ist so nicht lösbar, ich bin nicht mehr die kleine liebe dumme Frau, die alles mit sich machen lässt, die Schriftsätze liest und akzeptiert, ich bin aufmuckig und die Zeit ist auf meiner Seite, die Anwältin sieht, was wirklich Recht ist und hätte im Grunde lieber mich vertreten.

Ich bin so stark wie nie, ich lache, bin glücklich, frei zu sein, ich liebe das Leben und fange an, endlich von innen Glück über eine Situation zu empfinden, die ich wirklich nicht heraufgezaubert hatte, ich hätte nie von mir aus die Scheidung eingereicht, weil ich wusste, wie bescheiden alles werden würde. Mein Mann ist es jetzt leid, die Frau, die er jetzt liebt – toll! –, wird es auch bald leid sein, denn sie kann nicht wirklich absahnen, weil ich nicht zahle! Er soll selbst bezahlen und zahlt jetzt erstmalig für sein Leben. Er musste 54 Jahre alt werden, um zu merken, dass Leben Geld kostet! Wow! Welche Erfahrung! Oh Gott, was muss ich noch alles mitmachen, um endlich frei zu sein!

Als die Verwirrung bei meiner Mutter so richtig zum Vorschein kam, als sie nicht mehr eine Tasse in der Hand halten konnte, als sie den Kuchen beim gemeinsamen Kaffeetrinken unter den Tisch fallen ließ, da wurde meiner ganzen Familie klar, dass es sehr ernst war. Wir suchten ein Heim, während die Verwirrung ihren Lauf nahm. Meine Mutter fing an mich zu siezen, sie sagte zum Beispiel: Ich kenne Sie von irgendwoher, wie heißen Sie doch gleich? Oder sie hatte meinen Enkel Robin auf dem Schoß und sagte: Ach, sind Babys doch schön, wenn doch endlich der Krieg aufhören würde. Krieg ist immer und überall, wie Recht sie doch hatte! Sie lebte in ihrer kleinen alten Welt von früher, in der Zeit nach oder während des Krieges, als sie mit der Familie auf der Flucht war. Ihr Langzeitgedächtnis funktionierte noch, die Wirklichkeit, also dass ihr Urenkel auf ihrem Schoß saß, die sah sie nicht. Ich musste im Stillen lachen, denn die Gesten, die sie Robin entgegenbrachte, die Angst, dass ihm im Krieg was passieren könnte, das waren die Gesten und die Angst, die sie damals uns als Kindern entgegengebracht hatte.

Sehr alte Menschen flößen mir Respekt ein, denn sie haben eine Weisheit, die ich gerne auch hätte. Diese Gelassenheit in den verrunzelten Gesichtern, diese Ruhe beim Reden, diese Anteilnahme am Geschehen und gleichzeitige Entspanntheit – das alles ist herrlich! Meine Mutter ist genial und sie weiß es nicht einmal mehr!

Liesel – so nannten sie ihre Freundinnen und auch Nachbarn und Bekannte – lebt jetzt in ihrer eigenen Welt, ohne Anfang und ohne Ende, sie ist die Ewigkeit, sie ist immer noch da, aber sie ist nicht mehr hier.

12. Oktober 1999

Morgens, 5.15 Uhr, der Wecker klingelt, ich setze mich auf, ich habe mal wieder auf dem Sofa geschlafen, ich bin vom Wecker wach geworden, ich hatte einen wunderbaren Traum und könnte den Wecker, der ihn mir vermasselt hat, aus dem Fenster werfen. Bei den »MTV Music Awards« muss ich wohl eingeschlafen sein, auf jeden Fall hatte meine Tochter alles gerichtet: Fernseher aus, Decke über die schlafende Mutter.

Und hier mein Traum: Eine größere Gesellschaft – mal wieder! – befindet sich in deiner Wohnung, die dieses Mal verwinkelt und anders aussieht. Ich bin mit meiner Tochter irgendwie bei dir gelandet, es läuft Musik, Leute tanzen, du bist sehr jung, du hast längeres Haar, die Menschen sind guter Stimmung. Ich sitze und sehe mir Bücher, Zeitungen und die Leute an. Aus irgendeinem Grund schickst du meine Tochter zum Einkaufen, ich weiß aber den Grund dafür nicht. Alles läuft weiter und weiter, ich höre Musik und lehne mich auf den Tisch, lege den Kopf auf die Arme, lausche und schaue. Du setzt dich an die andere Ecke des Tisches, mir gegenüber, du legst den Kopf genauso auf die gekreuzten Arme auf den Tisch, du siehst mich an: Komm bitte mal näher und gib mir einen richtigen Kuss, sieh mich an! Ich sage, ich kann nicht, ich kann das nicht, ich blicke nur kurz in deine Augen, sie sind manchmal dunkler, manchmal heller, da schellte dieser saublöde Wecker, ich werde nie wissen, was weiter passierte.

Schnitt: Mein PC an meinem Schreibtisch wartet auf mich, guten Morgen, lieber Freitag, guten Morgen, liebe Kollegen, was muss als Erstes gemacht werden, welches Futter und welche Knöpfe müssen geordert werden? Wann kommt TNT? Wer holt mir mal einen Kaffee? War German Parcel schon da? Wer kann morgen früh im Atelier noch mithelfen, dass die Kollektion fertig wird? Hat Herr Stein von Bentrup Druck schon die Etiketten geliefert? Frau Kemena, kommen Sie mal eben ins Rohwarenlager, da müssen wir uns mal die Ware auf der Schaumaschine ansehen, okay, gleich!

Geben Sie mir mal eben den Lieferschein von der Einlage! Die Einkaufsanforderung von der Designerpappe muss noch ins italienische Programm eingegeben werden!

Will einer ein Stück Kuchen? Telefon! Gleich, ich hole mir eben die Daten aus der Anlage, Herr Westermann, ist der Ausdruck fertig?

Alles läuft bestens, ich habe alles im Griff!

Sonntag, 1. November 1999

Allerheiligen. Alle Leute haben auf den Friedhöfen die Gräber für den Winter fertig gemacht, Frau Gerlach, meine Kinochefin, musste nach Essen, Köln, Düsseldorf. Ich bringe nur ein paar Blumen, Herbstastern mit grünen Mistelzweigen, an die Stelle, an der vierzig Jahre das Grab meines Vaters war. Nach vierzig Jahren muss man entweder die Grabstelle neu kaufen, oder sie geht in den Besitz der Stadt zurück – im Fall meines Vaters war das so. Mittlerweile ist dort eine Blumen- und Strauchrabatte entstanden, aber es ändert nichts an der Tatsache, dass mein Vater dort liegt, egal, wem das Stück Boden gehört.

Ich glaube, ich habe meine schiefe Nase von meinem Vater geerbt und die Art, mit den Dingen fertig zu werden und alles zu organisieren. Ich weiß nicht, ob ich dir schon mal erzählt habe, dass mein Vater im letzten Jahr vor dem Krieg beschlossen hat, seine Familie aus Breslau herauszubringen. Im Krieg war er ein höheres Tier bei den Nazis, er erkannte früh, dass der »Endsieg«, den Hitler anstrebte, nicht zu erlangen war, er hatte Informationen darüber, dass die Russen zum letzten Sturm und auch zu der Einnahme von Breslau aufrüsteten. So hat er Fahnenflucht begangen und seine Uniform im Keller versteckt. Meine älteste Schwester war zu dem Zeitpunkt zweieinhalb, ich sechs Monate alt, und ich glaube, meine Mutter war wieder schwanger. Meine Großmutter war über siebzig. Alles musste sehr schnell gehen, mitgenommen wurde nur, was man am Körper tragen konnte: Klamotten und ein paar Wertsachen. Ich lag auf dem Schmuck und dem Familiensilber, das sie unter der Matratze in meinem bauchigen Korbwagen versteckt hatten. Die Züge, mit denen die Menschen evakuiert wurden, waren überfüllt. Meine Familie erreichte einen der letzten Züge in den Westen, die erste Station sollte Bamberg in Bayern sein. Von da aus, dem Turnsaal einer Schule, sollten die Menschen an viele Orte Westdeutschlands verteilt werden. Meine Mutter hat mir erzählt, dass ich die Windeln immer voll machte und sie diese notdürftig in der Toilette im Zug wusch und im Fahrtwind des Zuges trocknete. Von den Amerikanern bekamen die Insassen der Züge an den Haltestationen Lebensmittel gereicht, ständig wollten neue Leute in die Züge, wollten sich retten vor den Russen.

Meine Famile brachte die Zeit im Zug mehrheitlich auf der Zugtoilette zu, jeder durfte mal sitzen, meistens meine Großmutter. Kartoffelmehl – Stärke – diente als Babypuder, das erzählte mir meine Mutter immer, wenn ich meine Kinder später mit Penaten- oder Niveacreme einschmiere.

Einmal gab es einen Fliegeralarm, der für meine ältere Schwester zu einem traumatischen Erlebnis wurde. Sie saß auf einem Holzwagen, der nicht von Pferden, sondern von Menschen gezogen wurde. Als der Alarm losging, warf sich die gesamte Familie in einen Graben und vergaß, Ellinor vom Wagen zu heben und mitzunehmen. Mich vergaßen sie auch, aber ich lag immerhin in meinem bauchigen Kinderwagen. Aber Ellinor hat alles gesehen, kannst du dir das vorstellen? Ich nicht. Die Angst hat sie alle türmen lassen, und nach Entwarnung wurden sie sehr von Gewissensbissen geplagt, ihre Kinder auf der Straße stehen zu lassen! Meine Mutter hat lange nicht verwunden, die Kinder einfach auf der Straße gelassen zu haben. Meine Schwester hatte nach dem Krieg und auch in der Grundschulzeit noch immer Angst vor Lärm, Donner, Krach und Rauch. Und sie konnte nie Blut sehen, wenn sie mal hinfiel und sich die Knie aufschlug, kippte sie um.

Aber durch diese Flucht hat mein Vater unsere Familie gerettet, alle anderen Verwandten sind im Krieg gestorben, alle Geschwister meiner Mutter und auch der Bruder meines Vaters mit Familie. Mein Vater hatte dann sofort eine gute Stelle bei einer Furnierfabrik in Steinheim/Westfalen, dahin zogen wir von Bamberg aus. Die damalige Regierung und die Währungsreform machten es möglich, dass mein Vater sofort wieder Geld verdiente. Wir wurden auf den Dachboden der Familie Hölting, die eine Tierarztpraxis hatte, zwangseingewiesen, sie waren die Einheimischen, wir waren die Flüchtlinge. Ich sah vom Bett aus die rotbraunen Dachpfannen, im Herbst hörte ich den Sturm, ich schlief wegen der Kälte im Pullover. Wenn es regnete, stellten wir Blechbüchsen unter die lecken Stellen im Dach und gossen sie, wenn sie voll waren, in Eimer. Das Wasser benutzen wir zum Spülen der Toilette, der Wasserhahn war in den kalten Wintermonaten immer zugefroren. Meine Mutter durfte zu bestimmten Zeiten die Küche der Höltings benutzen, dafür musste sie den Kellerflur, die Außentreppe und den langen Treppenaufgang zur Tierarztpraxis sauber halten. Mein Vater ging kungeln, er ging täglich mit einem Spazierstock und einer braunen Aktentasche aus dem Haus und brachte immer etwas mit: Koks vom Güterbahnhof, der von den Waggons herabgefallen war, oder ein Hühnerei von einer Marktfrau, der er einen Tipp für einen Antrag oder das Ausfüllen von Formularen gegeben hatte. Ich erinnere mich daran, als das Ei in einer kleinen Pfanne gebraten und in sechs gleich große Stücke geteilt wurde, der Geruch von Spiegelei erinnert mich noch heute daran, ich esse unheimlich gerne Spiegeleier! Bei jedem Sonntagsspaziergang sammelten wir Fallobst und stopften damit die Manteltaschen voll, wir hatten zerstochene Hände von dem Aufsuchen des Obstes zwischen den Brennnesseln. Meine Mutter machte zu Hause dann Apfelmus oder Kompott. Es gab diese Essensmarken, durch die jede Familie irgendetwas zugeteilt bekam, immer nach Anzahl der Familienmitglieder. Es ist mir immer noch schleierhaft, wie mein Vater es eigentlich geschafft hat, in dieser Zeit das Geld anzusparen für das Haus, das er damals gebaut hat. Ich weiß, dass er uns Spielsachen selber getischlert hat – ich hatte einen Puppenwagen aus Holz, die Räder rumpelten über den Boden, wegen der Tierarztpraxis unter uns war das Spielen nur am Wochenende erlaubt. Da bastelte mein Vater uns ein Schaukelpferd, das keinen Krach machte.

Als ich zusammen mit meiner Schwester eingeschult wurde, war sie zart und anfällig, ich dagegen abgehärtet und nie krank. Uns wurden aus einer olivfarbenen Militärdecke der Amis Mäntel genäht, alle sonstigen Sachen waren vom Roten Kreuz, ansonsten strickte meine Mutter und suchte alles zusammen, meine Schwarzweißfotos aus der Zeit sind herrlich, Kindernachkriegsmode! Wenn die Schuhe zu klein wurden und es keine anderen gab, wurden vorne mit einem Messer die Kappen abgeschnitten, dann ging es wieder eine Zeit. Im Winter hatte ich Frostbeulen an den Füßen und meine Mutter riet mir drüberzupinkeln, das half. Ich erinnere mich, dass diese Armeemäntel schrecklich kratzig waren, aber warm. Es gab immer Schulspeise: In der Mittagszeit kamen Jeeps mit riesengroßen, duftenden Eisentöpfen voller Suppe, Gemüse oder Kartoffeln vorbei. Man stand mit einem Blecheimer und einem hölzernen Löffel in der langen Schlange und hoffte, dass noch etwas in dem Topf drin war, wenn man an der Reihe war. Ellinor und ich standen meistens hintereinander, sie hatte Angst vor dem Geschiebe und Geschubse in der Schlange, ich nicht. Wir nahmen das Essen immer mit nach Hause, meine Mutter machte es dann noch einmal heiß und unsere ganze Familie aß davon.

Einmal, das war vielleicht eine Peinlichkeit, kam ich mit nasser Hose nach Hause. Ich musste dringend zur Toilette, als das Essen verteilt wurde, ich wollte es nicht verpassen und wenn ich aus der Reihe hinausgegangen wäre, hätte ich vielleicht nichts mehr mitbekommen. So blieb ich stehen und als ich dran war, konnte ich es nicht mehr halten – und da war die Bescherung. Zu Hause schimpfte niemand, es konnte alles gewaschen werden.

Holger, es war eine abenteuerliche Zeit, aber wir waren immer glücklich, wieder einen Tag überlebt zu haben. Ich spielte mit einer Puppe, die meine Mutter aus ausgestopften Socken gebastelt hatte. Meine Schwestern waren neidisch, ich durfte sie nicht so oft zeigen, später hat dann meine kleine Schwester dafür von meiner Mutter einen Stoffhasen bekommen. Ellinor bekam von meinem Vater ein kleines Xylophon, Holzpuppen und Figuren zum Spielen hatten wir auch. Später waren jeder Packung Margarine irgendwelche Figuren beigelegt, die man sammeln konnte.

Wenn ich jetzt manchmal den Überfluss sehe, mit dem meine Kinder und Enkel zugeschüttet werden, finde ich das falsch, und wenn ich von meiner Kindheit erzähle, kriegen alle große Augen und wollen das Thema wechseln, irgendwie will das niemand wissen.

Eine prima Geschichte erzähle ich dir noch: In der Dachrinne unter dem Boden, da, wo wir uns mit eiskaltem Wasser wuschen – die Waschlappen froren im Winter immer auf der Leine ein –, hatten im Frühjahr einmal Amseln genistet. Eines Morgens weckte mich mein Vater leise, er strich mir immer vorsichtig über das Haar – ich hatte braune Zöpfe und schlief mit ihnen, erst morgens wurde gekämmt und neu geflochten. Er führte uns zum Amselnest, die Kleinen waren geschlüpft, vier so haarige, graue Dinger, schrecklich sahen sie aus, gar nicht wie Amseln. Mein Vater verbot uns, beim Schauen zu sprechen, und legte etwas abseits vom Nest Brotkrumen hin. Die Amseln wurden groß, piepten erbärmlich, denn bald flog auch die Mutter fort, um Futter zu suchen: Würmer, Fliegen und andere Insekten. Die Farbe der Kleinen änderte sich, sie wurden schwarz und der komische Kopf mit den zu großen Froschaugen verwandelte sich allmählich in einen Vogelkopf, die Flügel wuchsen, und wir Kinder hatten ein Thema in der Schule.

Dann kam der Tag, an dem meine Mutter mit dem Topf Kartoffelsuppe die Bodentreppe hinunterfiel – sie musste die heißen Sachen aus der Küche immer auf einem Tablett nach oben bringen, da wir auf dem Dachboden aßen. Sie muss wohl ausgerutscht oder gestolpert sein, auf jeden Fall hörten wir nur ein Poltern und das Schreien meiner Mutter, sie hatte sich nichts getan, sie weinte aber, und der inzwischen leere Topf kullerte die gesamte Treppe hinab und flog durch das klirrende Flurfenster hinaus auf die Straße – was wäre wohl passiert, wenn den Eisentopf jemand auf den Kopf bekommen hätte? Das Essen war futsch, wir bemühten uns, die Treppe zu säubern, mein Vater holte den Topf hoch und ein Gezeter mit den Leuten unter uns ging los. Das Fensterglas musste ersetzt werden, meine Mutter weinte nur, meine Großmutter, die zum russischen Adel gehörte, nahm ihr Spitzentuch und ihr Pelzcape und ging spazieren, um dem allgemeinen Aufruhr zu entkommen. Holger, kannst du dir vorstellen, was in einem Kind vorgeht, das sieht, wie die Mutter alles macht, während die Großmutter verschwindet?

Oft haben wir auch Äpfel gesammelt und wenn wir wiederkamen hatte meine Mutter oft schon Grießbrei gekocht, die paar Äpfel kamen dann gerade recht. Weißt du, dass man aus Apfelschalen Tee bereiten kann? Die Apfelringe werden auf eine Schnur zum Trocknen gehängt und wenn die Schalen trocken sind und anfangen zu schrumpeln, kann man sie mit kochendem Wasser überbrühen und erhält wunderbaren Apfeltee, der sieht trübe aus, schmeckt aber herrlich – mit oder ohne Zucker! Ich würde auch heute gerne noch so einfach leben. Wenn ich mit den Hunden durchs Dorf gehe oder jogge, habe ich im Herbst immer eine Tüte mit, um unterwegs Äpfel zu sammeln. Ich mache aus ihnen Apfelkuchen, Apfelpfannkuchen oder einfach nur Kompott oder Mus.

Ich glaube, ich bin so gesund und abgehärtet, weil ich nie im Überfluss gelebt habe, ich kann auf der Wiese Sauerampfer essen, ohne mich zu ekeln, ich esse auch Löwenzahn, den meine Kinder nur als Delikatesse aus teuren Restaurants kennen, direkt aus dem Garten!

Holger, als die Amseln eines Morgens ausgeflogen waren, blieb das Nest leer und im anderen Jahr wohnten wir schon in dem Haus, das mein Vater gebaut hatte. Meine Großmutter hat das nicht mehr so richtig mitgekriegt, sie war verwirrt und dachte immer, sie sei noch in Schlesien, wo sie immer ihren Mann auf dem Oswitzer Friedhof besucht hatte. In Steinheim aber gab es kein Grab und so brachten wir Kinder sie immer an die Billerbeckerstraße, da gab es einige hohe Linden und Kastanien, ein Steinkreuz und ein Kriegerdenkmal aus dem Ersten Weltkrieg, mit etlichen eingravierten Namen und einer Ölbaumranke. Dort saß meine Großmutter dann stundenlang auf einer Bank, legte Blumen nieder und führte Selbstgespräche – sie lebte in ihrer eigenen Welt. Abends oder zu den Essenszeiten schickte mein Vater uns los, sie zu holen. Oft aber saß ich ohnehin neben ihr unter den Bäumen, las, passte auf sie auf und nahm sie später wieder mit nach Hause. Und sie glaubte wirklich immer, auf dem Friedhof gewesen zu sein.

Meine Gedanken zu Allerheiligen sind jetzt zu Ende gedacht, gleich muss ich Essen machen, den Dienstag vorbereiten und mal sehen, was meine Enkel um die Ecke so machen. Es ist draußen so schön, Sonne, Herbstfarben, vielleicht fahre ich etwas mit dem Rad durch die Gegend oder schaue mir die Welt vom Köterberg an.

Brenda sagte mir am Telefon, dass sie auf mich warte, ich werde in der kommenden Woche jetzt den Flug buchen und anfangen, mich auf New Orleans zu freuen.

Holger, ich lebe hier in Gedanken immer bei dir – oder jedenfalls ziemlich oft –, Holger, von deiner Kindheit möchte ich auch viel erfahren, ich weiß nur von deiner Mutter, dass du schon früher mit dem Arminia-Schal vor dem Fernseher gesessen hast, aber was hast du sonst noch gemacht?

Gleich ist der Sonntag um, mein Sohn Dietmar kommt morgen vorbei, ich habe ihn und Gordana seit September nicht mehr gesehen. Nicht dass ich keine Lust hatte, ihn zu besuchen, aber entweder ich arbeite, oder er macht Schicht. Außerdem ist er viel mit Gordana unterwegs, sie sind jetzt schon über drei Jahre liiert, sie wohnen zusammen und sind relativ ruhig und zufrieden. Sie sehen sich Ulrichs Familie mit gemischten Gefühlen an, sehen, wie wenig Zeit ihm und Kerstin bleibt mit ihren zwei wilden Jungen, sie wollen noch etwas mit Kindern warten, denn sie haben ihre Hobbys, Motorradfahren, Musik machen, Kegeln, Fitness, Partys, da ist für Kinder im Moment noch keine Zeit. Morgen kommt Dietmar jedenfalls und ich habe einen Apfelkuchen. Ich werde ihn höchstwahrscheinlich nur kurz sprechen, ich bin eben keine Klammermutter, Kinder gehören einem nicht, man bekommt sie und muss sie laufen lassen und sie in die Welt schicken.

Dietmar ist sehr aufgeweckt, er erzählt und erzählt und redet und redet, das hat er von mir! Früher am Frühstückstisch, bevor er zur Schule oder Lehre oder überhaupt aus dem Hause ging, schimpfte er über alles, über die Arbeit, das frühe Aufstehen, das wenige Geld, die komischen Brote, die ich ihm machte, die Regierung, seinen abwesenden Vater, meine innere Ruhe, und ab und zu schimpfte er auch über das Wetter, besonders als er noch kein Auto hatte und mit Bus oder Fahrrad losfuhr. Er ließ keinen zu Wort kommen und gab sich die Antworten auf gestellte Fragen immer selber. Er ist lustig und konnte Sonja und Bianca immer unterhalten. Wenn er nachmittags seine Schularbeiten machte, saß Bianca immer auf seinem Bett und musste bis hundert und wieder zurück zählen, zwischendurch hat er ihr einen Apfel geschält und dann wieder kommandiert: von vorne! Als Bianca in die Schule kam, konnte sie zählen, fast schon lesen und wusste viel über AC/DC zu berichten. Mit Sonja war es ähnlich, auch die hat er im Kinderwagen spazieren gefahren, er hielt sie auf dem Arm und fuhr mit seinem Mofa ins Dorf runter, um ihr ein paar Chips zu kaufen, wenn sie weinte. In der Zeit hatte Ulrich schon Kerstin, und mein Mann glänzte durch Abwesenheit.

Inzwischen stehen meine Söhne längst auf eigenen Füßen, sie sind toll und ich bin stolz auf sie, wenn ich sie so sehe. Ich habe sie nie groß beeinflusst in ihren Entscheidungen, ich habe sie laufen lassen, geliebt und nur beraten, sie durften viel, viel zu viel, aber sie handeln jetzt sehr umsichtig.

Sonntagnachtmärchen. Nebel. Weiche, weißgraue nasse Schwaden ziehen langsam durch die schmale Siedlungsstraße. Die Hunde lösen die Beleuchtung der Wohnhäuser aus, wenn sie zu dicht an den Bewegungsmeldern vorbeischnüffeln, also gehe ich lieber in der Mitte der Straße, sonst wird das ganze schlafende Dorf wach. Die Straßenlampen brennen ungefähr drei Minuten, dann erlöschen sie wieder wie von Geisterhand. Die Feuchte tut der Haut gut, man atmet frei, ich gehe langsam, wer weiß, wo ein Auto parkt, im Dunkeln sieht man das erst im allerletzten Moment. Hunde können auch nicht gut sehen, sie erschrecken im Nebel selbst vor Mülltonnen. Ich denke, dass du jetzt ein ruhiges Wochenende verbringst. Ich komme gerade aus Paderborn vom Rockcafé, wo meine Söhne einen Auftritt vor circa 140 bis 150 Leute hatten.

Holger, ich halte hier meine nächtlichen Zwiegespräche mit meiner Maschine und stelle mir einen Sonntag vor, an dem du vielleicht zu mir zum Essen kommen könntest, ich würde kochen, ich würde den Tisch so decken, wie du es gut fändest, ich würde Nachtisch machen und Wein servieren. Manchmal wünsche ich mir, ich könnte dich mal zu mir einladen, aber ich habe Angst davor, du würdest nicht kommen. Es macht Spaß, mit meinen Kindern zu essen, sie mögen ganz gerne, was ich koche, du könntest tatsächlich bei uns während des Mittagessens irgendeine Rockmusik hören, meine Kinder hören alles, du könntest Bon Jovi und Guns N Roses bei Bianca hören, und meinen Musikgeschmack kennst du ja.

Ich habe keine Lust zu schlafen, alleine zu schlafen lohnt sich nicht, ich schlafe daher nur das Nötigste, ich würde gern mit dir schlafen, einfach schlafen, damit sich das Schlafen mal wieder lohnt, ich liebe dich schon so lange, aber es ist alles egal und alles sowieso umsonst, man weiß nicht, was man vermisst, wenn man es nicht erlebt hat. Irgendwann hast du mal gesagt, nichts sei für die Ewigkeit, ich finde alles ist für die Ewigkeit, in der Kirche betest du auch so: In Ewigkeit, Amen. Weißt du was, du könntest bei mir nach dem Essen auf dem Sofa schlafen oder bei mir im Bett, was sage ich Bett, ich habe gar kein Bett mehr, ich habe nur noch eine Matratze, wie in einer Studentenbude, Bücher stapeln sich da, Mardi-Gras-Ketten hängen rum, jede Menge Plakate, Zeichnungen und Fotos meiner Kinder. Das ist einfach keine solide Wohnung, soll es auch nicht sein, ich liebe sie so, wie sie jetzt ist, und bin froh, dieses gottverdammte Ehebett auf den Sperrmüll gebracht zu haben, in der Ehe geschehen die meisten Sexualverbrechen, weißt du das eigentlich?

Ich habe es überlebt, ich weiß nicht, was es bedeutet, mit einem Mann zusammen zu sein, der mich auch liebt, denn das konnte keine Liebe gewesen sein, all die Jahre, das glaube ich nicht, ich kenne keine Liebe, ich werde sie höchstwahrscheinlich auch nicht mehr kennen lernen. Ich suche an falschen Orten – oder es ist für mich sowieso zu spät, eigentlich könnte ich die Suche aufgeben, aber dann bin ich schon so gut wie tot!

Auf der CD von GBV aus Richmond ist ein Song, den ich mag: »You have to hold on hope, this is the only thing, that is holding me, for ever and ever«, in Ewigkeit, Amen. Und wenn ich auch nie erfahren werde, was wohl viele Leute in meinem Umkreis erfahren, dann ist es auch egal, ich habe dein Lachen im Sinn, vielleicht ist das das Glück, das ich verdient habe, und es soll so sein, you get what you deserve.

Ich weiß nicht, ob ich jetzt noch schlafen soll, wohl nicht, aber ich will diese andere Gruppe vom Bizarre-Festival nicht mehr sehen und mir stinken diese stundenlangen Sexnummern, die ganze Nacht durch. Ich zappe mich so durch, irgendein Film in Tm3, 3Sat hat Jazz, schon besser. Vielleicht bin ich Sylvester in der Preservation Hall oder irgendwo im Quarter. Holger, ich hoffe, du bist glücklich und nicht so allein wie ich, ich bin allein und auch wieder nicht, nebenan schlafen meine Kinder, die ich liebe, die ich in die Welt gesetzt habe und losschicken muss, um selbstständig zu werden, Gott beschütze sie (und dich), Amen!

Ein alternder Professor hatte sein Leben so gut wie gelebt, es gab keine großen Erwartungen mehr, denn er wusste aufgrund seiner medizinischen Kenntnisse genau um die Endlichkeit seines Lebens Bescheid. Er hatte Herzschrittmacher entwickelt, um das Leben von herzkranken Menschen zu verlängern, und darauf Patente erhalten. Er hatte sich auch einen Namen im Bereich der Installierung von Hifi-Antennen, Weltraumsendern, Teleskopen gemacht und deren Nutzung bei der Beobachtung ferner Galaxien und Kometen vorangetrieben. Aber er wartete immer noch auf die Entdeckung, die ihm außer der Befriedigung, etwas Gutes für die Menschheit getan zu haben, auch inneres Glück verschaffen könnte. Das wahre Glück und die Einsicht, dass es mehr nicht geben kann bei einer Empfindung, Wahrnehmung oder einem Erlebnis, das fehlte ihm irgendwie. Es war ein Manko, das jemand wie er vielleicht erst am Ende der Lebensstrecke bemerken konnte und das ihm in der verbleibenden Zeit schwer zu beheben schien.

Er entwickelte aus Kräutern, Blättern, Säften und Wurzeln ein dunkles Getränk in seiner Filtrieranlage, er brauchte nicht sehr lange, denn er war erfahren, und die Wirkung stand ihm schon lange vor seinem inneren Auge. Bevor er es aber auf den Markt bringen wollte, überlegte er, es an sich selber auszuprobieren. Geniale Leute sind einsam und so war niemand in seiner Nähe, der von seinem Vorhaben etwas ahnte. Er bereitete die Zeit nach seinem Versuch genau vor, er wusste nicht, ob ihm nach dem Versuch noch Zeit dazu bleiben würde. Er plante sein Ableben, er plante die Verteilung seiner Reichtümer und legte seinem Anwalt die letzten Willensentscheidungen vor.

Schließlich trank er den ganzen Saft, der ihm sein fehlendes Glück und seine fehlenden ultimativen Erlebnisse ersetzen sollte. Sofort fiel er in einen komaähnlichen Schlaf und hatte den folgenden Traum: Wärme, Sommer, Wiesen, Helle, Bläue, linder Wind, Blumenduft, alle Sinne auf Fühlen, Riechen und Lauschen gestellt. Gesang und der Klang einer Harfe ertönten, ein Summen von Bienen, Elfen in gelblichen Flattergewändern tanzten wiegend und schwebend. Er spürte sich selber und seine müden, gealterten Knochen fühlten sich neu und leicht an. Ob er stand, lag, ging oder saß, wusste er nicht, die Beschreibung seines Zustandes war mit friedlich, frei und glücklich nicht positiv genug ausgedrückt. Ein Gesicht, das er kannte, näherte sich seinem, lächelnd und ohne Pathos redete eine Frau auf ihn ein, sich fallen zu lassen.

Er hatte die Augen geschlossen und sah mit seinem inneren Auge, schnell kamen die Bilder seines gelebten Lebens und durch die Worte der Frau kam er zu der Erkenntnis, dass er in seinem Leben immer und ausschließlich sich und seinen Vorteil im Auge gehabt hatte, die Wahrheit überschüttete ihn, der Himmel war blau, aber sein Himmel auf Erden war grau gewesen. Die Luft war warm, aber das Handeln in seinem Leben hatte ihm selbst keine Wärme gegeben. Die Milde des Augenblickes war wohltuend und selbst das gezielte Zureden der Frau war sanft. Er wagte nicht wegzuhören oder sich zu entfernen, er hörte sich sein ganzes ichbezogenes Leben an und die Erkenntnis drang tief ihn ein, während er da lag und der laue Wind ihn sanft umspielte.

Die Wirkung des Trankes hielt eine Woche lang an. Er erwachte an einem kühlen Herbstmorgen und ließ alles außer Acht, was sonst seinen Tag erfüllt hatte. Er sah die leere Flasche des Tranks flüchtig an, er schloss die Tür seines Labors, er änderte seinen Tagesablauf und brachte erst seiner Schwester Geld zur Versorgung ihres kranken Sohnes und zum Kauf einer neuen Transportanlage für dessen Rollstuhl. Er schickte einen großen Scheck an die Erdbebenopferhilfe, er übergab einige seiner Aktien seiner Gemeindehelferin für das Projekt »Brot für die Welt«. Ein Spende bekam die Organisation »Hilfe für krebskranke Kinder« und dem Kindergarten in seiner Gemeinde bestellte er neue Spielplatzgeräte.

Er fühlte sich glücklicher als je zuvor. Er fing an in seinem Schreibtisch nach der Anschrift seiner Jugendliebe zu suchen und verbrachte den Rest des Tages damit, er verstreute jede Menge Papiere rund um sich her, es herrschte Unordnung wie sonst nie um ihn herum, seine Welt sah anders aus und niemand hätte ihn wiedererkannt. Dann, in einem Moment der Erinnerung, schwante es ihm, dass er sämtliche Briefe verbrannt hatte. Er war verzweifelt, aber konnte es nicht ändern: Er hatte keinen einzigen Brief aufbewahrt. Wie sollte er jetzt, nach so vielen Jahren, seine ehemalige Liebe finden? In einem schrecklichen Moment der inneren Trostlosigkeit rannte der Professor in seine Bibliothek und erschoss sich mit einem Schuss in die Schläfe. Sein Anwalt, der den Nachlass regeln wollte, fand in seinem Labor ein Manuskript, eine Gebrauchsanweisung für ein Medikament, welches offensichtlich kurz vor dem Tode entwickelt worden war: Alles Wichtige war notiert: Mischungsverhältnis von Pflanze, Blättern, Wurzeln, Art und Beschaffenheit derselben, Dauer und Temperatur des Ziehens, Siedens, Gärens und Absehens des Auszuges, Dosierungsanleitung, Art und Dauer der Anwendung, eventuelle Unverträglichkeit. Aber das Erstaunliche an der ganzen langen Beschreibung war, dass nicht erwähnt wurde, bei welchen Symptomen der Saft einzunehmen war. Chemische Formeln und eigenartige Zeichen verdeckten fast den letzten Satz in den handschriftlichen Beschreibungen: Nebenwirkungen sind erwünscht!

Lieber Holger, 2.40 Uhr nachts, ich bin wach und kann nicht mehr einschlafen. Also, du wirst heiraten, man schließt schon Wetten darauf ab, ich sitze hier, und während du mit deiner Frau in spe schläfst, denke ich nach: Vielleicht werde ich ja doch noch Patentante deiner Kinder, deines Kindes! Stell dir mal vor, ich hätte dir ein Kind geboren – die Möglichkeit war damals vor fünf Jahren noch da, ich würde sofort schwanger werden, schon allein vom Hingucken, hat mein Frauenarzt mal gesagt. Ich wäre nach Seefeld gefahren, hätte dich besucht, dann wäre dein Kind jetzt schon vier Jahre alt. Aber du hast Brenda im Kopf gehabt, Holger, und auch jetzt hast du das noch. Du hast den kleinen Ring nicht mehr am Finger, will Kerstin das nicht? Ich fand ihn sehr schön. Die Leine um deinen Hals scheint schon zu wirken, das Halsband ist schon enger gezogen, du bist aber scheinbar glücklich damit. Du bist in die Venusfalle getappt und ich weiß nicht, ob ich dir gratulieren soll. Ich würde gerne mal einem Mann begegnen, der nicht meint, für eine Frau seine Freiheit aufgeben zu müssen. Ich bin einfach unmöglich, das weiß ich, aber ich liebe dich, aber nicht so wie die lieben Mädchen und du verstehst das nicht. Wo ist das bunte Armband geblieben, wo sitzen die kleinen Schildkröten? Sorry, Baby, aber pass auf dich auf, dass, wenn du dir den Verstand vervögelt hast, du nicht auch noch deinen Besitz drangeben musst, das können die lieben Frauen dir am besten wegnehmen, so ist die Natur des Mannes ausgerichtet, dass er den lieben Frauen eben alles überlässt. Du wirkst am Rockzipfel einer Frau lächerlich, aber die Frau, die hinterlistige, macht dich glücklich und lässt dich in dem Wahn! Hey! Bravo, bei mir war das genau umgekehrt, aber im Moment ist mein Verflossener auch auf diesem Trip, früher oder später erwischt es doch jeden, es geht nicht anders. Nur mein Sarkasmus hält mich noch am Leben, aber da du ja schon viel von mir gewohnt bist, mach dir nichts draus. Eine Sache direkt auf den Punkt zu bringen, damit verdiene ich meinen Lebensunterhalt und den meiner Familie, nicht mit Lieblichkeit und weiblicher Tücke. Das schätzen meine Firma und meine Geschäftspartner an mir, aber Männer wollen eben in Spitzenhöschen und Schmusereien betupft werden, pass bloß auf!

Die Offenheit, mit der ich hier schreibe, wird dich sicherlich verletzen, aber ich darf das, ich habe in den letzten Jahren jede Menge Zeit damit verbracht, zu denken, zu weinen, zu zweifeln, mich wieder zu aufzurappeln, mich zu besinnen, dich wieder zu lieben, auf irgendetwas zu hoffen, dir was zu schenken, mir Liebe vorzustellen, die ich nie erlebt habe. Vielleicht hängt das auch damit zusammen, dass ich mich nicht von jemandem einfach mitnehmen lasse, von dir hätte ich mich mitnehmen lassen, aber du hast mich nicht gemocht. Dieses Quäntchen weibliche Verschlagenheit, das Männer dahinschmelzen lässt, das fehlt mir, und je älter ich werde, desto härter werde ich und desto weniger besteht überhaupt die Möglichkeit, zu erleben, dass jemand zu mir sagt, er habe mich gern. Deswegen werden Kinder und junge Leute geliebt, sie sind weich und verletzlich, ich bin schon so oft verletzt worden, dass es nicht mehr wehtut, die Hornhaut um meine Seele ist meterdick und unauflösbar. In dem Moment, wo eine Träne aus meinen Augen kullert, in dem Moment hat ein kleiner Engel mit seinen Flügeln meine Seele zum Erwachen gebracht.

Am Samstag kommt dein Bonsai hier an, ich werde ihn einfach Holger nennen, ich will auch einen Holger um mich herum haben, aber wenn ich mal fort bin, bekommst du ihn. Meine Kinder wissen das, es ist aufgeschrieben. Schöne Grüße an deine Frau, ich liebe dich so wie ich will und ich habe einen starken Willen und bin kein bisschen lieb dabei. Deswegen bin ich auch allein, körperlich gesehen ja, aber in Wirklichkeit nicht, ich habe dein Lachen, deinen Witz, dein T-Shirt, deine CDs, deine Postkarten, mehrere Fotos von dir, ich kenne dein Kinderbild, ich liebe das Bild, ich kenne das Bild, als du mit dem Tuch um die langen Haare irgendwo gespielt hast, ich kenne die Aufnahmen deiner früheren Band, ich bin der glücklichste Mensch der Welt und liebe und liebe und liebe, besser geht's nicht, okay, es ginge, aber du willst nicht. Wenn ich tot bin, dann bin ich sowieso mit dir zusammen, heirate ruhig, es ändert nichts.

Gleich ist die Nacht um, wieder eine, die ich in Gedanken an dich verbracht habe. Es wird sich nie etwas ändern und ich kann auch nichts ändern und ich will es auch nicht ändern. Es gibt vielleicht noch tausend Frauen, die du haben wirst, nur mich wirst du nicht haben und doch hast du mich in Wirklichkeit, aber was ist schon wirklich und was unwirklich. Und es ist auf jeden Fall besser so, dass du mich nicht hast, denn du würdest mich vielleicht hassen, obwohl ich das nicht glaube. Ich werde nie wissen, wie du guckst, wenn du morgens aufwachst, aber ich stelle es mir vor, die Vorstellung in ihrer ganzen Schönheit wird die Wirklichkeit nicht übertreffen können.

Wenn du mir meine Träume lässt, wenn Erde und Himmel sich begegnen, dann werde ich dich irgendwann in den Arm nehmen können, ohne Gewissensbisse. Im Moment lebe ich von zwei Umarmungen, von der nach dem Blackcrows-Konzert und von der nach einem Essen bei deinem Italiener, als ich die Rose, die vergessene, mitnahm. Ich kann von einer Umarmung lebenslänglich zehren, diese beiden waren ehrlich von dir gemeint, glaube ich. Jetzt gehst du mit deiner Freundin zu dem Italiener, was solls, der muss auch leben, ich trinke mein Bier mit mir allein und habe dich dabei im Herzen.

Am Waldrand, auf einer Bank, sitzt an einem Sonntag Morgen, gleich nach Sonnenaufgang, eine Frau. Sie hat ein aufgeschlagenes Buch in der Hand, liest aber nicht darin. Sie hat bis zur Mitte geblättert, die Seiten flattern, sie schaut gedankenverloren in die Weite vor sich: ein Weg, Schotter, Wiesen, abgeerntete Felder, bereits gefärbtes Laub. Die Frau lächelt, schlingt die Arme um die Knie und legt sich seitlich auf die Bank und schläft, ohne das Buch auch nur aus der Hand zu legen. Ein sensibler Mensch könnte ihre Gedanken lesen, denn es steht sozusagen auf ihrer Stirn geschrieben, was sie denkt. Das Buch ist die Erstausgabe ihrer Lebensgeschichte. Nachdem sie einige Kurzgeschichten in Frauenzeitschriften veröffentlich hatte, sprach sie ein Verlag an und bat sie, ein Buch zu schreiben.

Die Frau hatte ihren Kindern früher immer erfundene Märchen erzählt, damit sie schön träumen könnten. Die Kinder schliefen oft schon nach den ersten paar Sätzen ein, die monotone Stimme der Mutter war wunderbar beruhigend. Geschichten zu erfinden war ihr Hobby und jeden Abend gab es neue Märchen von Elfen und Feen, von Zwergen und Riesen. Märchenbücher hatte die Frau nie gebraucht, die Märchen entstanden einfach von ganz allein in ihrem Kopf. Nun waren die Kinder groß, hatten selbst Kinder, denen sie Geschichten erzählten, vielleicht ersetzte aber auch die Sandmännchensendung im Fernsehen das Erzählen, daran dachte die Frau am Sonntagmorgen auf der Bank. Ihr aufgeschriebenes Leben lag vor ihr und es las sich wie ein Märchen, es war höchstwahrscheinlich auch ein Märchen, wie sonst hätte das jemand drucken können. Zu einem Pseudonym hatte sie sich überreden lassen, nur ihre engsten Freunde kannten sonst ihre Gedanken und Gefühle. Sollte die Nachbarin Ähnlichkeiten feststellen, dann würde man das abstreiten, aber das Lesen war in ihrem Dorf ohnehin nicht weit verbreitet.

Der Buchbranche ging es allgemein schlecht und trotzdem stiegen die Verkauszahlen ihres Buches Woche für Woche. Ein Verleih interessierte sich für die Filmrechte und irgendein Schlauberger wollte ein Drehbuch schreiben. Man hatte Ratschläge und Vorschläge zur Sicherung des Urheberrechtes parat, man sprach über Gagen und Gewinne, das alles interessierte die Frau auf der Bank am Sonntagmorgen wenig. Sie trauerte ihrem Leben nach, sie wollte lieber noch einmal von vorne anfangen, lieber als über Geld hätte sie über das Leben gesprochen.

Wie das Schicksal es so will, hatte sie von ihrem Arzt die Aufforderung bekommen, eine Krebsuntersuchung noch einmal zu wiederholen, da irgendetwas in ihrem Körper schwelte, das undefinierbare Schmerzen in der Wirbelsäule und ein eigenartiges Ziehen beim Schwimmen, Joggen oder Laufen verursachte. Sie lächelte. Da sie ihren Körper verstand und schon sehr lange kannte, hatte sie durch intensives Hineinhorchen schon alles gewusst, Diagnosen brauchte sie nicht, Ratschläge von Verwandten wollte sie nicht. Ihr Leben war so verlaufen, wie es aufgeschrieben stand, es hätte schöner sein können, aber sie war zu spät aufgewacht. Die gesunden, jungen, unkomplizierten Jahre hatte sie einem wilden, rücksichtslosen Mann geschenkt, der ihre Gesundheit und Schönheit höchstwahrscheinlich genossen hatte. Ihre Opferbereitschaft war ohne Grenzen gewesen, wieso sich also jetzt aufregen. Im Herbst des Lebens, als die Schwierigkeiten begannen, hatte sich der Mann verdrückt. Da Männer unbelastbar sind und die Sorglosigkeit schätzen, hatte er sich einer jungen Frau zugewandt. Die Ernte des Lebens, die Saat, die man ausgelegt hat, einzufahren, das wollte er nicht mit ihr, er wollte lieber neu säen. Erntedankfest des Lebens, das feierte die Frau mit sich selbst auf dieser Bank am Sonntag. Das Lächeln wich nicht von ihrem Gesicht, trotz des Erkennens der bitteren Wahrheit. Das aufgeschriebene Leben war ihrer Liebe gewidmet, dem Menschen, der sie in einer verzweifelten Lebenslage – unbewusst – davor bewahrt hatte, sich vor den Zug zu werfen, vor den Brückenpfeiler zu rasen oder sich totzutrinken. Nun, da die Verlagsmaschinerie nicht mehr aufzuhalten war, sah sie die Frau in dem Buch mit den Augen eines Lesers, sie tat ihr Leid, aber es stand da alles auf dem Papier und Papier ist geduldig. Anonym zu bleiben ist die Kunst, in einer Welt des Outings wirklich anonym zu bleiben, bei aller Offenheit das Gesicht zu wahren und nicht die Seele zu verkaufen. Die Frau seufzte, klappte das Buch zu, hielt ihr Gesicht der wärmenden Sonne entgegen und atmete tief die frische Herbstluft ein.

Im Jahre 2060 entsorgt Robin Kemena Bücher auf dem Dachboden seines Hauses, da er den Boden für seinen Sohn ausbauen will und es sich nicht lohnt, die aufgehobenen Dinge seiner Großmutter auf dem Flohmarkt zu verkaufen. Unter anderem fällt dieser Entrümpelung auch ein selbst geschriebenes Buch seiner Großmutter zum Opfer.

Epilog

In meinem jetzigen Leben spielen einige Personen eine Rolle, die genannt werden müssen:

Meine Kinder Ulrich, Dietmar, Bianca und Sonja-Melanie.

Mein Freund Holger und seine fantastischen Eltern. Ich liebe sie alle, aber ihn besonders.

Mein Zweitchef und Retter aus Finanzkrisen, Herr Herrmann Bleikamp.

Meine Freundin Claudia aus den USA, die mir Unterschlupf gewährt, wann immer ich Abstand benötige.

Meine Freundin Ingeborg Gerlach und ihr Mann, die mir herrliche Stunden in ihrem Kino erlauben und mich während der Arbeit dort immer wieder zum Lachen bringen.

Meine Enkelkinder Robin, Leon-Sebastian und Marlon-Benedikt, die mir mein Sohn Ulrich und seine Frau Kerstin schenkten.

Mein Enkel Lenny Nicolas, den mir mein Sohn Dietmar und seine Frau Gordana schenkten.

Meine Schwester Ellinor, die nie einen Geburtstag vergisst.

Meine Freundin Birgit, eine Psychologin, die mir in die Augen schaut und mich versteht.